FVA

Amanda Lasker-Berlin

Elijas Lied

Roman

FRANKFURTER VERLAGSANSTALT

für Katze, für Juli

VON ACHT BIS ELF

Acht

Die Sonne sticht in Noas Auge. Sie blinzelt. Bleibt eine kleine Weile blind. Noa lauscht dem Bach. Er schlängelt sich durch das Moor, teilt es in zwei Hälften. Zwischen Wasser und Noa wuchern halbhohe Gräser, sie wiegen sich minimal. Die umstehenden Bäume beschützen sie vor dem Wind. In den Kronen rascheln tiefgrüne Nadeln. An ihnen kommt die Sonne nur schwer vorbei. Mehrfach gebrochen, landen helle Strahlen auf dem sumpfigen Grund, zeichnen Muster auf die herausstehenden Wurzeln, flimmern über die Holzplanken, auf denen Noa hockt.

Endlich das Licht, denkt Noa. Nächte sind ihr zu dunkel.

Ein Sonnenstrahl bricht sich im Wasser, hüpft an ihrem Auge vorbei, landet auf ihrer Stirn. Sie mag es, Sonne auf der Haut zu spüren. Mehr noch, als die Haut eines anderen zu streicheln.

Fast ohne jede Welle zieht der Bach an ihr vorbei. Noa lehnt sich vor. Ihr Spiegelbild taucht im schnellen Wasserlauf auf. Verschwommen, unklar. Die Gesichtsform zitternd, die Augen milchige Flecken, die Nase wegen der schwachen Kontraste nicht auszumachen. Irgendwo die Ohren. Nur die roten Haare strahlen ihr deutlich entgegen. Die sind chemisch gefärbt. Noa schiebt sich ein Stück weiter vor. Schaut genauer hin. Das Spiegelgesicht wird größer. Noa dreht sich um. Vielleicht steht jemand hinter ihr, der so verschwommen aussieht. Vielleicht Elija oder Loth.

Jetzt blickt Noa konzentriert auf ihr Bild im Wasser. Die Iris

setzt sich nicht vom Augapfelweiß ab, die Pupillen sind ein übersehbarer Fleck. Wimpern erkennt sie nicht.
Mit dem kleinen Finger streichelt sie ihr Auge. Kurze borstige Haare sprießen aus dem Lid. Die Haut ist dort warm. Noa wärmt sich die Finger auf, dann taucht sie sie in den Bach.
Das Wasser weiß noch nichts vom Sommer. Das Wasser denkt noch: Schneeschmelze.
In den Fingerkuppen ziehen sich die Gefäße zusammen, das Blut kehrt um. Fließt bis in die Handwurzel. Die Finger werden weiß.
Sanft führt Noa sie gegen die Strömung. Das Wasser schnellt durch den Spalt zwischen Daumen und Zeigefinger, lässt sich nicht stauen.
Noa schaut in den Himmel. Kleine Wolken, spitze Kronen und das Versprechen auf Hitze. Die Vögel singen nicht mehr. Dafür ist es zu spät am Tag.
Während Noa den Kopf in den Nacken legt, treibt der Bach das Wasser tiefer ins Moor.
Noa nimmt den Kopf aus den Wolken, schaut auf die fröstelnde Hand im Bach. An den Kuppen ist sie blau geworden. Schnell zieht Noa sie heraus, streift sie an der Hose ab. Dann steht sie auf. Ihr Spiegelbild versackt im Moor. Nur das Rot der Haare nicht. Das ist chemisch gefärbt.

Acht. Dreizehn

Loth kniet vor Elija. Das Licht blendet sie. Warum muss es am Morgen schon so hell sein? Vielleicht hätten sie früher aufstehen sollen. Loth konnte sowieso nicht schlafen. Loths Finger sind kalt. Elijas rechter Schnürsenkel hundertfach verknotet. Dass man so ein riesiges Knäuel aus nur zwei Schnüren zusammenwurschteln kann, wusste Loth vorher nicht.

Warum hast du das gemacht, murmelt sie.

Elija schluchzt leise. Ohne Tränen. Zum Richtigweinen ist sie noch zu müde. Vor neun steht sie normalerweise nicht auf. Loth und Noa haben sie gezwungen.

Ihr ist schummrig vor Augen. Der Tag beginnt zu plötzlich. Frühstück in der Herbergsküche. Zu starker Käse, zu rustikale Wurst. Zuckerreduzierte Marmelade. So was isst Elija nicht. Trockenes Brot macht ihr schlechte Laune. Kein Kakao, nur Kräutertee, und der schmeckt nach Krankenhaus.

Elija lehnt sich an der Bushaltestelle an. Bei der Fahrt ist ihr schlecht geworden. Sie hat sich nicht übergeben. Wenn sie keine Tüten dabei hat, übergibt sie sich nicht.

Ihr ist das nur einmal passiert. Vor Jahren. Elija sieht sich dastehen, im Bus. So wie jetzt kurz vor dem Moor. Die Hände an die Stange gepresst, die Lippen aufeinander. Flaches Atmen durch die Nase. Die Schule nicht mehr weit entfernt. Überall Winter und überall stinkende Anoraks in der föhnigen Heizungsluft. Und da passiert es einfach. Nach einer scharfen Kurve, wenige Minuten vor dem Kunstunterricht. Der gelbe Anorak wird braun und noch stinkender. Alle denken: Ah, diese behinderten Kinder kotzen überall hin. Wir kotzen ja nicht überall hin. Wir haben gute Gene und kotzen nur, wenn wir betrunken sind. Aber dann ist es dunkel und cool, und jetzt ist es hell und peinlich. Können behinderte Kinder überhaupt Tageszeiten auseinanderhalten?

An der nächsten Station steigt Elija aus, heult in ihr Handy, bis sie abgeholt wird.

Die feste Glasscheibe stärkt Elija den Rücken. Sie hört, wie Loth unter ihr flucht.
Der Knoten lässt sich nicht öffnen. Egal, wie fest Loth zieht, wie fein sie friemelt. Wie lange sie vor jedem Griff überlegt.
Das geht nicht, sagt Loth und schaut zu Elija auf. Dabei ziehen sich in ihre Stirn tiefe Falten. Loth sieht alt aus, wenn sie wütend ist, findet Elija. Und Loth ist fast immer wütend.
Versuch noch mal, bittet Elija.
Der Schuh sitzt nicht fest am Fuß. So wird sie Blasen bekommen. Die neuen Wanderschuhe sind kaum eine Woche alt. Vor der Reise hat Elija sie jeden Tag getragen. Auch in der Wohnung. Nur zum Tanzen und Schlafen hat sie sie ausgezogen. Trotzdem ist das Leder rau. Jetzt ist es zu spät. Jetzt geht die Wanderung los.
Elija beißt sich auf die Lippen, nimmt sich vor, nicht quengelig zu sein. Den ganzen Tag nicht.
Loth richtet sich auf. Sie überragt Elija um einiges. Elija mag nicht, dass sie immer nur Loths kleine Brüste sieht, wenn sie geradeaus blickt. Den Kopf in den Nacken legen, um Loths Gesicht zu sehen, will sie nicht. Und Loth hat keine Lust runterzuschauen.
Das ständige Runterschauen macht mich depressiv, denkt sie.
Elija guckt auf die Brüste und Loth auf die Scheibe der Bushaltestelle. Loth spiegelt sich. Ihre Haare sind noch feucht, wirken fettig, findet sie. Und das ist nicht gut. Auch nicht, wenn man ins Moor geht und den ganzen Tag nur Gräser und Sumpf zu sehen bekommt.

Was ist mit dem Schuh?
Was soll damit sein? Du hast diesen Knoten da reingemacht, und ich kriege ihn da nicht raus.
Bitte hilf.
Elija reißt die Augen weit auf. Bei Noa kommt sie damit immer durch. Aber Loth ignoriert Elijas Augen. Sie sind klein, werden von einer großen Lidfalte beschützt.
Loth sieht nur ihre Schultern, ihren Hals, ihr spitzes Kinn in der Scheibe.
Loth ist klapprig. Ihr Schlüsselbein steht hervor. Ihre Pulsader pocht blau in den Wald hinein. Unter ihren Wangenknochen fällt die Haut nach innen.
Früher hat Elija gedacht, Loths Wangenhaut würde vielleicht an den Zähnen festkleben. Jetzt weiß sie, dass Loth einfach nichts isst. Außer Bratwürste auf dem Weihnachtsmarkt. Und Käsehäppchen und Mettigel auf Partys.
Komm jetzt, wir gehen zu Noa. Die wartet schon.
Mein Schuh!
Da bist du selbst schuld dran. Komm jetzt. Vielleicht kriegt Noa das hin.
Loth dreht sich um. Blickt zu der Stelle, an der Noa vor wenigen Minuten auf den Moorwanderweg eingebogen ist. Ein Bogen aus Baumstämmen und ein Holzschild, das davor warnt, die Wege zu verlassen. Loth schaut hoch. Wenigstens sind einige Wolken am Himmel. Sie nimmt ihren Rucksack, setzt ihn auf. Von dem Gewicht biegen sich die Schultern nach vorn, schießt der Kopf in den Nacken. Loth läuft los. Unter dem Baumstammbogen zieht sie die Wanderkarte aus der Hosentasche, überprüft, ob sie sie so gefaltet hat, dass sie den ganzen Wegverlauf im Blick hat. Dann stellt sie sich auf die Planken. Sie lauscht. Wundert sich, dass sie

Elija nicht heulen hört. Sie geht weiter, sieht Noa vor einem Bach hocken.

Elija setzt sich auf den Boden. So will sie nicht loswandern. Nicht mit Loth und nicht mit Noa. Kurz betrachtet sie den Schuh, guckt dann lieber schnell weg. Sie hat jetzt schon Durst, sie hat jetzt schon Hunger. Auf Kaiserschmarrn und Kirschsaft.
Vielleicht bleibe ich einfach hier, schreit sie in sich hinein, schlägt den Hinterkopf an die Scheibe. Ihr schwindelt es heftiger. Sie schlägt nochmals. Dann hört es auf, und sie sieht klar.
Die Bäume verstellen den Horizont. Ob hinter dem Moor wirklich der Berg mit den toten Stämmen kommt?
Elija legt beide Hände um den Knoten. Ihre Finger sind grob. Sie ist nicht so geschickt. Alle sagen ihr immer, das sei nicht so schlimm. Denn Elija hat Kraft. Sie zerrt an dem Knoten. Die Schnürsenkel ziehen sich zusammen, spannen das Innenfutter um den Fuß. Elija macht einen weiteren Knoten. Ganz nah an der Zunge. Der Schuh sitzt fest. Sie steht auf. Zum Glück hat sie ohne Tränen geweint. Sonst müsste sie jetzt ihr Gesicht abwischen.

Acht. Zwanzig

Noa stellt sich hin. Loth schlurft auf sie zu. Dahinter hüpft Elija. Loth zieht beim Laufen eine Zigarette aus ihrer Hosentasche, riecht daran. Noa mag, wie Loths Gesicht entspannter wird, wenn sie sich Tabak vor die Nase hält. Sie sieht anders aus als auf den Fotos, die sie ins Netz stellt. Die Bilder, die mehreren tausend Menschen gefallen. Bilder, auf denen Loth adrett gekleidet ist, die Haare streng frisiert, die Haut glattgeschminkt. Mit angespanntem Körper und eingemeißeltem Lächeln dasitzt und gefällt. An der man nicht vorbeischauen kann. Das Gesicht ist so schön. Fast unwirklich. Wie eine Statue, die die Blicke auf der glatten Oberfläche fängt. Eine Statue, die sagt: Ich bin lebendig. Aber wenn man sie berührt, ist sie doch nur kalter Stein.

Dieses ruhige Gesicht hat Noa an Loth lange nicht mehr gesehen. Das letzte Mal vielleicht als Jugendliche.

Als sie an den späten Abenden durch den Stadtteil streifen. Ohne Elija, nur die beiden. Ohne sich erklären zu müssen und ohne auf den Weg zu achten. In der Heimatstadt können sie laufen und laufen und kommen immer wieder an derselben Stelle an. Sie bleiben nur stehen, um mit Steinchen die letzten intakten Laternen zu zerschießen. In vollkommener Dunkelheit schleichen sie weiter. Verlaufen ist unmöglich. Loth und Noa haben Katzenaugen. Sie kommen an verlassenen Häusern vorbei, in denen die modrigen Gardinen aussehen wie suizidale Gespenster. An der geschlossenen Bäckerei entlang, direkt in den dünnen Streifen Wald. Kahle Baumkronen, und weit darüber ausgefranste Sterne. Dann und wann zielt Loth mit Eicheln auf sie. Unter den jungen Neubaugebietsbäumchen holt sie die Zigarette aus der Tasche, hält sie vor Noas Gesicht und lässt sie von den Sternen segnen. Ihr Feuerzeug leuchtet auf, und Loth räuchert sich die schlechte Laune aus dem Körper. Reicht die Zigarette weiter an Noa, die einmal zögerlich zieht.

Jetzt schiebt Loth die Zigarette behutsam zurück in ihre Hosentasche. Sie raucht nicht im Wald. Nicht im Sommer.
Noa bemerkt, dass ihre Hose beim Hocken nass geworden ist. Die Knie sind kühl. Sie schaut noch einmal in den Bach. Dunkles Laub, wenige glattgewaschene Steine überspült von dem klaren Wasser.
Elija fällt ihr um den Hals.
Habe meinen Schuh repariert!, quietscht sie. Elijas Körper ist warm. Wärmer als jeder andere Körper, den Noa je gefühlt hat. Elija ist weich. An jeder Stelle, und egal, wo man sie berührt, spürt man ihren zittrigen Tonus. Elija hält nie still. Ihr Atmen sammelt sich in Noas Ohr. Das klingt wie Thermalbadrauschen.
Du hast deinen Schuh repariert?, wiederholt Noa überdeutlich.
Hast du es jetzt doch hinbekommen?, fragt Loth und schaut skeptisch auf den Schuh.
Guck, guck, macht Elija, streckt das Bein aus und hält den Schuh in die Höhe.
Was ist das denn für ein Knoten?, lacht Noa bewundernd.
Elija-Knoten! Elija klatscht begeistert in die Hände. Loth verdreht die Augen.
Sie schaut über das Moor. Morgennebelschwaden hängen darüber. Schlucken die Bäume im Hintergrund. Der Bach glänzt. Loth holt ihre Sonnenbrille aus dem Rucksack und setzt sie auf. Mit der Brille sieht sie aus wie ein Insekt. Deshalb hat sie sie ausgesucht. Große Facettenaugen, denen nichts entgeht. Augen, aus denen sie herausschauen, in die aber niemand hineinblicken kann.
Jetzt geht's los!, jubelt Elija und springt hoch. Bei der Lan-

dung wackeln die Planken. Noa und Loth strecken die Arme aus, um in Balance zu bleiben.
Dann immer geradeaus. Was anderes bleibt uns auch nicht übrig, denkt Noa und schaut auf das Wegstück vor sich.

Acht. Sechsundzwanzig

Loth hält Abstand zu den Schwestern. Elija läuft voran. Sie ist immer die Langsamste. Kann mit ihren kurzen Beinen und dem schweren Körper nicht so schnell. Ihr Rucksack ist der kleinste. Noa hat Elijas Wasser mit in ihren genommen. Loth trägt die Brote.
Loth mag es nicht, langsam zu sein. Sie ist immer schnell. Nur wenn sie mit Elija zusammen ist, muss sie Rücksicht nehmen. Vom langsamen Gehen tun ihr schnell die Knie weh. Wach werden kann sie so auch nicht. Sie schaut auf die Gräser, die neben den Planken wachsen. Hellgrün. Eigentlich findet sie die Natur eh langweilig. Deswegen ist sie nach Halle gezogen. Von der patriotischen Hausgemeinschaft mit frischen Eiern und Ziegenmilch auf dem Land in die patriotische Hausgemeinschaft mit Barraum und regelmäßigem Kinoprogramm. In Halle gibt es kein Hellgrün. Zumindest nicht so viel wie auf dem platten Land. In Halle gibt es nicht nur einen Streifen Hellgrün auf dem Boden, einen Streifen Dunkelgrün in der Mitte und einen Streifen Grau am Himmel. Da gibt es mehr als den Nebel am Morgen und einen dicken Baum auf dem Feld. Mehr als die Umrisse einer Kohlekraftanlage am Horizont. Auf dem Land ist Loth jeden Morgen joggen gegangen. Einmal bis zum Rauschen der

Autobahn und wieder zurück. In Halle kann sie das nicht mehr machen. Obwohl sie gerne würde. Aber in den Parks ist es zu gefährlich geworden, findet sie und wundert sich, wenn junge Frauen da alleine durchspazieren. Morgens, mittags und abends. Denen kann sie auch nicht helfen, denkt sie dann.

In Halle sitzt Loth jeden Morgen auf der tiefen Fensterbank. Der erste Kaffee dampft neben ihr. Die Mitbewohner sitzen beim Frühstück in der Küche, bei Haferschleim und Wachwerden. Loth braucht morgens Ruhe, inhaliert Sauerstoff. Ihr Fenster ist geöffnet. Würde sie jemand erschrecken, sie könnte hinausfallen. Auf die Straße knallen und verbluten, ohne es bewusst zu erleben. Durch das Fenster dringen die ersten Stadtgeräusche. Keuchende Autos, Busse, die schniefend die Luft aus den Reifen lassen. Absatzschuhe schlagen auf Kopfsteinpflaster. Hinter der Hochhackigen läuft eine Frau mit verfilzten Haaren. Sie sieht aus wie eine Ureinwohnerin, wie jemand, der sich nicht wäscht, wie Pack eben, findet Loth. Sie schnappt sich die Tasse und schaut lieber dort hinein. Im dunklen Kaffee spiegelt sich ihr Gesicht. Morgens ist sie hübsch.

Die Ureinwohnerin verschwindet in Richtung Universität. Loth überlegt, ob sie sie schon kennt. Von den Protesten vor der Hausgemeinschaft. Grölende Menschen, die Loth und die anderen als Faschisten, als Mörder und was nicht noch alles beschimpfen. Die Krach machen. Worauf die aus der Gemeinschaft noch mehr Krach machen. Die gelben Fahnen hissen, mit dem schwarzen Symbol, und Parolen rufen. Auf Latein. An solchen Tagen wirbelt Loth durchs ganze Haus, vlogt aus dem Gemeinschaftsraum heraus, postet wild in die Welt. Im Haus gibt es nur morgens Stille. Und

dann, wenn die Linken zu beschäftigt sind, die Gemeinschaft zu stören.
Der Bus hält wenige Meter von der Haustür entfernt. An der Haltestelle haben sich schon Leute versammelt. Alte, die nichts mehr mitkriegen. Junge, die nichts mehr mitkriegen wollen, und Mittelalte, die hier nichts zu suchen haben. Überall Studierende, aggressive Meinungsfaschisten, findet Loth. Alle gleichgeschaltet und verstrahlt. In lumpiger Kleidung oder in durchschnittlichen Jeans mit Rucksäcken und Beuteln streunen sie die Straße entlang, vergeuden ihren Tag in dunklen Hörsälen und jammern über zu viele Hausarbeiten. Loth will nicht mehr studieren. Schon seit Jahren nicht. Loth will sich die Fußnägel lackieren.
Sie schaut auf ihre Füße, der dunkle Nagellack ist abgeblättert. Sie lehnt sich zur Kommode und zieht ihre Nagelutensilien heraus. Schwarzer Lack mit ein wenig Glitzer. Sie schüttelt ihn, er glänzt im Tageslicht. Sie kneift die Augen zusammen, schaut noch einmal raus. Jemand pfeift unter ihr ein Lied. Der Kamerad Ben geht zur Arbeit. Er dreht sich zum Haus, sieht sie auf der Fensterbank und winkt. Sie winkt zurück, öffnet das Fläschchen Nagellack und streicht mit dem getränkten Pinsel über den großen Zeh. Unter der frischen Farbe zeichnen sich die Farbreste ab. Loth stört das nicht, sie malt weiter, hält den fertigen Fuß aus dem Fenster. In der Sommerluft trocknet der Lack schnell. Sie trinkt den ersten Schluck Kaffee. Er ist lauwarm, im Mund fast kalt. Er schmeckt bitter. Macht noch nicht wach. Dafür bräuchte sie Wind um sich herum und aufgewärmte Muskeln. Sie bleibt sitzen, schaut auf das Kopfsteinpflaster unter ihr. Es sieht verdammt hart aus.

Loth holt Noa ein. Sie laufen hintereinander. Aus Versehen tritt Loth in Noas Ferse. Noa humpelt zwei Schritte lang, ignoriert es. Da tritt Loth noch mal zu. Noa tut so, als hätte sie es nicht bemerkt.

Kurz bleibt Loth stehen, damit Elija und Noa ein paar Meter Vorsprung bekommen. Sie schaut auf das sanfte Grün. In ihrer Erinnerung ist das Moor anders. Sumpfiger, dunkler. Nicht eine nette helle Wiese mit Wasserlöchern darin. Da ist mehr Einsinkgefahr und sind auch mehr Tiere und alles ist nicht so verlassen. Da ist es Herbst und regnerisch und Loth spürt was von der Natur. Nicht nur Sommerlüftchen und Gräser in der Hand.
Die Wanderung zum Berg im Moor zu beginnen war Loths Idee. Und die Schwestern hatten nichts dagegen. Noa zumindest nicht. Elija darf nicht mitbestimmen. Elija kann sich auch gar nicht an die erste Wanderung durch das Moor erinnern, glaubt Loth. Was weiß sie noch von Herbstferien, dem Geruch nach zu süßem Apfelkuchen, Spazieren zum Berg, Kassettenhören in der Ferienwohnung und den schnarchenden Eltern? Von dem zugezogenen Himmel, durch den nur manchmal stechendes Licht fällt, und den Gruselgeschichten, die Noa erzählt.
Lange her, denkt Loth, zupft den weißen Flaum von einem Wollgrashalm. Spürt es in der Hand. Es fühlt sich nicht so schmeichelnd auf der Haut an, wie sie gedacht hätte. Durch die Berührung zerfällt es in seine Einzelteile. Sie schließt die Hand fest, zerdrückt die Fasern, zermahlt sie. Dann lässt sie weißes Pulver auf das Hellgrün rieseln. Das Weiß geht im Grün unter. Loth ist unzufrieden.

Acht. Dreißig

Elija bleibt stehen. Sie hat es gesehen. Oder doch nicht? Sie späht in die Ferne. Da ist es. Da oben, links, an dem dicken Ast. Da sitzt es. Leise. Alle sollen leise sein. Noa bleibt stehen, Loth überholt die beiden. Beginnt zu pfeifen. Loth soll still sein. Das Pfeifen klingt nicht schön, nicht harmonisch, findet Elija. Loth pfeift abgehackt und mit wenig Gefühl. Elija will das Fernglas aus dem Rucksack holen. Macht das zu viele Geräusche? Der Reißverschluss, das Wühlen. Dann würde es wegspringen, oder nicht? Es ist noch da. Es reckt den Kopf in die Höhe. Bewegt ihn zackig. Es kann sich nicht fließend bewegen. Elija findet das schön. Alle müssen ruhig sein, damit es da sitzen bleibt und seinen Köpfchentanz zu Ende bringt.

Elijas Atem ist laut. Rasselnd. Das hasst sie an sich. Sie kann sich nicht anpirschen, sie kann niemanden erschrecken, sie kann sich nicht verstecken. Immer dieser laute Atem, das Keuchen nach der geringsten Anstrengung. Elija findet ihren Mund zu klein. Da hat das Schweigen keinen Platz. Und die Worte kommen so schlecht an den Lippen vorbei, die wollen lieber in der Mundhöhle warten. Da ist es ganz warm. Elija formt die Worte richtig, da ist sie sich sicher. Aber manchmal kommt ein Zahn dazwischen und schneidet sie auf oder verpasst dem Wort eine Wunde. Dann kann das Wort kaum einer verstehen. Jetzt hält Elija sich die Hand vor den Mund. Damit sie nicht aus Versehen dem Vögelchen etwas zuruft.

Auf dem Ast hüpft es ein Stück weiter. Sein weißer Bauch leuchtet zwischen den Nadeln hervor. Eine kleine rötliche Stelle unterhalb der Kehle. Die Flügel sind gräulich, etwas braun, der Schnabel still. Elija möchte, dass es ein Stückchen hüpft, dann kann sie es besser sehen. Ein bisschen mehr nach links. Sonst wird es im Schatten farblos. Elija braucht das Fernglas. Sie schaut zu Noa. Doch Noa hat die Augen geschlossen und lässt das Licht auf die Lider fallen. Noa interessiert sich nicht besonders für Vögel.
Da ist es. Oder ist es weggeflogen, als Elija nicht hingeschaut hat? Sie nimmt die Brille ab. Manchmal findet sie, dass sie dann besser sehen kann. Nicht schärfer natürlich. Sondern sehr verschwommen. Ihr fällt so das Wichtige besser auf. Es fällt ihr direkt ins Auge und ihr Gehirn stellt es dann scharf. Früher hat Elija manchmal mit Noa oder Loth darüber gesprochen. Aber die haben daraufhin nur die Augen weit aufgerissen, eine faltige Stirn gemacht und überdeutlich: Ja, wirklich. Das ist ja toll gesagt.
Elija will so was nicht mehr hören, deswegen erzählt sie das nicht mehr.
Das Vögelchen sitzt jetzt auf einem anderen Ast. Eine Etage höher. Elija wird aufgeregt. Vielleicht ist es ein Rotkehlchen. Da ist es noch, oder nicht? Das Vögelchen. Ohne Brille schwimmt die Welt. Ohne Brille kann Elija sehen, wie die Erde sich dreht. Ohne Brille flimmert der Wald. Ohne Brille wird ihr schwindelig. Sie setzt sie wieder auf, schaut durch die Gläser. Das Vögelchen ist weg. Elija denkt an den weißen, flauschigen Bauch.
Noa stellt sich eng an Elija heran, öffnet den Reißverschluss des Rucksacks und kramt das Fernglas heraus. Sie hängt es um Elijas Hals.

Wenn es dir zu schwer wird, gibst du Bescheid, in Ordnung?, sagt sie. Elija nickt.

Acht. Einundvierzig

Obwohl sie noch nicht lange laufen, schnauft Elija laut, findet Noa. Sie überlegt, Elijas Rucksack zu nehmen und sich selbst aufzusetzen, doch dann würde Loth schimpfen oder die Augen verdrehen. Noa geht weiter.
Noa mag es, zu laufen, ohne den Hamburggeruch in der Nase zu haben.
Das salzige Wasser in der Luft. Den Gestank der Fischkadaver, an denen sie vorbeikommt. Auf dem Weg zur Arbeit. Oder wie soll sie die Kantine nennen, in der sie breiig gekochten Reis neben braungrüne Erbsen schaufelt und Guten Appetit sagt, wenn sie den Teller übergibt. Beim Laufen hört sie auf ihre Schritte. Für die Vormittagsarbeit zieht sie Absätze an, egal, ob das unpraktisch ist oder ob es die Füße müde macht. Sie mag es, morgens an den breiten Straßen entlangzulaufen, an den grauen Häusern vorbei bis zu dem Glaskasten mit Elbblick. Kein Wunder, dieser Elbblick. Das Haus ist so hoch. Man kann alles von dort sehen. Nicht nur die Elbe, sondern die ganze Stadt, glaubt Noa. Bisher war sie nie ganz oben. Noa ist hellwach auf dem Weg zur Arbeit. Es ist Sommer, da fällt das Aufstehen nicht schwer. Vor allem nicht, wenn sie Akims Sprachnachricht im Ohr hat. Seine heisere Stimme und seine Ähms. Mehr Ähms als Wörter, aber das ist schon okay für Noa. Was soll man auch sagen so früh am Morgen. Gerade wenn man, wie Akim, die halbe

Nacht arbeitet oder feiert oder was auch immer macht. Noa hat nicht gefragt, keine Antwort aufgezeichnet. Im Kopf spielt sie die Nachricht immer wieder ab. Die Ähms und die Du-Noas und die Ich-habe-so-miserabel-Geschlafens. Wie er das sagt: Noa. So als wäre das ein starkes Wort, ein Wort aus Metall, an dem man sich die Zunge blutig schneidet. Eben nicht so ein Wort, das nur ein leichter Hauch ist, bei dem man sich nicht sicher ist, ob es nicht vielleicht nur ein Ausatmen war.

Akims Stimme kommt aus dem Bauch und hangelt sich dann seinen langen dünnen Hals hoch. Das macht auch seine Worte manchmal dünn, wenn sie herauskommen. Erschöpft. Nur wenn er seinen Namen ausspricht, wenn er: Hallo, hier ist Akim sagt, ist das wie ein Schlag auf den Bordstein.

Die breite Straße riecht nach Gummi. Abgefahrene Reifen. Eines Fahrrads oder eines Autos, sie weiß es nicht. Bilder eines verunglückten Radfahrers, Opfer eines illegalen Autorennens kommen in Noas Kopf. Sie sieht die Verletzten vor sich. Blut und zerborstene Knochen. Vielleicht ein gebrochenes Genick. Noa will schon hinrennen, Erste Hilfe leisten. Aber da liegt ja keiner. Da braucht ja niemand ihre Hilfe. Da ist nur der Gummigeruch.

Das Klackern ihrer Schuhe hallt von den Hauswänden wider. Am Straßenrand stehen Autos. Bei manchen ist die Fahrertür geöffnet, Handtaschen lungern auf den Beifahrersitzen herum. Die Besitzerin mit Schlüssel springt in den Wagen, startet erst den Motor und schließt dann die Tür. Der Tag ist heiß, obwohl es noch früh ist.

An der Ecke ist die kleine Billigbäckerei. Vor dem Eingang steht eine Möwe und macht Terz, weil sie nichts abbekommt.

Ihren gelben Schnabel reckt sie in die Höhe, ihren Körper plustert sie auf, lärmt in das Geschäft. Noa will nicht an der Möwe vorbeigehen, schaut in die Bäckerei. Aus dem Kaffeeautomaten tropft hellbraune Brühe in Pappbecher, in der Selbstbedienungsauslage schwitzt das belegte Brot Remoulade aus. Noa hat Hunger. Die Möwe bemerkt sie, läuft auf sie zu, mit Geschrei und ausgestreckten Flügeln. Noa rudert zurück, stolpert rückwärts, findet mit ihren Absätzen keinen Halt. Ihre Knie knicken ein, der Oberkörper fällt nach vorn, erschreckt die Möwe. Sie fliegt weg, und Noa liegt auf dem Bürgersteig. Ein alter Mann schaut sie verwundert an, als sie sich aufrappelt. In ihrem Knöchel zieht es. Beim Gehen merkt sie, dass sie humpelt. Sie läuft an der Bäckerei vorbei. Heute kein Brötchen mit Ei und Remoulade und keinen Milchkaffee dazu. Alle haben ihren Sturz gesehen, alle beobachtet, wie die Möwe sie fast angefallen hätte, denkt Noa und verflucht ihre Schuhe.

Im Glashaus zieht sie die Arbeitsschuhe an. Turnschuhe, dazu eine weiße Hose und ein Kittelchen, eine Haube, unter der die roten Haare versteckt werden müssen. Lange desinfiziert sie die Hände. Sorgfältig schmiert sie jeden Finger ein, lässt keine Hautstelle aus.

Die anderen stehen schon an den Töpfen. Überwachen, wie das Tiefkühlessen auftaut. Wie aus Blöcken Suppe wird und aus Klumpen Kartoffelbrei.

Sie nickt zur Begrüßung. Hier spricht man nicht. Außer wenn das Gehalt nicht überwiesen wurde oder ein neuer Mitarbeiter eingearbeitet werden muss. Noa liest die Namen von den Schildern auf der Brust ab, wenn sie eine Frage hat. Meistens gibt es keine Fragen. Was man wissen muss, steht auf der Tageskarte. Der, der als Erstes da ist, nimmt sich die beste Aufgabe. Deshalb schafft Noa es oft, sich den Salat zu sichern. Wenn sie bei Akim übernachtet hat, bleiben nur noch die Fische übrig.

Um das Fleisch kümmert sich immer die alte Frau. Von Antidepressiva ist sie aufgequollen. Ihre Wangen hängen herunter, ihre Augen liegen unter Fleischlappen. Noa fragt sich manchmal, ob sie überhaupt etwas sehen kann. Der Alten passiert es öfter, dass sie vor Tischkanten läuft, sie weigert sich, die Teller zu befüllen. Lieber schlägt sie mit dem Holzhämmerchen auf aufgetaute Schnitzel.

An der Spülmaschine arbeitet das junge Mädchen, das jeden Freitag um dreizehn Uhr in Ohnmacht fällt. Es darf dann früher gehen. Nicht nach Hause. Es betont jedes Mal, dass es kein Zuhause sei, in dem es da wohne, sondern eine Übergangslösung. Eine Art Kaserne. Noa fragt nicht weiter. Das Mädchen ist bleich. Das Mädchen hat keinen Schulabschluss, glaubt Noa. Zumindest kann es nicht sonderlich gut schreiben, und das Zählen gelingt nur selten. Am Spargel steht der Alte. Der, der am liebsten in den Töpfen rührt und Angst bekommt, wenn etwas am Topfboden anbrennt. Weil er so alt ist, rührt er mit einer Hand und stützt sich mit der anderen auf der Arbeitsfläche ab, bis er sich das Blut abklemmt. Dann schüttelt er so lange, bis wieder Blut reinfließt.

Wenn Noa an ihm vorbeischlurft, hört sie ihn murmeln. Vom Weltuntergang, von der Übernahme anderer Kräfte, vom neuen Zeitalter, das ihn nicht mehr brauche und die anderen schon gar nicht. Ein Zeitalter, in dem es keinen Spargel und keine Töpfe mehr gebe. Der Alte hat Angst, in der Kantine zu sterben, mit dem Kopf in das brodelnde Wasser zu fallen. Tot zu sein, noch bevor sein Gehirn verkocht ist. Der dampfende Gedanke ist das, worauf ich in meinem Leben noch warte, murmelt er Noa zu. Sie steht hinter ihm, schaut in den Spargeltopf. Wie weiße Fingerchen schwimmen die Stangen herum. Noa schnappt sich eine Zange. Dann geht sie zum Salat.

Acht. Vierundvierzig

Noa dreht sich um und läuft ein Stück rückwärts. Dabei muss sie darauf achten, nicht gegen Elija zu stoßen. Noa spürt Loth in ihrem Rücken.
Kannst du nicht normal laufen?, fragt Loth wenig interessiert und pflückt noch ein wenig Gras. Noa antwortet nicht, betrachtet wieder den Himmel. Die Fichtenspitzen stechen in das helle Blau. Ein Vogel kreist weit über dem Moor. Geschmeidig schraubt er sich höher und höher, wird ein immer kleinerer Punkt zwischen den mickrigen Wolken.
Du stößt gleich gegen Elija, pass mal auf, murrt Loth.
Noa läuft weiter rückwärts.
Kannst du das nicht, Loth?
Kann ich, aber ich will nicht. Ist doch bescheuert. Wenn man ordentlich laufen kann, muss man ja nicht behindert laufen.
Ich würde vielleicht mal überlegen, welche Wörter ich benutze, sagt Noa zu Loth.
Ich weiß, dass ich behindert bin, sagt Elija. Sie bleibt stehen. Noa stolpert in sie hinein. Elija fängt sie ab.
Und ich würde das nächste Mal schauen, wo ich hinlaufe, damit ich meine Schwester nicht verletze, sagt Loth spitz.

Loth hakt sich bei Elija unter und führt sie schneller durch das Moor.
Da sieht man es wieder, beginnt sie. Die Noa läuft dich einfach so über den Haufen.
Nicht mit Absicht, versucht Elija zu sagen. Aber das Wort Absicht konnte sie noch nie richtig aussprechen.
Jetzt haben wir uns, Elija, schwafelt Loth theatral und so laut, dass Noa es mehr als gut verstehen kann. Da brauchen wir deine rücksichtslose Schwester nicht. Wir zwei Invalidinnen, wir halten zusammen.
Als Noa das Wort Invalidinnen hört, wird sie wütend, holt auf, um nah hinter den beiden zu laufen. Sie weiß, wie Loth beim Sprechen riecht. Penibel sauber gehaltener Atem. Zahnpasta mit Minzgeschmack und Mundwasser. Nichts, was nach Loth riecht. Nichts, das mehr ist als steril.

Das Laufen ist für Elija anstrengend. Sie hat nicht so viel Ausdauer, und eigentlich wissen Loth und Noa das. Manchmal ist ihnen das aber egal. Und das weiß Elija auch. Sie stützt sich bei Loth ab.
Auf den sperrigen Knochen liegt ihr Arm unangenehm auf. Ob man blaue Flecken bekommt, wenn man Loth zu lange berührt?
Elija mag nicht, dass Loth nach gar nichts riecht. Nicht nach Schweiß, nicht nach Parfüm. Einfach nur nach T-Shirt-Stoff und Wasser. Vielleicht benutzt sie nur Oma-Seife und anonymes Waschmittel.
Elijas Durst wird stärker.
Morgens wacht sie jedes Mal auf, weil sie trinken muss. Neben ihrem Bett steht eine kleine Flasche. Sie ist halb gefüllt. Unten ruht das Wasser, und darüber fängt Elija die ersten

Sonnenstrahlen. Sie glitzern in den Raum. Zum Schlafen dunkelt Elija das Zimmer nie ab. Sie mag, wenn sich der Tag Schritt für Schritt ausbreiten kann.
Wenn sie unter der Dusche steht und das Wasser auf ihren Kopf prasselt, streckt sie die Zunge raus und fängt ein paar Tropfen. Die schlingt sie gierig hinunter. Vom ersten Geschmack am Morgen hängt ab, ob es ein harter oder ein weicher Tag wird. Von der Größe der Tropfen, ob er schnell wird oder langsam. Elija liebt schnelle Tage, und deshalb hat sie die Brause so eingestellt, dass nur feine Tropfen hinauspurzeln.
Müde hängen die Brüste auf den großen Bauch. Sie mag es, sich von oben anzuschauen und die Fußspitzen hervorblitzen zu sehen. Zum Wachwerden trampelt sie in die kleine Pfütze in der Duschtasse. Das Wasser springt einmal nach oben, bevor es in die Kanalisation jagt. Elija lacht spitz.
Was ist?, fragt Mio.
Elija hört ihn nicht. Das Wasser ist zu laut. Es scheppert an ihren Ohren vorbei, schlägt auf die Schultern, poltert die Körperkurven hinunter. Vor den Augen macht es alles verschwommen. Elija kneift die Augen zu.
Ist alles gut? Mio schiebt den Vorhang zur Seite. Das Wasser spritzt in sein Gesicht.
Elija erschrickt, zuckt zusammen, lacht dann laut auf. Mios Gesicht ist voller Rasierschaum, nicht nur an den Wangen und am Kinn, sondern auch an der Stirn. Sie klatscht in die Hände, springt kurz hoch und rutscht beim Landen fast aus.
Pass auf, sagt Mio und hält sie fest.
Nichts passiert. Komm.
Ich bin schon angezogen.
Mio hat sein Gemütlichkeitsoberteil an und seine Jeans.

Kannst du wieder ausziehen. Elija grinst frech. Das hilft immer. Schnell dreht sie das Wasser aus. Mio schlüpft aus der Kleidung, steigt zu Elija in die Dusche. Sie macht das Wasser wieder an. Warm läuft es an ihren Beinen entlang. Sie sehen sich nicht an, sie wissen so gut, wie sie aussehen, dass sie das nicht mehr brauchen. Unsicher schmiegt Elija sich an. Sie will nicht ausrutschen, und sie will nicht, dass Mio hinfällt. Er ist einen Kopf größer als sie, und seine Augen stehen noch enger beieinander. Fast, als hätte er nur ein großes Auge, denkt Elija manchmal. Elija glaubt sowieso, dass jeder Mensch ein Auge hat, mit dem er alles sehen kann, und dass die Augen sich trennen, je trauriger man wird. Die Augen von Loth und Noa liegen um einiges weiter auseinander als Elijas.
Mio wickelt seine Arme um sie. Sie sind kalt, wärmen sich jedoch schnell an ihrem Körper auf. Er ist müde. Mio wacht immer etwas später auf als sie und geht abends auch immer später ins Bett. Nach der Vorstellung ist er nicht so aufgedreht wie Elija, tanzt nicht über die ganze Hinterbühne und gibt nicht jedem einen Kuss. Er setzt sich zum Abschminken auf einen Stuhl und beobachtet Elija. Das reicht ihm.
Wenn sie einschlafen, mag er es, Elijas ruhigen Atem zu hören. Dann kann auch er einschlafen. Elija muss die Nacht für ihn freikämpfen.
Der Rasierschaum löst sich im Wasser auf. Die seifigen Reste treiben an ihm herunter. Sein Bauch und Elijas Bauch stoßen aneinander, wenn sie sich eng umarmen. Sie kichern. Dabei zittert Elijas Körper immer etwas mehr als seiner.
Bist du noch sauer?, fragt Mio.
Nein.
Ich habe das falsch gemacht. Gestern.

Nicht schlimm. Kann jedem passieren.
Elija mag, wie sich seine Haut anfühlt. Sie ist schuppig, immer trocken, und wenn er sich nicht eincremt, bröckelt sie ab. Mio ist ein Fisch. Nur im Wasser oder mit einer dicken Fettschicht auf der Haut wird er glatt. Wenn er vergessen hat, sich einen Schal umzubinden und durch den Winter stapft, ist sein Hals rau, wie ein alter, tief verwurzelter Baum. Und sein Ausatmen klingt wie das Zwitschern von uralten Vögeln.
Mit den Händen tastet Elija Mios Körper ab. Er ist genau wie sie rund an jeder Stelle. Er hat nichts, an dem sie sich stoßen könnte. Sein Körper ist so elastisch, dass er sich ganz um sie wickeln kann. Dann bekommt Elija zwar keine Luft, aber wenn sie ihm einmal auf die Schulter tippt, lässt er sie los.
Elijas Hand landet auf seinem Hinterkopf. Der ist ein bisschen spitz. Sie legt beide Hände darauf, vielleicht kann sie so hören, wie seine Gedanken hin- und herflitzen.
Mio denkt immer noch an die Vorstellung, weiß Elija. An die eine Szene, die er wieder verdorben hat. Heute Nachmittag bei der Nachbesprechung wird es Ärger geben. Keinen bösen Ärger mit Schimpfen, sondern dieses behutsame Einbläuen. So als wüsste Mio nicht, was er falsch gemacht hat. Das nervt Elija am meisten. Sie versteht nicht, warum alle immer so tun, als wären sie nicht wütend. Nach einer Kritik muss sowieso jeder weinen. Und wütendes Weinen macht den Körper frischer als kleines Schluchzen in der Ecke.
Auch Elija denkt an den Abend. An ihre Szene, in der nur sie auf der Bühne ist und alle Aufmerksamkeit sich auf ihr versammelt. In der sie tanzt. Ganz wild mit den Hüften und ganz zart mit den Armen und ihr Kopf sich schneller be-

wegt als ihre Gedanken. Sie spürt, wie alle sie anschauen und dass das ganze Publikum denkt: Das hätte ich der Elija gar nicht zugetraut.

Elija mag die verblüfften Blicke, die lassen ihre Augen funkeln. Elija wirbelt über die ganze Bühne, kommt in der Mitte zum Stehen, lässt sich auf den Boden fallen und kriecht nach vorne an die Rampe. Da kommt der Monolog. Ihr Monolog, den sie selbst entwickelt hat mit Kassandra, der Regisseurin. In ihren Worten und in ihrem Tempo und mit einem ganz besonderen Rhythmus. Hagar. Eine, die verstoßen wurde. Eine, die nicht mehr dazugehören soll, die in die Wüste geschickt wird. Allein, und im Bauch das Kind. Ismael. Auf der Bühne kann Elija eine Mutter sein. In echt kann sie das nicht.

Vorne, an der Rampe, schaut Elija dem Publikum direkt in die Augen, pickt sich einen nach dem anderen heraus und erzählt ihnen von dem Sand. Davon, dass da nur noch sie ist und der Sand und die Sonne. Und genau da, als alle Blicke konzentriert an ihr hängen, poltert Mio auf die Bühne. Viel zu früh und so, dass es alle durcheinanderbringt.

Das Publikum schaut auf Mio, wie er dasteht, ganz perplex, und nicht weiß, was er machen soll. Wie er einfach zu Elija stiert, die versucht, die Zuschauer wieder an sich zu binden. Aber keiner hört ihr zu. Alle sind bei Mio. Der stolpert einmal über den Bühnenraum und geht auf der anderen Seite wieder ab.

Lachen. Lautes Lachen, und niemand, der mehr zu Elija blickt. Sie rappelt sich auf, stellt sich aufrecht hin und brüllt ihren Text. So laut, dass niemand ihn überhören kann.

Ich habe den Moment kaputt gemacht, stottert Mio. Er hält Elija fest, als hätte er Angst, sie würde ihn wegstoßen.

Hast du. Aber nicht so schlimm.
Das sagt Elija immer. Egal, was Mio tut. Es war nicht so schlimm. Denn Mio kann gar nichts Böses machen, und wenn er was Böses macht, sicher nicht mit Absicht.
Nach der Vorstellung nimmt die Regisseurin Mio zur Seite, redet leise mit ihm. Und er nickt die ganze Zeit. Elija weiß nicht, was sie besprochen haben. Sie weiß nur, dass es nicht das erste Mal war, dass Mio ihren Auftritt unterbrochen hat.
Die Dusche und das gesamte Bad sind rosa gefliest. Ein Überbleibsel aus den siebziger Jahren. Elija und Mio haben mit den anderen aus der WG flache Gummiquallen und Fische an die Fliesen geklebt. Sie duschen in einem rosa Aquarium. Elija mag es, die Quallen nach dem Duschen auszudrücken. Das restliche Wasser fließt kläglich die Fliesen entlang, schafft es meistens nicht bis in den Abfluss. Es verdunstet.
Mio dreht das Wasser aus.
Bist du sauber?, fragt er.
Elija nickt. Er steigt vor ihr aus der Dusche und reicht ihr ein Handtuch. Elija packt sich gut ein, öffnet das Fenster und hält den Kopf hinaus. Im Sommer lässt sie ihre Haare am liebsten an der Luft trocknen.

Neun. Zehn

Es ist warm, jetzt schon. Und Loth bekommt Angst vor einem zu heißen Tag. Vor schrumpelnder Haut in der Sonne. Vor roten Flecken im Gesicht. Sie steht am Rand der Plan-

ken, tritt mit einem Fuß in den Schlamm. Auf das Wollgras, das macht Geräusche. Mit den Geräuschen spielt Loth eine Melodie. Ob die anderen sie erkennen können?
Noa lehnt sich auf der Bank zurück, legt den Kopf in den Nacken. Neben ihr sitzt Elija. Die schnauft, die hält eine Flasche Wasser in der Hand. Ist ein bisschen unzufrieden. Noa hat Wasser mit Kohlensäure gekauft. Davon muss sie niesen. Elija will warten, bis die Bläschen aus der Flasche gekrochen sind. Schaut konzentriert auf die Wasseroberfläche. Als ihr das zu lange dauert, nimmt sie einen skeptischen Schluck.
Noa beobachtet Loth. Wie sie auf den sumpfigen Boden stampft. Wie sie grinsend nach oben schaut, sich auf die Sumpftöne konzentriert. Noa hofft, dass Loth nicht noch anfängt zu singen.
Erkennt ihr die Melodie?, ruft Loth zur Bank.
Elija überlegt. Das Patschen erinnert sie an ein Lied. An eines von früher, als sie klein waren. Das klang aber anders, viel zarter. Loth versteht nicht, dass man Musik gefühlvoll machen muss, denkt Elija. Dass Melodien nur lebendig sind, wenn jeder Ton Raum hat, sich zu entfalten. Bei Loth klingt alles so leblos.
Noa hört nicht hin. Wahrscheinlich wieder so ein verbotenes Lied, das Loth gleich singen wird. Darauf hat sie keine Lust, nicht so früh am Morgen.
Um die Melodie zu treffen, muss Loth es wieder und wieder probieren. Zertrampelt dafür Halm um Halm und patscht mit ihren Füßen in vorher unberührtem Schlamm. Das schreckt Insekten auf.
Kennt ihr das wirklich nicht?, fragt Loth erneut.
Elija hört genau hin. Sie wird sich immer sicherer, welches Lied das sein könnte. Doch so schroff klingt es nicht. Würde

Elija das spielen, könnte Noa es sofort erraten. Dann würde Noa das schön finden. Sie steht auf, geht zu Loth.
Lass es, Elija, setz dich lieber wieder hin, denkt Noa nur.
Sie schraubt die Flasche zu und verstaut sie sorgfältig im Rucksack. Dabei lässt sie sich Zeit, prüft, ob der Deckel gut verschlossen ist, ob sich Krümel auf dem Taschenboden gesammelt haben, die Seiten des Reiseführers verknickt sind.
Als sie wieder aus dem Rucksack auftaucht, steht Elija nicht am Rand der Planken, sondern mitten im Moor. Mitten auf der Wiese, zwischen den Halmen, die vom Wind gebogen werden.
Loth unterbricht das Trampeln, schlendert zur Bank und setzt sich entspannt. Beobachtet Elija halb interessiert.
Im Moor, zwischen all den hellen, schmalen Stängeln, sieht Elijas Körper massiv aus. Ihre kurzen Beine, ihr gedrungener Oberkörper. Der Kopf fast ohne Hals. Das stumpfe Haar wird vom Wind angehoben, nach wenigen Sekunden wieder fallen gelassen. Ganz woanders, als es losgeflogen ist. Das Licht betont Elijas Umrisse, gibt ihr einen Schein.
Noa springt auf.
Ist sie da wirklich reingelaufen?, fragt sie Loth schrill.
Loth zuckt kühl die Achseln.
Noa ruft Elija zu: Komm sofort zurück!
Noa geht nah an den Rand der Planken. Elijas Fußspuren liegen noch tief im Schlamm. Noa versucht zu erkennen, ob das Moor Elijas Sohlen schon gepackt hat. Aber das Gras ist zu hoch.
Elija, ruft Noa. Sind deine Schuhe schon eingesunken?
Nur ein bisschen.
Dann komm jetzt wieder zurück, in Ordnung?
Nein, antwortet Elija fest. Ich will meinen Text üben.

Elija zieht sich hoch, steht aufrecht, drückt den Oberkörper zum Himmel. Das Moor hält ihre Füße. Elija streckt ihre Arme aus, schreit in die Wolken: Ich bin Hagar. Und ich stehe in der Wüste. Ich bin eine Sklavin. Das heißt, ich bin anders. Und ich habe einen Sohn. Ismael. Und das heißt: Gott hört.

Die Worte verlieren sich zwischen den Gräsern, zwischen den Stämmen. Kommen nicht bis in den Himmel, glaubt Elija. Schaut konzentriert hoch. Vielleicht sieht sie die Worte ja doch irgendwo im Morgenblau.

Elija sackt tiefer in das Moor. Ob die Knöchel schon voller Schlamm sind?

Noa macht den ersten Schritt auf die Wiese. Unter ihren Füßen fühlt sich das Gras fest an, legt sich zwischen Sohle und Moor. Sie weiß, dass das nicht lange halten wird.

Elija, ruft sie. Komm wieder her.

Aber Elija wirbelt ihre Arme durch die Luft. So wie sie es im Theater zum Aufwärmen macht. Sie kreist die Schultern, damit sie Flügel werden, sie beugt die Knie, knickt den Rumpf. Auf einer Bühne muss man kein Mensch sein. Da kann man das sein, was die Natur aus einem gemacht hat, findet sie. Elija lehnt ihren Rücken nach hinten. Ihre Haarspitzen berühren erst das Wollgras, dann den Schlamm. Noa wusste nicht, dass Elija so beweglich ist. Und Noa weiß nicht, wie sie Elija wieder auf die Planken bekommen soll.

Die Haarspitzen saugen sich voll. Aus dem schütteren Braun wird tiefes Schwarz.

Loth schließt die Augen, rollt sich auf der Bank ein, vielleicht wäre es Zeit, noch ein bisschen zu schlafen.

Wie zu Hause, wenn sie sich aus dem Zimmer schleicht. Die Kameraden alle bei der Arbeit. Oder in den Büros im Obergeschoss. Sie hat sich das Good-Night-Left-Side-Shirt hochgeknotet. Ihre Hüftknochen sind zu sehen, der Bauchnabel, der sich nach außen stülpt. In ihm hängt ein Piercing. Ein Halbmond, in dem in Messer steckt. Manchmal malt Loth mit roter Farbe Blutstropfen daneben. Leise schleicht sie in die Küche, nimmt sich noch einen Kaffee. Das Erdgeschoss ist verlassen, dunkel. Die Fensterläden von außen geschlossen, nur wenig Licht kämpft sich herein. In der Küche ist keine Spur von dem Frühstück zu sehen, das die Kameraden hatten. Nur neben dem Mülleimer wenige Krümel Brot. Loth holt den Handfeger und scharrt sie auf. Die Spülmaschine brummt, kratzt die Teereste aus den Tassen, die Butterränder von den Tellern. Loth lehnt sich dagegen. Sie mag, wie die Maschine vibriert. Der Raum ist groß, aber die Wände stehen viel zu nah aneinander. Loth hält sich nie lange in der Küche auf, auch nicht im Gemeinschaftszimmer. Die werden immer enger, je länger sie dort steht. Schwache Beleuchtung, und trotzdem wirft alles einen Schatten. Vielleicht von den Kerzen, den letzten echten Glühbirnen. Die Möbel sind spitzkantig, ständig stößt Loth sich. Manchmal taumelt sie mehr durch das Haus, als dass sie läuft. Sie weiß nicht, warum das so ist. Vielleicht, weil die Stadt, in der das Haus steht, so schief ist. Weil da etwas geebnet werden muss. Wenn Loth im Keller steht, hört sie, wie die Mäuse unter dem Zement wühlen. Gänge graben, damit das Haus zusammenstürzt. Loth sieht sich mit einem Sauregurkenglas in der Hand im Keller stehen, darunter eine wühlende Maus, und dann das Haus zusammenfallen. All die Etagen, das Erdgeschoss, die Büroräume, das schwere Dach stürzen auf sie, und sie kann sich keinen Zentimeter bewegen. Nicht mal so viel, dass sie sich den Tod greifen

könnte. Sie sieht sich daliegen, Knochentrümmer, neben kaputten Möbeln und zersplitterten Steinen. Ihr Piercing löst sich aus dem Nabel und rutscht in die Erde. Es ist begraben. Sie nicht.
Loth wird schwindelig, sie streckt die Arme nach hinten, stützt sich auf der Spülmaschine ab. Die ruckelt, gibt keinen Halt.
Einsam?, Hanno lehnt im Türrahmen, schaut zu Loth. Sie zuckt zusammen.
Nein, sagt sie matt.
Ich bin aber einsam. Hanno kommt auf sie zu, lehnt sich an den Küchentisch.
Hast du nichts zu tun?, fragt Loth.
Hannos helle Augen mustern sie. Im hartgeschnittenen Gesicht leuchten sie hervor. An den Wangen wächst ihm ein kontrollierter Bart. Die Haare sind gescheitelt, gegelt. Werden sich den ganzen Tag kein bisschen bewegen. Erst wenn er unter der Dusche steht, können sie sich befreien, ausatmen und locker herunterhängen.
Doch, schon, sagt er kess. Der Aktionismus steht an erster Stelle, nicht wahr?
Loth sieht sich im Raum um, sucht etwas, womit sie ihn ablenken kann. Aber seine Augen bleiben starr auf ihrem Körper. Die angedeuteten Brüste, der flache Bauch, die Knochen, die an fast jeder Stelle hervorstehen. Das Piercing. Hanno will es in den Mund nehmen, erkennt Loth an seinen Augen. Sie stellt sich vor, wie er vor ihr niederkniet, ihre Oberschenkel berührt, den Nabel küsst und mit der Zunge über den Bauch fährt. Sie stellt sich vor, wie er sie anbetet und seine Augen sie bitten, ihn auszuhalten.
Hanno bleibt stehen.

Und wie sieht es mit deinem Aktionismus heute aus?, fragt sie.
Ach, ich habe gerade ganz private Ziele. Er beugt sich zu ihr vor.
Loth lehnt sich zurück. Drückt sich gegen die Spülmaschine. Hanno hebt seine Hand und streicht eine ihrer Haarsträhnen zurück.
Loth, murmelt er verträumt. Schön, dass du eingezogen bist. Sie lächelt, ihr Körper entspannt sich nicht. Sie mustert ihn. Der hellblaue Hemdkragen, der unter dem Pullover hervorlugt, die braune Stoffhose. Daran findet sie keine Information über ihn. Auch nicht in seinem Gesicht, nicht in der Art, wie er sie berührt.
Eine Weile hält Hanno inne. Seine Hand an ihrem Gesicht. Ihre kalten Wangenknochen und seine fleischigen Finger. Dann weicht er zurück.
Der Aktionismus, du verstehst, sagt er flapsig, dreht sich weg, nimmt eine Flasche Mineralwasser aus dem Kühlschrank. Er geht.
Und Loth atmet aus. Die Küche ist enger geworden, der Atem hat gerade noch genug Platz, um aus der Lunge zu kommen. Es wird heiß, schnell schnappt Loth nach der letzten Luft. Aber es ist nur verbrauchter Atem. Sie legt die Hand auf ihren Hals. Das hat sie gelernt, schon vor Jahren, und das soll sie beruhigen. Funktioniert nicht. Räume werden nicht davon größer, dass Hände auf Körperstellen liegen. Das ist doch klar. Loth macht die Augen zu. Die Spülmaschine fiept. Der Raum dreht sich. Loth hört, wie das saubere Geschirr nach ihr schreit, schrill und scheppernd. Das zieht durch den ganzen Kopf. Erschüttert das Gehirn. Loth reißt die Augen wieder auf. Wütend öffnet sie die Ma-

schine. Das Geschirr dampft noch. Ignorierend, dass es heiß ist, reißt sie Teller für Teller heraus, stellt sie in die Schränke. Als die Spülmaschine leer ist, flieht sie aus dem Zimmer. Sie braucht Luft.

Neun. Vierundzwanzig

Noa steht neben Elija. Mitten im Moor. Die Füße tief im Schlamm. Bis unter ihnen fester Grund kommt, sind es viele Meter. Eine Torfschicht über der anderen, und nichts, was Halt verspricht. Noa stellt sich vor, wie sie übereinanderliegen, die Brauntöne. Wie sie fest schlummern, durch nichts gestört werden. Außer durch sickerndes Wasser, bei der Schneeschmelze. Der Wind wischt leicht an Noa und Elija vorbei. Sie haben ihre Hände ineinandergelegt. Elija kichert. Sie schaut zum Berg. Er hebt sich über das Moor, ist aus tiefstem Grün. Tannenwald. Ab einer bestimmten Stelle die abgestorbenen Bäume. Grau stechen sie hervor. Als Kind weinte Elija, als sie das erste Mal so viele Tote sah. Die Mutter tröstete sie und sagte: Die wachsen wieder neu. Und Elija glaubte das. Bis sie das erste Mal auf einem Friedhof steht, da sagt die Mutter nicht: Die wachsen wieder neu. Sondern: Die haben Platz für uns auf der Erde gemacht. Da weint Elija nicht, nimmt nur die Hand der Mutter. So wie sie jetzt die von Noa nimmt.
Noa spürt Elijas Finger. Die schmiegen sich so schön in ihre.
Das erinnert Noa daran, wie sie mit Elija im Schwimmbad steht. Alle denken: Da ist Noa mit ihrer kleinen Schwester.

Obwohl Elija die Ältere ist. In der kleinen Stadt kennen alle die Familie vom Waldrand. Die Familie mit dem behinderten Kind. Die Familie, die einmal im Monat in den Kindergottesdienst geht und mit dem vollgepackten Auto zum Zelten nach Italien fährt.
Elija finden alle süß. Wenn sie mit dem Fahrrad hinfällt, heben die Erwachsenen sie hoch. Wenn Noa fällt, rappelt sie sich selbst auf. Noa kommt alleine zurecht. Außer wenn sie mit Elija ins Schwimmbad geht und Elija zum Schwimmflügelanziehen überreden muss. Wenn Elija einfach so ins Schwimmerbecken springt. Und Noa hinterhermuss, um sie über Wasser zu halten.
Das Rauschen in der Schwimmbadhalle, der Chlorgeruch, der enge Anzug um den Körper. Noa steht alleine da mit Elija. Im Nichtschwimmerbecken. Muss alleine mit Elija üben. Aber die lernt es ja doch nicht, denkt Noa und zeigt ihr wieder und wieder, wie sie die Arme halten soll. Wie der Beinschlag geht. Wie sie sich aufs Wasser legen kann, ohne unterzugehen.
Elija guckt skeptisch. Versucht es, geht fast unter, strampelt wie ein Hund. Noa legt ihre Hand unter Elijas Bauch. Elija hält den Kopf über Wasser. Macht den Beinschlag falsch und die Arme irgendwie.
Nein, Elija, sagt Noa und versucht, geduldig zu klingen. Betet wie ein Mantra: anziehen, breit und strecken, herunter. Das wirkt nicht. Elija strampelt weiter. Spritzt Noa dabei Wasser ins Gesicht und zieht die Aufmerksamkeit des ganzen Schwimmbads auf sich. Noa dreht den Kopf zur Seite. Das Chlor soll nicht in ihre Augen kommen.
Elija kann nicht mehr. Noa hilft ihr, sich auf den Boden zu stellen.

Ich mach nicht weiter!, ruft Elija. Schlägt mit der Hand aufs Wasser, schaut böse auf die blauen Fliesen.
Noa ist nicht überrascht. Verspricht Elija ein Eis, wenn sie jetzt gut mitmacht, schärft ihr ein, wie wichtig schwimmen ist. Lobt sie, obwohl es nichts zu loben gibt. Elija verschränkt die Arme. Schaut patzig. Lässt sich nicht umstimmen.
Ich bleibe hier stehen, für immer, verkündet Elija.
Na gut, sagt Noa wütend. Dann geh ich kurz ins Schwimmerbecken, und wenn ich wieder da bin, üben wir weiter.
Noa flutscht ins Schwimmerbecken, krault dort gehetzt eine Bahn und schaut am Rand zum Nichtschwimmerbecken. Elija ist nicht da. Noas Blick durchforstet das Stadtbad. Keine Elija. Nicht bei den Schwimmnudeln, nicht am Einmeterbrett, nicht an der Fußpilzdusche. Sie reflektiert sich in keiner der großen Scheiben. Noa schwimmt zur Leiter, klettert heraus. Die nasse Haut friert in der Luft. Sie rennt tapsig durch das Bad, fragt jeden: Haben Sie meine Schwester gesehen? Aber alle zucken die Schulter, bemühen sich weiter um ihre Rentnerkondition. Der Bademeister weiß nichts, die Schwimmlehrerin nicht, die Omas, die nur Wasser treten, auch nicht. In der Umkleide ist sie nicht. Unter den Föhnen nicht. Elija ist weg. Vielleicht ein kleiner Fisch geworden und in die Reinigungsanlage geschwemmt. Noa heult nicht. Noa rennt nur weiter und ruft und mischt alle auf, die dann auch mitsuchen, und als keiner mehr weiterweiß, werden die Eltern angerufen.
Noas Badeanzug klebt, sie zittert, sie weint dann irgendwann doch. Damit sie nicht so viel Ärger bekommt. Damit alle sehen können, dass es ihr leidtut, dass sie weiß, dass sie einen Fehler gemacht hat.
In der Halle ist es laut. Es rauscht: Elija. Elija.

Dann, einfach so, torkelt Elija aus der Herrenumkleide. Sie kichert. Sagt: Habe mich versteckt.
Elija legt ihre Hand in Noas.
Nackte Männer sehen lustig aus, flüstert Elija in Noas Ohr.

Loth döst auf der Bank. Noa schaut nicht zu ihr, schaut nur auf Elijas Kopf. Dann streicht sie darüber.
Wieder zurückgehen?, fragt Elija.
Ja, sagt Noa. Sie dreht sich um, zieht den Fuß aus dem Schlamm. Das kostet Kraft. Der Schlamm suppt. Die Hose wird dreckig. Elija kichert, patscht hinter Noa her. Beide schnaufen nach wenigen Schritten. Noa spürt ihren Schweiß. Er perlt auf ihrer Stirn, verdunstet schnell. Noa ist dankbar, reißt die Beine Schritt für Schritt vor. Die Planken scheinen Meter entfernt. Um besser vorwärtszukommen, zertrampeln sie das frische Gras. Ein Käfer rettet sich auf Noas Bein. Sie schüttelt ihn nicht ab. Noa erreicht als Erste das Holz, gibt Elija die Hand. Elija stützt sich mit ihrem ganzen Gewicht auf Noas Arm. Dann kommen sie an. Sie klammert sich an Noas Hals. Küsst ihre Wange, reibt die Nase an Noas Hals. Noa lächelt erschöpft, lässt sich auf die Bank fallen.
Wollen wir dann endlich weiter?, fragt Loth.

Neun. Achtundvierzig

Beim Laufen zerpflückt Noa die Halme so, wie sie es bei der Arbeit mit dem Salat macht. Sie legt ihn in die Porzellanschälchen, gießt weißes Dressing darüber. Bis der Salat

schwimmt. Bis sie sich vorstellen kann, dass der Salat eine Insel ist, in einem Joghurt-Kräuter-See.
Wenn sie fertig ist, dichtet sie den See mit Frischhaltefolie ab. Dann stellt sie ihn in die Auslage. Mit einer Stunde Arbeit verdient sie so viel, wie ein Gericht mit Nachtisch in der Glasturmkantine kostet. Deswegen hat sie die Stunden erhöht und hilft zweimal in der Woche noch beim Abwasch.
In der Kantine riecht es nach gekochtem Spargel. Die Luft voller Dämpfe. Noa kann die anderen kaum sehen, hört nur das Rühren in den Töpfen und das Schlurfen von Gummisohlen. Früher haben sie ab und zu Radio in der Kantine gehört. Das ist verboten worden. Weil sie sich mit Musik nicht richtig anstrengen, hat die Firma gesagt.
Noa hat das Akim erzählt. Er hat gelacht und gesagt: Als ob das eine Arbeit wäre, bei der man sich konzentrieren müsste. Noa hat auch gelacht. Aber ein bisschen bitterer als er. Akim arbeitet fünf Etagen über ihr im Glasturm.
Noa überlegt, wann er heute in die Kantine kommt. Meistens isst er schon um halb zwölf. Damit die beiden sich noch kurz sehen, bevor Noa frei hat. Akim stellt sich dann in die Schlange, umklammert sein Tablett. Noa setzt ein Schälchen mit Salat und ein Hauptgericht darauf. Sie ist jedes Mal überrascht, wie gut diese Mahlzeiten aussehen, wenn sie serviert werden. Wie frisch. Vielleicht wegen der Farbstoffe.
Wann sehen wir uns?, raunt er jedes Mal. Das findet er romantischer, als ihr eine Nachricht zu schreiben.
Noa lächelt nur, sagt nichts, legt ihm in Servietten gerolltes Besteck hin. Lässt ihre Augen kurz aufleuchten. Dann ist sie wieder unauffällig.

Der Salat ist heute besonders hartnäckig, lässt sich nicht zerpflücken, sondern muss geschnitten werden. Mit dem Messer rollt sie über die Blätter, es knackt, und der Sud sammelt sich auf der Schneide.

Sie mag das grüne Blut, sie mag, wie die Blätter austrocknen, dunkler werden und dann nur noch hübsch sind, wenn sie Dressing drübergießt.

Sie wartet auf Akim.

Schon oft hat sie überlegt, die Stelle in der Kantine aufzugeben. Zeitungen auszuliefern oder mit einem Paketauto umherzufahren. Sie hat es nie gemacht. Vielleicht wegen Akim. Vielleicht wegen des Salats.

In der Küche wird der Nebel dichter. Die alte Frau hat angefangen, die Schnitzel in die Pfannen zu werfen. Sie tauen auf und braten gleichzeitig. Das riecht wie auf einem Schlachthof, denkt Noa. Aus den Pfannen steigen dampfende Geister auf.

Vom Salatschneiden wird sie träge. Kurz überlegt sie, ob Akim eine Nachricht geschrieben hat. So was wie: Ich komme heute nicht runter zum Essen. Muss mit einem Kunden ins Restaurant. Sehen wir uns heute Abend?

Noa guckt in die Schwaden. Fragt sich, warum alles so weiß ist und warum das Salatblut die einzig richtige Farbe hier ist. Und warum gut verdienende Menschen so ein Zeug essen. Zeitdruck muss das einzige Argument dafür sein, denkt sie. Atmet die Dämpfe ein. Davon wird sie satt, und ihr wird etwas übel. Noa schnibbelt weiter. Schaut nicht hoch, bis ihr das Messer aus der Hand rutscht, runterfällt, sie hebt es auf, blickt umher. Am Kaffeeautomaten steht Akim, er achtet nicht darauf, wie das Instantpulver mit Wasser in die Tasse läuft. Er sucht den Dunst nach Noa ab.

Sie lächelt, weiß aber nicht, ob er es sieht. Sie will nicht, dass er sie fragt: Was machst du heute Abend? Diese Diskussion soll nicht losgehen.
Akim tritt näher an die Scheibe, hinter denen die Muffins liegen. Er sucht sich einen aus, wartet, bedient zu werden. Eigentlich ist das heute nicht Noas Aufgabe. Sie geht trotzdem zu ihm. Er grinst.
Ich muss mit einem Kunden zu Mittag essen, haucht er. Aber abends habe ich Zeit.
Noa nimmt den Muffin vorsichtig aus der Auslage.
Ich muss arbeiten.
Sie setzt den Muffin auf einen Teller, legt eine gemusterte Serviette dazu und trägt ihn zur Kasse.
Ach, so nennst du das, murrt er, hält seine Karte an das Lesegerät. Es piept, bucht den Betrag ab.
Ja, so nenne ich das, sagt Noa schroff.
Und wen machst du glücklich?
Noa sieht, wie Akim seine Schultern anspannt, wie sein Gesicht hart wird. Wie jedes Mal, wenn sie über Noas richtigen Beruf reden.
Du hättest es am liebsten, wenn ich hier den ganzen Tag Muffins verkaufen würde, faucht sie leise. Sie will nicht, dass die anderen etwas mitbekommen. Sie will sich vorstellen, dass die anderen nicht wissen, was da zwischen ihr und Akim ist. Dass sie nicht denken: Von der Kantine in die Chefetage. Aber das denken sie eh schon.
Nein, lügt Akim. Ich will nur ...
Ich will jetzt nicht darüber reden, Akim.
Und ich würde dich gerne heute Abend sehen.
Ich kann zu dir kommen, nachdem ich fertig bin, schlägt Noa vor.

Akim muss nichts sagen, nicht den Kopf schütteln. Er streckt die Hand nach ihr aus. Sie weicht zurück.
Mach's gut, zischt er, und sie nickt.

Zehn. Sechsundzwanzig

Das Moor erstreckt sich weiter, als die Schwestern gedacht hätten. Loth fährt mit dem Finger den Weg ab, den sie gelaufen sind. Merkt, dass sie einen Umweg gemacht haben, dass es eine Abkürzung gegeben hätte. Die haben sie übersehen. Und jetzt geht es nur noch die Holzplanken entlang. Immer die Holzplanken entlang, mal etwas gerader direkt am kleinen Bach, dann gewundener. Loth geht schneller. Sie will dieses Moor nicht mehr sehen.
Sie trauert dem Moor von früher hinterher. Dem aus der Kindheit. Das war doch ein anderes, oder nicht? Loth hätte gedacht, dass wenigstens die Natur bleibt, wie sie ist. Oder sich nur langsam verändert. Dass mal ein Baum stirbt und ein neuer wächst. Aber nicht, dass sich die Farben so austauschen und die Größenverhältnisse.
In ihrem alten Kinderzimmer hängt ein Bild vom Toten Meer. Zeigt die Schwestern als Kinder, wie sie auf der Wasseroberfläche treiben, mit Zeitungen. Loth weiß, dass das Meer geschrumpft ist und das Moor sich hier ausgebreitet hat. Dass irgendwelche Forscher da wieder einen Zusammenhang sehen. Diese Forscher, die behaupten, dass alles irgendwie aufeinander wirkt. Aber Loth kann das nicht glauben. Dieses Moor steht doch nur für sich allein. Hat nichts mit dem Moor drei Berge weiter zu tun und auch

nichts mit dem Toten Meer. Und auch nicht mit dem Moor, in dem Loth eigentlich sein möchte.
Vielleicht ist es auch gar nicht das Moor, durch das sie früher gelaufen sind. Vielleicht haben die Eltern sie angelogen. Dieses Moor hier mit einem anderen verwechselt, den Namen im Fotoalbum verkehrt zugeordnet.
In diesem Moor ist sie zum ersten Mal. So muss es sein. Sie und die Schwestern gehen gar nicht die alte Route, die alte Wanderung, die sie mit den Eltern gemacht haben. Das hier ist ein ganz neuer Pfad. Nur dass Elija und Noa es nicht merken. Elija und Noa denken, sie kommen zurück. Aber das stimmt nicht, denkt Loth und ist sich sicher.
Die Eltern lügen oft, oder nicht? Warum sollten sie dann bei einem Moor ehrlich sein!
Die Eltern, die sich mit Loth auf das Sofa setzen und sich ihren Plan anhören. Den Plan von der Wanderung zu dritt. Den Plan, noch einmal Schwestern zu sein. Den Plan, zu dritt auf den Berg zu steigen. Und die Eltern lächeln und freuen sich, und der Vater tätschelt Loths Hand, durchsucht danach alle Fotoalben nach Hinweisen und den Keller nach den alten Reiseführen. Und die Mutter schaut Loth lange an und sagt dann: Ich finde es gut, dass du das mit Noa und Elija machen möchtest. Ihr seid Geschwister.
Und Loth isst Kuchen und trinkt Kaffee mit Milch und wartet, bis der Vater ihr die Reiseführer in die Hand drückt. Sie blättert sie durch. Die Routen sind mit Klebezetteln markiert. Die Mutter schreibt ihr die Telefonnummern von Elija und von Noa auf und warnt sie vor. Sei nicht enttäuscht, wenn die beiden vielleicht nicht mitkommen möchten.
Die werden schon wollen, sagt Loth und weiß, dass sie überzeugend sein kann.

Jetzt stapft sie durch das Moor. Wütend und jeden Schritt hassend. Der Vater hat sie belogen, glaubt sie. Der hat ihr irgendwelche anderen Karten gegeben. Der hat sie angelogen, der will nicht, dass die drei noch einmal zusammen sind, wie sie das als Kinder waren. Der will, dass es Loth schlecht geht. Loth ist sich sicher, und Loth hasst den grellen Tag, und Loth schreit in sich hinein: Was wollen wir in diesem Moor?

Zehn. Achtunddreißig

Elija findet die Umgebung trüb. Obwohl so schönes Wetter ist, ist es ihr im Moor zu eintönig. Sie sieht Loths Umrisse einige Meter vor ihr. Elija schnauft, versucht, schneller zu sein. In ihren Seiten sticht es. Sie atmet unregelmäßig.
In der Theatergruppe ist sie die mit der meisten Ausdauer. Elija steht im Probenraum. Dunkler Tanzboden und eine hohe Decke, keine Fenster in den Wänden. Nur die Scheinwerfer beleuchten die Gruppe. In einem Kreis liegen sie auf dem Boden. Elija mag es, den festen Untergrund zu spüren, all ihre Kraft hineinzudrücken. Der Boden gibt einfach nicht nach. Er hält sie.
Elija spiegelt Mio, Mio spiegelt Lena, und Lena spiegelt Nino. Komplett synchron bewegt sich der Kreis über den Boden. Konzentrierte Bewegungen, die Augen weit aufgerissen, keine Regung wird verpasst. Elija schaut nicht auf Mios Körper, nur in seine Augen. Darin kann sie sehen, welchen Körperteil er als nächsten verändern wird. Sein Bein streckt sich, wird höher als sein Kopf, Elija ist gelenkiger, könnte

das Bein weiter anheben. Aber sie lässt es. Darum geht es jetzt nicht. Vom Scheinwerferlicht fühlt Elija sich beschützt. Es legt sich um sie und die Gruppe. Als Kreis rollen sie sich zur Seite. Verlieren dabei kurz die Form, kommen wieder zusammen. Mio beginnt mit dem Aufstehen. Erst die Knie durchstrecken, den Oberkörper aufrichten. Dann stehen sie alle, Mio lässt den Kopf hängen, beendet so den Kontakt. Die Gruppe atmet aus, sie lösen sich voneinander.
Elija schaut zu Kassandra, der Regisseurin. Sie lächelt, kommt zu ihnen in den Kreis. Eine kurze Trinkpause. Dann geht es weiter.

Zehn. Sechsundvierzig

Ein hohes Tor aus Holz. Dahinter beginnt ein Weg. Der Bach biegt ab, schlängelt sich weiter durch das Moor.
Die Schwestern treten von den Planken auf betonierten Boden. Ein leerer Parkplatz. An vielen Stellen ist der Beton aufgeplatzt. Die ersten Birken zwängen sich aus den Spalten. Am Rand des Parkplatzes stehen hohe Bäume. Noa hebt die Arme, streckt sie aus. Versucht, bis an die Wipfel zu kommen, lacht, als sie es nicht schafft.
In ihr ist es ganz ruhig. Sie versucht, sich an die Zeit vor dem Moor zu erinnern. Der Morgen, das Aufwachen. Alles scheint so lange her zu sein. Genau wie Loths Anruf vor einem halben Jahr. Die Frage, ob sie Lust hat auf eine Wanderung, und Noa murmelt: Das muss ich mir erst überlegen. Und nimmt sich zwei Monate Zeit zum Grübeln, bis sie Ja sagt, obwohl sie eigentlich Nein denkt. In Noa ist es still. Ihr

Herz pocht gleichmäßig. Sie sieht sich um. Ist plötzlich froh, dass Elija da ist. Und auch Loth. Gerne würde sie sie umarmen. Aber das würde Loth zu sehr durcheinanderbringen. Noa lässt es.

VON ELF BIS VIERZEHN

Elf. Sechzehn

Die Brauntöne auf dem Boden sehen aus wie der Herbst. Darüber liegt faulendes Holz. Eine graue Felskante springt hervor, zackig und spitz. Loth lehnt sich dagegen. Die Schwestern sind noch nicht angekommen. Stehen noch auf dem Pfad. Noa hat Angst, die Wege zu verlassen. Loth findet das albern. Was soll schon passieren, außer ein bisschen Über-Wuzeln-Stolpern?

Die Tannen sind kahl am Stamm. Nur oben sind Äste ausgeschlagen.

Mit der Hand fährt Loth über die Rinde. Lange hat sie nichts Raues mehr gespürt.

Im Zug hat sie Sehnsucht nach dem Rauen, nach dem Wind. Sie schaut durch die Fensterscheibe, dahinter lauert die Natur. Rapsfelder bei Weimar, Felsen bei Jena. Und je westlicher man kommt, desto kleiner werden die Felder. Braungepflügtes oder auch hoch stehender Mais. Da will sie hindurchlaufen, die Arme ausgebreitet, den Mais umschlagen, eine Schneise hinterlassen.

Die Natur fliegt vorbei, die Felder verschwimmen. Braun in Grün, und dann nur noch tote Erde. Ein Dorf oder was. Loth lehnt sich zurück.

Minki sitzt ihr gegenüber, streckt seine Beine aus, berührt ihren Fuß versehentlich.

Tschuldigung, murmelt er. Loth nickt, zieht ihre Füße zurück.

Minki schaut sie an, schon eine Weile. Er denkt, sie merke es

nicht. Er denkt, er mache es unauffällig. Aber das schafft er nicht. Minkis Gedanken kann jeder lesen.
In Minkis Zimmer in Halle hängt der Kalender, für den Loth gemodelt hat. Sie in dem Defend-Europe-T-Shirt und mit halterlosen Strümpfen. Sie mit erhobenen Mittelfingern und Farbe auf ihren Brüsten. Ein gelbes Symbol, und auf dem Bauch: Still not loving Antifa.
Auf der nächsten Seite: Sie mit dem Baby von Bekannten, und beide in einem Hoodie. Heimatschützer, steht darauf. Eingestickt mit gelbem Garn.
Loth findet die Bilder heiß. Vielleicht noch heißer als die Jungs, glaubt sie manchmal. Wenn Loth einen blassen Tag hat, öffnet sie die Dateien auf ihrem PC. Macht die Bilder groß und schaut sich an. Wie schön sie ist. Wie glatt ihre Haut, wie symmetrisch ihr Gesicht. Wie dünn ihr Körper und wie groß ihre Augen aussehen.
Auf den Bildern trägt sie blaue Kontaktlinsen. Das sieht spannender aus als ihre natürlichen braunen Augen. Das macht sie heller. Ihre Haut und ihr braunes Haar. Die blauen Augen als Kontrast.
Der Zug ist voll, jeder Platz besetzt. Von Anzugträgern und von Hippiefamilien. Auch ein paar Studenten sind dazwischen. Manche, die sich besonders extravagant fühlen. Im Retrostyle herumsitzen und auf ihre MacBooks starren. Loth wird schlecht. Vielleicht, weil sie rückwärtsfährt. Mit dem ICE reist Loth normalerweise nie. Viel zu teuer. Diesmal haben sie es aber nicht geschafft, etwas anderes zu buchen. Sie waren zu spontan. Haben verschlafen, dass es diese Demo in Bonn gibt und dass sie sich als Redner angemeldet haben.
Loth faltet ihr Blatt auseinander. Sie hat die Rede nachts ge-

schrieben. Sie weiß, dass ihre trotzdem die beste sein wird. Die, bei der die Leute am meisten zustimmen, bei der alle ein bisschen gerührt sind. Sie wird wütend gucken, die Stirn in Falten legen, besorgt in die Zukunft schauen. Von ihren potentiellen Kindern anfangen und, so oft sie kann, das Wort Ethnie benutzen. Die blamieren, die sie immer angreifen, die ihr nicht glauben, die, die auf der anderen Seite der Barrieren stehen. Denen wird sie entgegenbrüllen, dass sie sich nichts wegnehmen lassen wird. Nicht von den Brüllern, nicht von den anderen.

Mit dem Bleistift in der Hand überfliegt Loth ihren Text noch einmal, markiert sich die wichtigsten Punkte, zeichnet Atempausen ein.

Im Vierer auf der anderen Seite des Gangs sitzen Hanno, Max, Sina und Richard. Sina lehnt an Richards Schulter. Sie döst, und Richard liest.

Max umklammert sein Tablet, schneidet ein neues Video. Das soll vor der Demo rausgehen. Noch drei Stunden Fahrt. Loth ist skeptisch. Max riecht wieder nach Alkohol, vielen Tagen ohne Dusche, nach Müdigkeit und ein bisschen nach Frust. Max hat Abonnenten verloren. Nicht wenige. Seine Livestreams gehen im Internetgetöse mittlerweile unter. Vor ein paar Monaten war er der Star, wurde auf der Straße angesprochen. Jugendliche wollten Selfies mit ihm machen. Marken wollten nicht mit ihm kooperieren, aber das hat ihn nicht gestört. Durch die Klicks hat er genug eingenommen. Max lädt jetzt zweimal in der Woche Videos hoch. Er und seine Gedanken, und dann er und seine Freunde. Wie sie um ein Feuer sitzen, die alten Lieder grölen. Manche Videos sind gesperrt worden. Die, die übrig sind, schaut kaum jemand.

Loth?, fragt Max und beugt sich über den Gang.

Ja?
Wie findest du das als Titel?
Max reicht Loth das Tablet. Unter einem Haufen Hashtags steht ein langer Titel. Meinungstod und Sprechverbote. Dunkelziffer. Reconquista. Ein paar Prozentzahlen wüten dazwischen.
Mag ich nicht, sagt Loth und gibt das Tablet zurück.
Warum nicht?
Für deine Art von Video finde ich das unpassend.
Max nickt unbeeindruckt, denkt kurz nach, ändert den Titel nicht und lädt das Video hoch. Er nutzt das WLAN der Bahn.
Loth wendet sich zum Fenster. An ihr hetzt die Landschaft vorbei. Die kleinen Dörfer, die depressiven Städte.
Noch ein Blick zu Max. Das Video wurde erfolgreich veröffentlicht. Ab jetzt warten alle auf Klicks, auf Kommentare. Zufrieden packt Max seine Bäckereitüte aus, beißt in sein Brötchen. Es riecht nach Senf.
In Loth kribbelt es. Die Wut schon wieder, oder was, fragt sie sich. Ihre Hände werden nervös, wenn sie das YouTube-Rot sieht und die kleinen Fenster mit den Anzeigebildern. Die Maus, die über den Screen huscht. Sie denkt an die Kommentare und ihre Videos. An die Klickzahlen. An die Foren, in denen die Videos geteilt wurden. An ihr Gesicht im Anzeigefeld. An ihre Stimme in den Lautsprechern fremder PCs. An ihr Make-up. An die Nachfragen, wann sie wieder etwas hochlädt. Wenn ihre Stimme endlich richtig stark ist, denkt sie. Genauso stark wie ihre Texte. Wenn die Stimme ein weites Spektrum hat, in verschiedenen Farben klingt. Mal sinnlich und gehaucht. Und dann erst wieder hart und fordernd. Jetzt ist ihre Stimme immer gleich. Hart und

wild, aber auch etwas dünn. Sie müsste üben, Stimmübungen machen. Sie heftet den Blick an die Landschaft. Doch die bleibt nicht, egal, wie fest sie schaut. Die Hügelketten sind schon vorbei, bevor sie sie richtig gesehen hat. Loth will nicht mehr durch die Natur fahren. Loth will nicht in der Stadt ankommen.
Sie steht auf, geht ins Bordbistro. Dort gibt es schwarzen Kaffee.

Loth hat eine Kolonie Pilze entdeckt. Rote kleine Pickel, findet sie.
Kommt doch mal her, ruft sie den Schwestern zu. Die stehen brav am Weg und trauen sich nicht.
Elija stolpert bestimmt, brüllt Noa zurück. Sie sieht doch die Äste nicht so gut.
Elija übersieht ständig irgendwas, denkt Loth, als Elija schon den Schotterweg verlässt. Auf sie zukommt. Ab und an strauchelt sie. Kann ihr Gleichgewicht nicht gut halten, muss stehen bleiben, die Arme ausstrecken, bis sie sicher ist. Dann geht sie weiter.
Die Pilzgruppe leuchtet grell in den Wald. Unter dem Nadeldach ist es angenehm kühl. Der braune Boden feucht. Elija atmet tief ein. Sie mag es, Feuchtigkeit in den Lungen zu haben. Dann geht alles leichter für sie. Mit den Augen konzentriert sie sich auf Loth. Auf das Gerippe neben den festen Stämmen. Das dunkle Tanktop vor den moosigen Felsen. Elija will schnell bei Loth sein, sie anfassen. Fühlen, ob Loth wirklich echt ist. Ob sie warm ist an der Haut. Für Elija sieht es nicht so aus.
Ihr Bein gerät in eine Senke. Der Eingang zu einem Bau? Schnell zieht sie das Bein hinaus, stabilisiert sich mit dem

anderen. Es ist so schwer, zu Loth zu kommen. Sie macht einen letzten Schritt, dann müsste sie es geschafft haben.
Die Pilze!, kreischt Loth, schubst Elija. Sie stößt gegen einen Baum, schaut hinunter. Inmitten der Pilze der Fußabdruck. Gebrochen liegen die Roten da. Leuchten nicht mehr.
Warum hast du das gemacht?, schreit Loth und stellt sich dicht vor Elija.
Elija versucht zu sprechen, bekommt keine Luft, bekommt keine Worte in den Mund. Bei ihr ist es so, dass ab und zu die Worte im Kopf stecken bleiben und nicht wie bei anderen einfach so in den Mund rutschen. Sie muss um jedes Wort kämpfen, das Gehirn bitten, mit viel Konzentration. Und dann hoffen, dass die Lippen mitmachen. Jetzt machen sie nicht mit.
Holpriger Atem kommt aus Elijas Mund. Manchmal ist ein Laut dabei.
Was macht ihr?, ruft Noa vom Weg aus.
Elija zerstört mal wieder alles!
Ich habe euch gesagt, dass ihr auf dem Weg bleiben sollt.
Wir kommen jetzt, schreit Loth. Sie zückt ihr Smartphone und macht ein Foto von den Pilzen.
Das kannst du dir einrahmen, zischt sie Elija zu und zerrt sie vom Baum weg. Und das guckst du dir dann immer an, wenn du wissen willst, was du alles so kannst.
Sie zieht Elija an der Jacke, lässt erst locker, als Noa sie sehen kann.
Elija will weinen, aber sie hat keine Tränen für die Pilze. Sie verschränkt die Arme vor sich, stolpert hinter Loth her. Einmal fällt sie fast, Loth fängt sie auf.

Elf. Achtunddreißig

Schon am Fuß des Berges ist der Weg steil. Er ist mit Schotter ausgelegt. Ab und zu bleibt ein kleiner Stein im Profil von Noas Schuhen hängen. Sie löst den Stein nicht, läuft weiter, bis er entweder so verkeilt ist, dass er nicht mehr stört, oder von selbst herausfällt. Sie spürt, wenn ein Steinchen aus der Sohle springt, die Steigung wieder hinunterrollt, die sie ihn hochgeschleppt hat. Noa will die Zeit am Himmel ablesen, wissen, wie weit der Tag schon gewandert ist. Es müsste bald Mittag sein. Doch hochschauen bringt nichts. Die Bäume stehen dicht.

Noa zählt die Minuten. Alle Salate sind zerpflückt und in Dressing gebadet. Als Letztes muss sie die Oberflächen abwischen. Die Alte und das Mädchen schauen zu Noa herüber. Sie müssen bis zum späten Nachmittag arbeiten. Ihre anderen Jobs gehen erst am Abend los und dauern bis in die Nacht.

Noa versucht, aufmunternd zu lächeln. Das Mädchen schaut schnell weg. Die Alte bemüht sich, zurückzulächeln. Aber so gut wirkt das Antidepressivum nicht.

Schnell konzentriert Noa sich wieder auf den Lappen. Er ist sauber, sie spült ihn dennoch einmal aus und desinfiziert ihn. Sie schiebt ihn über die Fläche. Es darf nichts übrig bleiben vom Salat. Es darf keine Spur geben von ihr. Die metallene Arbeitsfläche wird feucht und wieder trocken. Noa reibt wieder und wieder darüber. Bis sie sich spiegelt. Nicht nur die verschwommenen Umrisse, sondern ganz klar.

Die weiße Haube über dem roten Haar, die hellen Augen, die vollen Wangen, die Nase, die Lippen. Alles sieht aus, als gehörte das zu einer anderen. Als wäre das Gesicht in die weiße Arbeitskleidung eingenäht. Augenringe und trübe Kieferknochen gehören einfach dazu. Vielleicht hätte Noa nicht so ordentlich schrubben sollen. Es so machen wie die Alte. Sie lässt ihren Arbeitsplatz nie sauber zurück. Manchmal putzt das Mädchen ihn für sie. Manchmal der alte Mann. Noa eigentlich nie. Sie bleibt nicht lange genug.
Noa legt ihren Zeigefinger auf das Spiegelbild. Er hinterlässt einen Abdruck. Die Fläche ist nicht mehr sauber, denkt Noa und will noch mal wischen. Doch ihre Augen bleiben an dem milchigen Gesicht zurück. Bevor sie in die Kantine gekommen ist, war ihr Spiegelbild anders. Und wenn sie in zwei Stunden wieder geht, wird es wieder wie vorher sein, oder?

Noa bleibt stehen. Elija schnauft, stützt ihre Seiten mit den Händen. Der Himmel kommt ihr weit entfernt vor. Die Steinchen unter den Schuhen wollen sie den Berg runterrollen lassen, sie wieder an das Ende des Moores stellen. Sie tritt bei jedem Schritt fest auf. Das ist anstrengend, aber fühlt sich gut an. Sie muss an die Pilze denken. Wie viele verschüttete Pilze liegen wohl unter dem Weg oder haben dort gelegen? Jetzt sind sie schon lange verwest, und der Boden unter dem Weg denkt nicht mehr daran, Pilze nach oben zu schicken.
Elija lässt Noa überholen, legt ihre Hände um Noas Taille und lässt sich eine Weile ziehen. Das tut gut. Die Füße bewegen sich, ohne dass sie sich anstrengen müssen. Elija spürt, wie Noa sich vorlehnt, mit Kraft die Knie durchdrückt und die Fersen in den Boden stemmt. Elija schließt

die Augen. Die Vögel zwitschern leise, es ist Mittag, da halten sie sich zurück. Elija hört den Kuckuck rufen, hört das Murmeln eines Bachs. Der Wald singt, findet sie.
Der Probenraum singt auch. Am meisten, wenn niemand drin ist, außer Elija. Wenn Pause ist und die anderen draußen spielen oder am Getränkeautomaten Kakao kaufen. Elija setzt sich in die Mitte des Raumes, da, wo das Zentrum der Bühne ist. Sie lauscht. Der Boden erinnert an die letzten Szenen. Elija mag die Stimmen, die von draußen kommen. Mag, dass sie alleine hier liegen kann. Ihr ist warm, obwohl der Tanzboden immer kühl ist.
Ohne hinzusehen, merkt sie, dass Kassandra in den Raum gekommen ist. Sie setzt sich an ihren Regietisch, notiert etwas in ihrem Buch. Elija hört das Kratzen des Bleistifts. Elija rollt etwas näher an Kassandra heran. Kassandra riecht nach zu viel Kaffee, nach zu vielen Zigaretten und zu wenig Schlaf. Die Schultern hängen schlaff nach vorne, die Augen sind tief in den Höhlen versteckt, strahlen aber immer. Mit Kassandras Körper ist irgendwas, weiß Elija. Manchmal steht Kassandra schief da, beobachtet die Spielenden auf der Bühne. Die Arme hinter dem Rücken verrenkt, die Beine eng aneinandergepresst, die Augen aufgerissen, aber nicht sehend. Kassandra ist dann woanders. Niemand weiß, wo. Jetzt sitzt Kassandra ruhig auf ihrem Stuhl, schreibt wild Worte in das Buch. Ob sie was mit der Probe zu tun haben, weiß Elija nicht.
Sie rollt noch ein Stück näher. Landet mit dem Oberkörper unter dem Tisch. Sie streckt die Hand aus, erreicht Kassandras Knöchel. Streichelt ihn.
Kassandra schreibt weiter. Elija hört, welches Lied der Raum singt. Dann summt sie es mit, leise. So, dass ihre Ohren es

kaum hören. Nur Bauch und Mund wissen, dass sie summt. Und Kassandra.
Unter dem Tisch sehen Kassandras Beine massiver aus, als wenn sie steht. Als könnte Kassandra nie umknicken. Wenn sie Regieanweisungen gibt, denkt Elija das auch oft.
Wenn sie Kassandra aber sieht, vor der Vorstellung und vor einem Gespräch mit der Presse, ist sie ganz klapprig. Dann sieht keiner mehr, wie sie sprühen kann, wenn sie probt.
Elija rutscht weiter unter den Tisch. Sie lehnt ihren Kopf an Kassandras Schienbein.
Sie hört, wie es in Kassandra brodelt. Wie die Gedanken nicht nur im Kopf unterwegs sind, sondern durch den ganzen Körper strömen. Bei keinem anderen Menschen hat Elija das jemals gehört. Elija hat auch keinen anderen Menschen getroffen, der so viel arbeitet wie Kassandra.
Manchmal, wenn Elija nicht schlafen kann, nimmt sie ihren Laptop. Es ist vier Uhr morgens oder vielleicht auch schon fünf. Und sie öffnet ihr Mailpostfach, wartet kurz und findet dann immer eine neue Mail von Kassandra. Ein Link zu einem Video, ein Bild, eine Nachricht, die aus zwei Sätzen besteht. Elija weiß, dass Kassandra anderen Menschen längere Nachrichten schreibt.
Rede mit mir wie mit den anderen, murmelt Elija und beginnt mit Kassandras Schnürsenkeln zu spielen. Kassandra unterbricht das Schreiben, wird auf ihrem Stuhl gerade. Elija spürt, wie sie den Stift umklammert, sich alles in ihr anspannt.
Das mache ich doch, sagt sie schnell und muss selbst wissen, dass sie lügt. Sie schweigen. Kassandra schreibt nicht weiter, lauscht, wie Elija atmet und unter dem Tisch die Schnürsenkel Geräusche machen.

Langsam schiebt Kassandra den Stuhl zurück, lässt sich auf den Boden gleiten, rutscht zu Elija unter den Tisch.
Elija schaut an sich herunter. Sie traut sich nicht, Kassandra anzusehen. Manchmal ist sie eingeschüchtert von den stechenden grünen Augen. Diese Augen, die alles sehen, denen nichts entgeht. Augen, die zu allem eine Meinung haben und alles mit irgendwas in Verbindung bringen. Kassandra trägt einen weiten schwarzen Rock, darunter eine goldene Glitzerstrumpfhose. Kassandras Körper ist größer als der der anderen. An ihm kann viel abprallen. Er sieht stark aus. Kassandra wirft fast nichts um. Nur mit Elija auf dem Boden zu sitzen, das macht sie nervös, spürt Elija.
Du sagst mir was nicht, nuschelt Elija, macht die Augen zu. Sie will nicht sehen, wie Kassandra reagiert.
Das stimmt, antwortet Kassandra schnell. Bewegt sich so, dass sie genau vor Elija sitzt, nimmt ihr Gesicht in die Hände, hebt es an. Jetzt muss Elija Kassandra angucken. Die markanten Wangenknochen und die rosageschminkten Lippen. Die Lippen sehen unnatürlich aus und auch nicht so, als würden sie zu Kassandras Gesicht gehören.
Elija kann nicht anders, als ihre Hand auszustrecken und die Lippen zu berühren. Kassandra weicht zurück, sagt: Das möchte ich nicht. Und Elija automatisch: Entschuldigung.
Eine Weile schweigen sie. Kassandra mustert Elijas Gesicht, sucht etwas. Ob sie es findet, fragt Elija sich. Sie versucht zu lächeln, nett auszusehen. Aber ihr Gesicht ist, wie es ist. Sie kann es nicht mit Absicht verstellen, so wie die anderen Erwachsenen das immer machen.
Du, Elija, setzt Kassandra an, ich habe mir eine Sache überlegt, die ich mit dir besprechen muss.
Elija bekommt Angst. Es kam schon manchmal vor, dass

jemand aus dem Theater geflogen ist, weil er nicht gut genug mitgemacht hat oder alles zu schwer für ihn war. Elijas Herz trampelt gegen den Brustkorb. Elija wird übel.
Kassandra lässt Elijas Gesicht los, bindet sich die Schuhe wieder zu.
Ich will ein Stück mit dir machen. Nur mit dir und einem Musiker.
Elija lacht. Ihr Herz schlägt normal. Sie klatscht in die Hände. Ein Stück nur mit mir und einem Musiker?, fragt sie. Das hat sie gelernt. Immer nachfragen. Manches versteht sie falsch. Meistens besser, als es dann am Ende ist.
Aber es wird nicht leicht, beeilt sich Kassandra zu sagen. Und ich bin nicht sicher, ob das alles so eine gute Idee ist.
Beide sind stumm. Elija lehnt sich zurück. Ihr Kopf schlägt gegen das Tischbein. Das macht nichts. Nur ein bisschen Schwindel.
Ich möchte mit dir weiter an dem Hagar-Thema arbeiten. Ich möchte mit dir einen Abend machen, der sich aber auch noch mit einem anderen Thema beschäftigt. Ein Thema, das nicht so leicht für dich ist.
Beide sind stumm. Es braucht keine Worte. Elija weiß, was Kassandra meint. Sie denkt an Hagar, an die Wüste und Ismael in Hagars Bauch. Sie denkt an die Hitze und den Durst und an sich und das Nachthemd. Und an sich und das Stück Papier, das nicht sie unterschrieben hat. Elija darf nicht unterschreiben, und wenn sie es macht, dann zählt es nicht. Sie denkt an die Schüssel aus Metall und ihre gespreizten Beine. An Ismael, oder wie soll sie ihn nennen? Und an sich, wie sie nicht an sich denken will.
Nur, wenn du einverstanden bist. Ich weiß, das wird nicht leicht, wiederholt Kassandra, streckt die Arme aus. Elija

krabbelt auf sie zu, legt sich in die Arme hinein. An den robusten Brustkorb mit den harten Rippen. Das spitze Kassandrakinn legt sich vorsichtig auf Elijas Scheitel. So können sie bleiben, findet Elija.
Überleg dir das bitte gut und frag deine Eltern, sagt Kassandra.
Hm, macht Elija und weiß, dass sie natürlich nicht ihre Eltern fragen wird. Und auch nicht Mio oder irgendjemanden sonst. Sie hat das schon entschieden. Sie sieht sich auf der Bühne, allein in einem Hagarkostüm, und sie hört, wie Mio ihr die Kritik in der Zeitung über das Stück vorliest, das gefeiert wird. Und sie sieht sich damit um die halbe Welt reisen. Denn alle müssen von Hagar wissen. Und von ihr. Von Elija.
Wie gesagt. Ich weiß nicht, ob es eine gute Idee ist, raunt Kassandra noch einmal.

Zwölf. Sieben

Elija lässt Noa los. Sie läuft wieder allein. Die ersten Schritte fühlt es sich seltsam an, die eigene Kraft benutzen zu müssen. Aufrecht zu stehen.
Noa ist erleichtert. Atmet aus und kreist die Schultern, nimmt die Arme dazu, als wollte sie wegfliegen.
Ihre Schultern sind verspannt, fühlen sich an, als würde Elija immer noch daran ziehen. Noa breitet die Arme aus, dreht sich im Kreis. Der Wald wirbelt um sie herum. Den Kopf legt sie in den Nacken. Wenn sie die Augen auf unscharf stellt, sieht sie den Himmel als Mosaik. Grüne

Flächen durchbrochen von blauen Flecken. Dazwischen kleinste Sonnenstrahlsteinchen. Je schneller sie sich dreht, desto mehr von ihnen scheinen durch das Nadeldach. Es wird warm, es wird hell. Die Schultern entspannen sich, werden wieder locker. Noas Körper fühlt sich leicht an.
Endlich trägt sie nicht mehr die weiße Kantinenkleidung. Nackt hockt sie vor dem großen Spiegel in ihrem Zimmer. Ihre Haut ist noch nass von der Dusche. Im Schneidersitz hält sie ihren Rücken gerade. Aus dem Haar fallen Tropfen. Noa riecht nach Wasserlilienduschgel.
Mit dem Rasierer schabt sie auf ihrem Venushügel herum. Beim Rasieren unter der Dusche sind wenige Haare stehen geblieben. Vorsichtig setzt sie den Rasierer auf die Haut. Dennoch hat sie sich an einer Stelle geschnitten. Hellrotes Blut bleibt als Tropfen auf der gereizten Haut. Als Noa keine Haare mehr sehen kann, nimmt sie die Bodylotion, setzt einen Punkt davon auf den Finger und besänftigt damit die Haut. An der offenen Stelle brennt es. Aber Noa lässt sich nicht beeindrucken. Sie legt den Rasierer zur Seite, steht auf. Die Haut liegt glatt um den Körper. Sie ist an der Taille schmal und darüber und darunter etwas breiter. Ihr Bauch beult sich ein bisschen nach vorn. Über den Schultern streckt sich ihr langer Hals, hält das herzförmige Gesicht. Noa strahlt. Die Augen und der Mund sind feste Kontraste neben der hellen Haut. Mit den Fingern türmt Noa die Haare auf, bindet sie mit einem Gummi fest, föhnt sie so trocknen. Später werden sie als leichte Wellen auf die Schultern fallen. Noa versucht sich vorzustellen, wie sie vorhin in der Kantine aussah. Sie erinnert sich nicht.
Mit leisen Schritten geht sie zum Kleiderschrank, öffnet das Unterwäschefach. Sie weiß, dass es Linus egal ist, was sie

trägt, dass er das gar nicht merkt. Aber für Noa ist es wichtig. Sie will schön für ihn sein. Oder für sich, das weiß sie nicht genau. Sie zieht eine schlichte Unterhose heraus und einen bequemen BH. Noch einmal kontrolliert sie ihren Unterleib. Streicht darüber. Er ist glatt. Sie schlüpft in die Unterhose, in den BH. Wieder vor dem Spiegel, schaut sie sich an. Sie wird nervös. Wie jedes Mal. Sie kann sich nicht daran gewöhnen, und sie will es auch nicht. Ohne Nervosität macht das keinen Spaß und auch keinen Sinn, findet sie.
Neben dem Spiegel liegt ihre Jeans. Sie zieht sie an, sucht eine Bluse heraus. Die weiße findet sie zu seriös, die gemusterte zu wild. Schnell nimmt sie eine hellblaue. So sieht niemand, dass auch sie das genießt. Dass sie auch etwas zurückbekommt. Dass sie nicht nur die Aufopferungsvolle ist.
Noa nimmt noch einmal den Föhn, vertreibt damit die letzte Feuchtigkeit aus den Haaren. Ganz leicht schminkt sie die Augen, zieht die Brauen nach und verdunkelt die Wimpern. Sie sieht aus wie sie selbst, findet sie. Und ist sich dann doch nicht mehr so sicher.
Noa steigt aus dem Bus. Das Pflegeheim liegt direkt auf der anderen Straßenseite. Der Himmel schreit: Mittag. Im Bus hat Noa geschwitzt. Bemerkt ihren Geruch, als sie läuft, findet es nicht schlimm. Ihre Absätze schlagen auf den Asphalt. Ob Linus hört, dass sie kommt?
Auf der Station riecht es nach Desinfektionsmittel. Ganz kann es die Windeln nicht übertünchen, nicht das erbrochene Mittagessen. Noa ignoriert den Geruch, klopft am Stationszimmer. Der Pfleger sieht sie, lächelt sie an. Er mag, dass sie einmal im Monat kommt. Er ist jedes Mal ein bisschen aufgeregt, wie sie.

Linus ist so weit, sagt er. Er wartet auf seinem Zimmer.
Noa geht den Gang ein bisschen weiter. Sie weiß, dass der Pfleger jetzt Linus' Akte hervorholt, notiert, wann Noa gekommen ist, notieren wird, wann sie geht, wie Linus dann wirkt. Seine Mimik, seine Laute.
Sanft klopft Noa an die Tür, bevor sie eintritt. Im Pflegebett liegt Linus. Durch das geöffnete Fenster dringt die Sommerhitze, ein paar Insekten, glaubt Noa. Aber die sind egal.
Hallo, flüstert sie sanft. Wie geht es dir?
Linus versucht, den Kopf zu drehen, sie anzuschauen. Noa setzt sich ans Bett. Streichelt seine Hand. Sie ist viel wärmer als Noas.
Entschuldige, lächelt sie. Ich bin ganz kalt. Trotz der Hitze draußen.
Noa geht zum Fenster, von hier aus kann sie die Bushaltestelle sehen, stellt sich vor, wie sie vor wenigen Minuten dort angekommen ist. Vorsichtig schließt sie es, zieht die leichten Vorhänge zu. Es wird dämmrig. So als wäre es ein Abend. Irgendwo an einem Ort, der kein Pflegeheim ist.
Noa nimmt die Armbanduhr ab, legt sie auf das Nachttischchen. So kann sie sehen, wann eine Stunde vorbei ist. Daneben kommt das Armband von Akim. Aus der Handtasche zieht sie Handcreme, reibt sich damit ein.
Magst du das? Sie hält Linus ihre Hand unter die Nase.
Linus bewegt die Augen. Seine Lippen fest aufeinander, die Arme steif auf dem Bauch.
Noa zieht die Socken aus und krabbelt ins Bett. Das ist warm, die Decke viel zu dick für den Sommer. Behutsam streicht sie mit den Händen über seine Arme. Sie werden ein wenig lockerer, ihre eigenen Hände wärmer. Sein Atem riecht mild. Linus bewegt den Kopf. Seine Augen sind weit

geöffnet. Wo schauen sie hin, fragt Noa sich. In eine Welt, die sie nicht kennt, an einen Ort, an dem nur Linus sein kann.
Mit dem Gesicht streichelt Noa Linus' Wangen, seine Stirn, die grobe Nase mitten im Gesicht. Ihre Finger tanzen über seine Lippen, seinen Hals, bis zu seiner Brust.
Linus' Körper ist fest, dünn. Ihn zu ernähren ist nicht leicht. Die Pfleger füttern ihn, manchmal weigert er sich. Dreht den Kopf so, dass sie ihn nicht erwischen.
Seine Beine liegen angewinkelt auf der Matratze. Kein Spalt zwischen den Knien. Noa sitzt aufrecht neben seiner Hüfte. Massiert die Brust, dann den Bauch. Schiebt erst sein T-Shirt nach oben und knöpft dann ihre Bluse auf.
Sie fühlt sich freier, ohne den Stoff. Ihre Haut atmet auf.
Linus' Arme aus dem Stoff zu bekommen ist anstrengend. Er wehrt sich.
Linus, haucht Noa, mach mal mit.
Er wird ruhiger, seine Arme nachgiebiger. Das Oberteil gleitet über seinen Kopf. Befreit liegt der halbe Körper da.
Noa reibt ihren Kopf darüber, das mag sie und er auch. Sie schaut hoch zu ihm, er atmet ruhig, hört auf, den Kopf zu wiegen. Spürt jeder ihrer Bewegungen nach.
Noa gleitet an seinem Körper entlang, wirft die Decke aus dem Bett. Die brauchen sie nicht.
Linus' Augen finden Noa. Sie spürt, wie er sie ansieht, sie mitnimmt in seine Welt. Oder sie ihn in ihre?
Mit den Händen verschiebt Noa seine Beine. Er verzieht das Gesicht. Noa hält inne, bringt die Beine wieder in die ursprüngliche Position. Sie nimmt seine Hand, lässt sie über ihren Oberkörper wandern. Seine langen Finger sind verkrampft, verlieren die Anspannung, je länger sie auf der

nackten Haut sind. Der dünne Firn Sommerschweiß macht es ihm etwas schwerer, sich auf ihr zu bewegen.
Noa lächelt ihn an. Nicht so wie am Anfang. Nicht so wie jemanden, zu dem sie freundlich ist. Sondern wie jemanden, für den sie dankbar ist.
Langsam arbeitet Noa sich vor. Von seinem Oberkörper bis zu dem Bund seiner Hose. Es ist nicht so leicht, ihn da rauszubekommen. Sie weiß, dass sie nicht zu schnell sein darf, dass er sich leicht erschreckt. Dann wieder verkrampft. Sie rutscht an das Ende des Bettes. Knetet seine Füße, zieht die Socken aus. Dann fährt sie mit den Händen hoch, über seine Schienbeine, seine Knie, die Oberschenkel. Jeder Knochen ist spürbar, ist fest. Das Streicheln macht seinen Körper nicht lockerer. Oben, am Bund der Hose, ist es weicher. Noa reibt diskret, lässt Linus nicht aus den Augen. Sein Kopf liegt auf dem Kissen, die Augen geschlossen. Er ist bei sich, nicht bei Noa.
Unauffällig öffnet Noa den Hosenknopf, den Reißverschluss. Linus trägt eine dunkelblaue Unterhose. Die kauft seine Mutter für ihn und gibt sie im Heim ab. Die Pfleger wechseln sie jeden Morgen nach dem Waschen.
Sie hebt sein Becken an. Er ist schwer. Mit einer Hand hält sie seinen Po hoch und zieht die Hose Stück für Stück bis zu den Füßen. An den Knien hakt es. Linus will mithelfen. Aber seine Beine kann er nicht bewegen. Es fehlt an Muskeln. Noa sieht, wie er sich anstrengt, wie er sich in seine Beine denkt, von denen er keine Antwort bekommt.
Dafür bin ich da, sagt sie charmant. Küsst die haarigen Beine, die verkrampften Knie.
Mit ihren Brüsten fährt sie über seinen Körper. Linus öffnet seine Augen. Noa schließt ihre.

Zwölf. Vierzig

Den Baum hat er aus der Erde gerissen. Der Sturm. Vor Jahren. So lange liegen die Wurzeln offen. Senkrecht strecken sie sich, offenbaren das große Loch in der Erde. Darin rottet Laub, darüber wachsen Blaubeersträucher. Die Wurzeln sind höher als Elija. Knorrig winden sich die Ärmchen umeinander, verflochten trocknen sie aus. Wann verfallen sie?, fragt Elija sich. Sie verlässt den Weg, geht auf den umgestürzten Baum zu. An seine Rinde klammern sich Pilze. Mit dem Finger fährt Elija darüber. Sie weiß, dass sie das nicht machen soll, dass die Pilze giftig sein könnten. Die Oberfläche ist starr. Elija legt die Hand auf den porösen Stamm. Käfer krabbeln aus ihm heraus, Ameisen transportieren ihre Schätze in ihn hinein. Elija schaut zu Loth. Der Stamm sieht ihr ähnlich, findet sie.

Zu Hause bei den Eltern tappst Elija durch den Flur und übt Leiselaufen und Leiseatmen. Der Teppichboden versucht, die Geräusche zu schlucken, doch Elija ist zu laut. Egal, wie sehr sie versucht, die Füße vorsichtig auf den Boden zu setzen. Elija kommt an Noas Zimmertür vorbei, legt das Ohr an die Tür. Keine Geräusche. Noa ist nicht da.

Elija schlurft weiter. Bis zum Zimmer von Loth. Die Tür steht einen Spalt offen. Elija drückt sich an die Tür, lugt in das Zimmer. Auf dem Bett sitzt Loth. Starrt an die Wand. Die Haare nass. Die Haare auf einmal wieder braun. Bekleidet nur mit einem Handtuch. Das Gesicht leer. So sah Loth lange nicht mehr aus. Die bunte Farbe ist aus den Haaren ge-

waschen, die zerrissene Kleidung liegt mit den großen Ohrringen im Mülleimer. Loths Gesicht ist blass. Das Zimmer leise. Das kennt Elija auch nicht. Normalerweise dringen aus Loths Zimmer dunkle Bässe, schriller Gesang. Oder die Freunde sind da. Die haben bunte Haare und ziehen Röcke über Jeans und haben Ringe in den Nasen und den Ohren. Die Freunde finden Elija süß und erlauben ihr manchmal, mit ihnen im Zimmer zu hocken. Elija versucht dann zuzuhören. Aber die Freunde benutzen so schwierige Wörter. Jetzt hockt Loth auf dem Bett, hat sich die Farben ausgewaschen und ist allein.
Elija drückt mit der Hand an den Stamm. Er gibt nach, bröckelt nach innen. Asseln kommen aufgescheucht herausgerannt. Eine verirrt sich auf Elijas Hand. Elija leitet sie auf ein Blatt, legt das Blatt auf den Waldboden. Zwischen Grün und Braun verschwindet die Assel. Elija hockt vor dem Stamm. Das strengt ihre Knie an, die Zehen, auf denen ihr Gewicht lastet. Sie zieht ein Stück von der Rinde ab. Erwartet blankes Holz, das dem Finger schmeichelt. Das glatt ist und so kleine Poren hat, dass Elija sie nicht spüren kann. Doch das Holz ist voller Zeichnungen. Von Käfern, die sich hineingefressen haben. Kleine Löcher und zarte Gassen. Die Maserung einer Wanderung. Elija steckt ein Stück Rinde in die Jackentasche, umklammert es. Elija steht wieder auf, stellt sich neben die Wurzel. Sie überragt Elija um einige Zentimeter.
Guckt mal, wie riesig, ruft sie Noa und Loth zu, streckt die Arme in die Höhe.
Loth läuft weiter. Noa zieht das Smartphone heraus, ruft: Bleib so. Und schießt ein Foto. Der Blitz flitzt kurz durch den Wald, schließt Elijas Augen und macht ihr Lächeln breiter.

Noch mal, ruft Noa, nachdem sie das Foto angeschaut hat. Dieses Mal fotografiert sie ohne Blitz.

Zwölf. Vierundvierzig

Auf der Felsenschanze steht die Kapelle. Klein und quadratisch, ein Dach aus Holzschindeln. Keine Fenster, nur eine Tür. Die Sonne steht direkt darüber, unter ihr brütet das Gebäude. Noa läuft um die Kapelle herum, weiter vor auf den Felsen. Der Fels ist nackt. Nichts wächst auf ihm. Nah an der Kante bleibt Noa stehen. Viele Meter unter ihr liegt der See, glänzt in der Sonne, wirft ihr Lichtreflexe zu. Noa breitet die Arme aus. Hierauf hat sie sich gefreut. Sie saugt die frische Luft ein, überlegt, wie oft sie sich an diese Stelle zurückgewünscht hat. Wann sie gerne wieder hier gewesen wäre, nah an der Kante, mitten über dem See, an der Kapelle aus Holz.
Aus dem Dach steigt ein kleiner Turm, darauf ein Kreuz. Es wirft seinen Schatten auf die Felslandschaft. Noa steht daneben.
Von der anderen Seite der Kapelle hört sie Loth mit Elija schimpfen. Elija soll nicht in der Kapelle ihren Schuh ausziehen, um die Steinchen herauszuholen. Aber nirgendwo sonst ist eine Sitzgelegenheit.
Noa hört nicht weiter zu. Ihr sind die Schwestern für einen Moment egal. Es geht nur um sie und das Glänzen auf dem See. Wellen kräuseln sich über ihm. Sie schwappen an das Ufer, überspülen die Gräser. Das sieht Noa nicht, das vermutet sie. In dem See ist sie noch nie geschwommen. Noch

nie hat sie die Hände in ihn gehalten. Sie weiß nicht, wie sein Wasser sich anfühlt, ob der Grund steinig ist.
Kurz stellt Noa sich vor, wie sie losspringen würde, einfach so, wie sie ist. Mit Kleidung und klopfendem Herzen. Wie sie Anlauf nehmen und dann abspringen würde. Ihr Körper leicht wäre wie nie und die Luft sie bis ins Wasser tragen würde.
Noa bleibt stehen, sieht sich um. Sie könnte abrutschen, sie ist nah am Hang. Noa tritt einen Schritt zurück. Dann noch einen. Auf einmal macht ihr der Abgrund Angst, auf einmal schwindelt es sie, und der See gleitet tiefer und tiefer, und die Felsen werden instabil. Noa lehnt sich an die Kapelle. Lässt die Gedanken schweifen.

So, Linus, sagt Noa pragmatischer, als sie es möchte. Jetzt ist es Zeit, aus dem Bett zu steigen. Er liegt nackt neben ihr. Sein Körper ist entspannt. Sogar die Beine sind nicht mehr verkrampft. Seinen Kopf hat er nah an den von Noa gelegt. Er strahlt sie an. Seine Augen sind im Jetzt, suchen nicht mehr die Welt, in die Noa nicht schauen kann. Sie hält ihn fest. Ihre Brüste liegen auf seinem Oberkörper auf. Ihr ist warm. Noch einmal streichelt sie über seinen Hals, seine Wange. Küsst sein Ohr. Das ist ihre Lieblingsstelle an ihm. Linus' Ohren sind immer rot, immer warm. Wenn er aufgeregt ist, besonders.
Sie möchte aufstehen. Da macht Linus Laute, die sie aufhalten sollen.
Linus, ich muss los, sagt sie, hält aber inne. Linus schafft es immer wieder, dass sie länger bleibt, als sie eigentlich will, dass sie die Stunde überzieht. Manchmal sogar zwanzig Minuten.

Mit seinen Augen hält Linus sie fest. Noa möchte nicht aus seinem Blick. Sie mag es, seine Augen so hell, so wach zu sehen. Auch wenn er blinzelt, können die Wimpern das Strahlen aus den Augen nicht aufhalten. Noa kann sich kaum vorstellen, dass Linus in wenigen Stunden wieder daliegen wird, die Augen blass, farblos, den Kopf wippend, die Laute unkontrolliert und den Blick auf nichts gerichtet. Außer auf das Vergehen der Zeit.

Noa rafft sich auf, klettert über ihn hinweg. Neben dem Bett liegt die Kleidung. Als Erstes schlüpft sie in Unterhose und Hose, dann in BH und Bluse. Zu Hause muss sie duschen. Das Deo hat sie vergessen. Im Bus werden alle denken: Die riecht nach Sommer! Und niemand wird merken, dass da nicht nur der Sommer an ihr klebt.

Linus dreht den Kopf zu ihr, versucht, sie anzuschauen. Noa bewegt sich zu schnell, springt immer wieder aus seinem Blick. Angezogen ist sie eine andere, denkt sie kurz. Die Bilder von vor wenigen Minuten spielen sich in ihr noch einmal ab. Der Linusblick, die Linushand, ihre Hand verkreuzt mit seinen Fingern, das Starre, das beweglich wurde. Ihr freier Körper, der von nichts eingeengt wurde, den keine Hose zusammengehalten hat und auch kein BH.

Als sie die Uhr vom Nachttisch nimmt und um ihr Handgelenk legt, ist dieser Moment vorbei. Noa atmet tief ein, wirft ihren Blick suchend durch den Raum. Da ist kein Spiegel, nichts, worin sie sich betrachten könnte.

Noa sucht Linus' Sachen zusammen, trägt den Stapel zum Bett. Als Erstes hebt sie die Beine, die Hüfte an und schiebt die Unterhose darüber. Das geht leicht. Noch ist alles an ihm elastisch. Als sie den Knopf nahe an seinem Bauchnabel schließt, ist er schon starrer. Das T-Shirt über seinen

Kopf zu ziehen ist, wie ein Brett zu bespannen. Linus muckt, mag nicht in das T-Shirt geschoben werden, mag nicht, dass Noa gleich gehen wird. Sie küsst seine Wange. Das hilft nur kurz.
Als er anzogen ist, ist Noa erschöpft, setzt sich an die Bettkante und atmet aus. Linus zu bewegen ist schwer.
Ich muss jetzt gehen, flüstert sie, ohne ihn anzusehen.
Er macht ein Geräusch, und Noa steht auf, zieht die Vorhänge zurück, lässt den Tag wieder herein. Draußen brausen die Autos, schnaufen die Busse, verbrennt die Sonne die Passantenhaut. Bevor Noa die Zimmertür hinter sich zuzieht, wendet sie sich noch einmal zu Linus. Er ist eingeschlafen.

Noa betrachtet ihre Arme. Sie sind weiß, obwohl dieser Sommer schon viele schöne Tage hatte. Noa hat nur versäumt rauszugehen. Fasziniert beobachtet Noa, wie kleine Schweißperlen aus der Haut kullern, und denkt kurz an Linus. Mit dem Finger verreibt sie die Tröpfchen, malt damit ein Muster. Die Härchen auf ihrem Arm bilden kleine Inseln. Auf ihnen bleibt der Schweiß nicht lange haften.
Elija kommt hinter der Kapelle hervor. Sie trägt keine Schuhe. Barfuß steht sie auf dem Felsboden. Der Stein schneidet in ihre Fußsohlen.
Ihren Rücken lehnt sie an die Holzwand der Kapelle. Sie steht im Schatten, atmet tief ein und aus. Sie hat geweint, erkennt Noa sofort.
Noa schaut wieder auf den See.
Wer hat den vollgeweint?, fragt Elija, zieht dabei die Nase hoch und verschluckt so die Hälfte der Silben.
Noa schaut genauer auf das Wasser. Es sieht für sie nicht nach Tränen aus.

Elija gleitet die Kapellenwand hinunter.
Was denkst du denn, wer?, fragt Noa.
Ich, murmelt Elija.
Noa geht zu Elija und setzt sich neben sie. Sie fragt nicht, was passiert ist, warum sie sich mit Loth gestritten hat. Über was sie sonst noch gesprochen haben, außer Pietätlosigkeit und Wanderschuhe. Noa legt ihren Kopf auf Elijas Schulter. Elija legt den Arm um Noas Schultern. Elija streichelt Noa, das ist wärmer als die Sonne.
Noa denkt an die paar Male, die sie als Jugendliche verliebt war. An den Jungen aus dem Physikkurs und ihren Nachhilfeschüler und den Schülerpraktikanten in der Sparkasse. Mit denen sie nie wirklich sprach. Weil sie sich nicht traute. Und dann traurig nach Hause ging und sich genau wie jetzt an Elijas Schulter lehnte, ihren Atem einsaugte und hörte, wie in Elijas Körper alle Organe rasseln.
In Elijas Körper ist immer etwas los. Da ist es nie still. Das Blut fließt bei ihr mit Getöse durch die Arterien, macht hier und da einen lauten Streik, lässt sich leicht von einem schnell schlagenden Herz beruhigen und fließt dann weiter. Elijas Magen singt. Eigentlich immer. Entweder, weil er so voll ist, dass er nicht weiß, wohin mit dem ganzen Zerkauten, oder weil er Hunger hat. Dazwischen kennt er nichts. Der Magen singt ein einziges Klagelied.
Elija versucht, leise zu sein, für Noa.

Die Kapelle ist dunkel. Licht kriecht nur durch den Spalt unter der Pforte, durch die Schlitze zwischen den übereinandergenagelten Holzbrettern. Loth hockt auf der Bank. Vor ihr eine Madonna. Ihr Gold ist abgekratzt, das Blau verblasst. Der Jesus in ihren Armen ist verfärbt. Seine Haut

sieht gelb aus. Loth sitzt aufrecht. Herumlungern kann sie nicht. Deswegen hat sie mit Elija geschimpft, jetzt muss sie vorbildlich sein. Neben der Maria liegen die Steinchen, die Elija aus ihrem Schuh geschüttet hat. In der Blumenvase daneben welken Rosen. Die Stängel im Wasser schimmeln. Den Vasenrand klettert weißer Flaum empor.
In der Kapelle steht die Hitze. Loth schwitzt. Sie hört, wie auf der anderen Seite der Wand Elija und Noa tuscheln. Über sie? Darüber, dass Loth wieder zu streng war? Dass Loth Elija schlecht behandelt? Was redet Noa Elija ein? Irgendetwas von der Liebe und der Politik und den emotional aufgeschwemmten Utopien, die sie hat.
Das Blumenwasser stinkt. Loth rückt die Vase ein Stück von sich weg. Das hilft nicht. Wie oft wohl jemand kommt, um frische Blumen zu bringen? Loth stellt sich eine alte Frau vor, die sich alle zwei Wochen den Berg hochkämpft, einen Strauß voller Knospen in der Hand. Die Frau betritt die Kapelle, bekreuzigt sich ein- oder dreimal, kniet vielleicht sogar nieder. Ihr fällt nicht mehr auf, dass Madonna und Jesus Farbe verlieren. Sie trägt die Vase heraus, schüttet das Wasser auf die Felsen, entfernt den Schimmel notdürftig mit einem Taschentuch und füllt neues Wasser ein. In der Kapelle öffnen sich die Knospen dann Tag für Tag weiter. Und die alte Frau sieht die Blumen erst wieder, wenn sie verwelkt herabhängen.
Loths Blick wandert durch die Kapelle. Da ist nichts. Nichts außer dem Holz, der Figur und der Vase. Die Bank natürlich. Loth denkt daran, wie Wanderer herkommen, überlegen, wie es wäre, zu beten, und dann doch weitergehen.
Loth überlegt, wie lange es her ist, dass sie religiös war. Fast zwanzig Jahre, fällt ihr auf. Am Ende der Grundschulzeit

hat sie damit aufgehört. Einfach so. Weil sie gemerkt hat, dass beten nichts bringt. Dass man schreien muss, wenn man etwas will. Dass Augenaufreißen mehr bringt als gefaltete Hände. Und ein Tritt auf eines andren Fuß jemanden eher zum Schweigen bringt als sakrale Worte. Dass eine bessere Welt nicht kommt, wenn man die Augen niederschlägt, sondern nur, wenn man dafür kämpft.
Und ich kämpfe, oder?, denkt Loth und stützt den Kopf mit den Händen ab. Zumindest hat sie immer gekämpft, die ganze Zeit. Zwar immer für etwas anderes, aber das lag daran, dass sie so jung war, dass sie es nicht besser wusste. Und diese patriotische Bewegung gibt es noch nicht so lange. Loth sieht sich. Wie sie dasteht auf der Demonstration. Mit dem Mikrofon in der Hand, dem kurzen Rock, dem knappen Oberteil. Die Haare streng nach hinten gebunden und nichts im Gesicht als ihre Wut. Ihre Stimme hart und ihre Worte so gewählt, dass nur die Schlauen sie verstehen. Loth sieht schön aus, Loth funkelt in die Handykamera von Ben. Loth wird sich später im Internet bewundern können.
Loth weiß, dass Elija religiös ist. Den Behinderten bleibt nichts außer Gott, denkt sie und steht auf. Ihre Schritte durch die Kapelle werden vom Holz geschluckt. Es nimmt jedes ihrer Geräusche auf. Loth tritt fest auf, das hilft nicht. Loth atmet laut aus, das verschwindet sofort. Sie geht schneller. Die Pietät interessiert sie nicht mehr. Sie weiß außerdem auch, wie man sich benehmen muss. Anders als Elija. Und wenn Elija nicht da ist, muss sie kein Vorbild sein. Loth breitet die Arme aus. Fast berühren ihre Hände die Wände der Kapelle. Der Raum wird enger, und Loth wird wütend. Sie dachte, dass wenigstens Gotteshäuser beständig wären. Mit der Fingerspitze schrappt sie an einem Balken

entlang und fängt sich einen Splitter ein. Der sticht im Fleisch.
Loth sieht sich als Kind in der großen Kirche auf den Sitzkissen hocken, neben sich andere Kinder und der Pfarrer mit der Kinderbibel in der Hand. Und sie sieht eine Loth, die alles glaubt, was er sagt, und alles gut findet und bei den Liedern mitklatscht. Eine Loth, die die anderen Kinder anstupst, wenn sie nicht brav genug sind und herumalbern. Loth bleibt stehen. Wundert sich über ihren großen Körper in der Kapelle. Sie zieht den Kopf ein, setzt sich auf die Bank. Ihre Hüfte kommt ihr breit vor. Wahrscheinlich, weil sie gestern mehr als einmal am Tag gegessen hat. Und so viel gelaufen ist sie heute noch nicht, dass alles wieder verbrannt wäre. Sie müssen weitergehen, endlich weitergehen. Wie lange soll diese Pause noch dauern?

Dreizehn. Zwei

Elija schleicht an die Felskante. Wer hat den See vollgeweint? Wer hat so viele Tränen?, fragt sie sich. Sie hebt einen kleinen Stein auf und wirft ihn. Er fliegt nicht weit. Nur bis ins nächste Gebüsch. Nicht bis in den See. Enttäuscht schaut sie dem Stein hinterher. Noa steht hinter ihr und macht Yoga. Elija findet, dass Noa immer Yoga macht, wenn ihr nichts anderes einfällt.
Elija setzt sich an die Kante. Ihre Beine baumeln über dem Abgrund. Das lockert die Füße auf. So als wären sie noch nicht viel zu viel gelaufen. Das kribbelt die Knie durch. Sie fühlen sich nicht mehr an, als würde schon den ganzen Tag

Elijas Gewicht auf sie drücken. Mit den Händen stützt Elija sich an der Felskante ab. Ihr kann nichts passieren. Da ist sie sich sicher. Sie weiß, dass Noa beim Yogamachen die Augen schließt. Dass Noa es mag, nichts mitzubekommen. Sie nennt das Entspannung, und Loth nennt das Ignoranz. Elija lauscht. Der Wald murmelt. Ächzt in der Hitze. Knistert leise. Elija hält sich die Ohren zu, will, dass es einmal ganz still ist.

Als Elija aus dem Theater tritt, brodelt die Stadt laut. In ihren Ohren surren noch die Scheinwerfer, hallen die Worte nach, die sie auf der Probe gesprochen hat. Die waren viel ruhiger als das tosende Berlin. Die Tagesgeräusche überfordern sie. Sind ihr zu viel, zu laut, zu unterschiedlich. Hinter ihr verlässt Kassandra das Theater. Sie wickelt sich ihren Schal um. Kassandra ist schon wieder erkältet. Sie verträgt das Berlinklima nicht, sagt sie immer und hustet. Sie streichelt Elija einmal über die Schultern: Bis morgen dann. Elija nickt nur. Will nichts sagen, will nicht noch ein Geräusch machen, Kassandra putzt sich im Laufen die Nase, verschwindet hinter der nächsten Ecke. Langsam gewöhnt sich Elija an die Geräusche, findet sie nicht mehr störend, ist wieder angekommen.
Elija streckt die Arme nach oben. So kann sie besser atmen, jauchzt kurz. Dann fallen Arme um ihren Bauch, und ein Kuss landet auf ihrer Schläfe. Sie dreht sich um, mit geschlossenen Augen, und kuschelt sich an Mio. Er riecht nach Schweiß. Wahrscheinlich ist er den Weg von der WG bis zum Theater zu Fuß gegangen. In dieser Woche ist Schienenersatzverkehr, da kommt er immer ganz durcheinander. Läuft lieber, bevor er sich durch die geänderten Fahrpläne wühlt.

Lange hält Elija Mio fest. Er atmet in ihr Ohr, das macht frischen Wind in ihrem Kopf, pustet die Probengedanken aus, die Hagartexte. Elijas Körper fühlt sich müde an, bemerkt sie. Sie lässt sich von Mio halten. Sie weiß, dass er sich nach hinten fallen lässt, wenn sie ihm zu schwer wird. Dann stellt sie sich wieder auf ihre eigenen Beine. Mio hatte den Vormittag frei, muss nur heute Abend in die Vorstellung.

Wir wollen los, jubelt Elija, lässt Mio los, dreht sich einmal im Kreis. Mio schaut sie an. Lacht laut und noch lauter, als ein Passant sie irritiert anstarrt.

Elija hakt sich bei Mio unter. Und jetzt habe ich richtig Hunger, lacht sie und trommelt mit der freien Hand auf ihrem Bauch. Das gibt gute Geräusche, findet sie.

Eine anstrengende Probe?, fragt Mio, küsst beim Gehen ihren Hals ab. Nach dem Theater schmeckt Elija so gut.

Elija nickt, spürt seine Küsse nach, sie sind ganz feucht. Kitzeln, seine Lippen sind rau.

Ja, ich habe getanzt, und Kassandra hat ganz viel geredet. Viel zu viel geredet.

Elija verstellt die Stimme, macht: Blablablablabla.

Mio quietscht. Aus Elijas Augen sprudelt es, sie ist wach und frisch, und der erschöpfte Körper kann sie nicht bremsen. Sie hüpft, auch wenn die Knie das nicht wollen, sie wirbelt über den Gehweg, auch wenn das Fahrradfahrer erschreckt. Elija wirft den Kopf von links nach rechts. Die Hagar muss heraus, sie war lange genug in Elija. Jetzt hat Elija frei.

Mio beobachtet, wie sie den ganzen Weg einnimmt. Kinderwagenschieber zur Seite steuern, Schulkinder wegschauen. Vielleicht, weil Mio und Elija nicht viel größer sind als die Kinder. Nur anders aussehen.

Elijas Bauch ist leer und knurrt, und wenn sie nicht bald isst, wird sie schlechte Laune bekommen. Mio schnappt ihre Hand, rennt los, zieht sie hinter sich her. Sie kann nicht so schnell wie er. Sie hat schon den ganzen Tag geprobt, er nur Fernsehen geschaut und vielleicht gepuzzelt.
Beim Rennen klatschen ihre Füße laut auf den Bürgersteig, hallen zwischen den Häusern wider. Jeder kann hören, dass sie durch die Straße sausen. Dass sie da sind. Elija hofft, dass jemand aus dem Fenster schaut. Sie und Mio sieht. Wie schnell sie sind, wie lange sie das Tempo halten können. Aber alle Fenster bleiben geschlossen.
Plötzlich bremst Mio ab. Vor einem Restaurant. Rote Markisen, und innen Pizzeriastühle mit Kunstleder. Hier waren sie noch nie. Elija und Mio gehen nur essen, wenn ihre Eltern zu Besuch sind. Mio stellt sich vor die Karte, tut so, als würde er sie lesen. Das hat er sich abgeschaut von den anderen.
Wir gehen rein, sagt Elija, ich sterbe vor Hunger.
Mit den Händen umklammert sie ihren Bauch. Wenn sie fest drückt, quillt er an ihren Fingern vorbei.
Mio zögert, doch da zieht sie ihn schon herein. Sie setzen sich an einen Tisch am Fenster. Elija überlegt kurz, ob sie heute Morgen daran gedacht hat, ihr Portemonnaie einzupacken. Aber dann schaut sie lieber in den Tag hinter der Scheibe.
In langen Sommerkleidern laufen die Berlinerinnen mit großen Brillen vorbei. Alles in Schwarz, nur die Nägel rot lackiert. Die Smartphones am Ohr in einer roségoldenen Hülle.
Ansonsten nur Autos und Fahrräder. Alles bewegt sich. Niemand sitzt so ruhig wie Elija und Mio.

Bevor der Kellner ihnen die Karten geben kann, sagt Elija: Wir nehmen Schnitzel mit Pommes. Zweimal. Und Fanta. Das gibt es überall, und Elija hat keine Lust, die Karte zu lesen. Zu anstrengend, findet sie.
Als sie sitzt, merkt sie, wie schwer die Füße sind und schwach der Rücken. Dass Brüste und Bauch sie nach vorne ziehen. Sie legt den Kopf auf den Tisch. Mio krault ihre Wirbelsäule. Hoffentlich dauert das mit dem Essen nicht so lange.

Elija rutscht ein Stück vom Abgrund zurück. Sie hat keine Lust, von Noas panischem Geschrei erschreckt zu werden. Bald müsste Noa mit dem Yoga fertig sein, die Augen wieder öffnen.
An der Kapellenwand taucht Loth auf. Sie ist blass. Vielleicht, weil sie in einem kleinen Raum war, denkt Elija. Loth mustert Noas elastische Bewegungen skeptisch. Elija hält sich die Ohren zu. Sie will nicht, dass die beiden schon wieder anfangen zu streiten.

Der Kellner stellt die Schnitzel auf den Tisch und verteilt das Besteck. Am liebsten würde Elija die Pommes mit der Hand essen. Das geht schneller. Ihr Magen knurrt. Mio lacht. Elijas Augen werden groß, wenn Essen vor ihr steht. Es duftet nach Panade, nach Frittierfett, nach Pommesgewürz. Ein bisschen nach Kartoffeln. Aber nur wenig.
Mio schnappt sich das Tütchen Ketchup und reißt es auf, drückt das Rot über die Pommes. Die Hälfte landet auf seinen Fingern. Unsicher wischt er sie mit der Serviette ab. Zu Hause hätte er die Finger abgeleckt. Im Restaurant geht das nicht.
Elija hält ihm ihr Glas entgegen. Sie stoßen an.

Wir feiern, sagt Elija, und ihr schwillt die Brust.
Ja, wir feiern, stimmt Mio zu. Aber was?, fragt er.
Meine Probe, und dass ich die beste Schauspielerin bin!
Noch einmal lässt Elija die Gläser aneinanderklirren. Dabei verschüttet sie etwas Fanta. Die Tischdecke bekommt einen orangen Fleck. Sie schiebt ihren Teller darüber.
Mio nimmt einen trüben Schluck aus seinem Glas.
Ich bin auch Schauspieler, sagt er bitter.
Elija wird rot, pickt Pommes mit der Gabel auf und stopft sie in den Mund. Sie kaut lange, damit sie nichts sagen muss.
Ich bin nur nicht so gut wie du, fügt er hinzu und trinkt schnell was.
Elija schneidet ihr Schnitzel an. Aus der Mitte trieft Fett. Das Fleisch ist dünn, die Panade dick. Das ist gut. Elija mag eigentlich nicht so gerne Fleisch. Sie mag panierte Kruste. Sie mag alles, was knusprig ist. Auch bei Fischstäbchen isst sie lieber das braune Äußere als den weißen glitschigen Fisch in der Mitte.
Elija spült das Fleisch mit Fanta herunter. So muss sie nichts sagen.
Auf einmal wirkt das Restaurant matt, und Mio sieht nicht aus, als wollte er mit ihr feiern. Mio sieht aus, als wollte er sich unter dem Tisch verstecken. Elija traut sich nicht, zu ihm zu gucken. Schneidet lieber das Schnitzel in kleine Stücke, pikst sie nacheinander auf und isst sie schneller, als sie wollte.
Die Pommes hebt sie sich für den Schluss auf.
Mio schaut aus dem Fenster. Im Augenwinkel beobachtet Elija ihn. Sie will nicht, dass er traurig ist. Sie will nicht, dass er glasig schaut. Die Hand will sie auch nicht ausstrecken.

Für Mio ist die Situation schwer, hat Kassandra ihr schon gesagt. Aber für Mio soll es nicht schwer sein, findet Elija. Mio soll sich freuen für sie, und Mio soll ihr Blumen schenken nach der Premiere. Und Mio soll das Schnitzel genießen. Schließlich waren sie noch nie nur zu zweit essen.
Elija stützt ihren Kopf mit den Händen ab. Das Fleisch schmeckt nicht mehr. Die Panade hilft nicht weiter. Und für die Pommes gibt es zu wenig Ketchup. Elija hasst die kleinen Tütchen.
Elija weiß, dass sie gleich Entschuldigung sagen muss. Obwohl sie es nicht will. Aber das ist das Einzige, was hilft. Sie wartet noch ein bisschen. Isst weiter.
In der Mitte sind die Pommes matschig. Die hätten ruhig noch ein wenig in der Fritteuse bleiben können.
Elija stellt sich vor, dass sie nicht mit Mio hier wäre. Sondern mit jemand anderem. Mit jemandem, der sich immer freut über ihren Soloabend. Jemand, der schlaue Sachen über Hagar sagt und sie lobt und ihr die Hand tätschelt. Und sich anhört, was sie auf der Probe erlebt hat.
Das würde sie auch nerven, merkt sie schnell und spült den Gedanken mit Fanta herunter.
Vorsichtig streckt sie ihre Hand nach Mio aus. Seine Linke umklammert die Gabel. Mit der Rechten hält er sich an der Tischkante fest.
Mit der Fingerspitze erreicht sie seine linke Hand, streicht darüber. Ihre Augen versuchen, sich in seine zu mogeln, doch noch weicht Mio aus. Das kennt sie von ihm. Blinzelt deshalb. Tut so, als wären ihre Lider Schmetterlinge. Mio liebt Schmetterlinge. Mio schaut noch immer weg. Guckt auf vorbeiwackelnde Wichtigtuer hinter der Scheibe. Elija schiebt Pommes in ihren Mund, bis ihre Wangen voll sind.

Jetzt sieht ihr Gesicht aus wie ein dicker Schmetterling. Das muss er doch mögen, denkt sie. Fast fängt sie selbst an zu lachen. Ihren Kopf wiegt sie so, dass er wie ein flatternder Schmetterlingskörper aussieht. Mio nimmt seinen Blick von den Vorbeiwacklern, guckt zu Elija und grinst breit. Er kann nicht mehr böse sein. Will es nicht. Steht auf und umklammert Elijas Körper. Um nicht krumm zu stehen, kniet er sich auf den Boden. Er muss sie festhalten. Einmal weint er kurz in ihre Schulter, dann lacht er.
Elija kaut und schluckt die Pommes rasch herunter. Dann kann sie mitlachen.
Der Kellner kommt und fragt, ob alles in Ordnung ist.

Dreizehn. Siebzehn

Wollen wir dann endlich?, fragt Loth. Sie lehnt an der Kapellenwand und kaut Kaugummi.
Elija merkt, dass sie Hunger bekommt, traut sich aber nicht, etwas zu sagen.
Ja, ich bin fertig, sagt Noa, springt einmal nach oben und landet elegant.
Und, stachelt Loth, die innere Mitte gefunden beim Verbiegen?
Schon lange, antwortet Noa schroff. Sie hebt ihren Rucksack vom Boden, setzt ihn auf, hilft dann Elija beim Aufstehen.
Vielleicht solltest du auch Yoga machen, schlägt Noa Loth vor.
Loth lacht dreckig. Tief aus dem Bauch, rau an den Stimm-

bändern vorbei. Ein Lachen, das in den Tag schneidet. Ein Lachen, nach dem Noa sich nicht mehr trauen wird, noch etwas zu sagen.
An ihrem Rucksack stellt Loth die Gurte kürzer. So geht mehr Gewicht direkt auf die Schultern. Loth will losrennen. Nicht auf die anderen warten. Die Langsamkeit ist unerträglich.
Hintereinander laufen die drei an der Kapelle vorbei. Einmal noch denkt Loth an das schimmelnde Wasser, die welken Blumen. Das braun gewordene Rot.
Loth geht voran. Die anderen können ruhig mal ihr Tempo erhöhen. Wann wollen die denn ankommen, oben am Gipfel?, fragt sie sich. Wenn sie so weitermachen, nicht vor dem späten Nachmittag. Und das kann Loth nicht hinnehmen.

Sie schiebt Ben den Text wieder zurück. Finde ich dumm, sagt sie schlicht.
Dumm?, wiederholt er ungläubig und schaut wieder auf sein Gekritzel.
Ich will das so nicht singen, bekräftigt Loth.
Ich finde es super, sagt Ben. Liest wieder und wieder und kann keine Dummheit in seinem Liedtext erkennen.
Loth findet es zu plakativ. Es soll eine Parodie sein, oder nicht? Auf ein Lied, das im Internet viral geht und das alle Gutmenschen sich als Klingelton eingestellt haben. Das alle rauf und runter singen, und den Text berührend finden. Eben weil er so naiv ist. Loth erträgt das Lied nicht. Loth bekommt davon Herzrasen und rote Flecken am Hals. Loth hatte die Idee, einen neuen Text dazu zu dichten. Einen, der zeigt, was eigentlich los ist im Land. Und wer schuld ist an den Problemen und wer am Ende dumm dasteht.

Sie sitzen in ihrem Zimmer. Auf dunklem Parkettboden. Notenpapier um sie herum und die aufgeklappten Laptops. Bleistifte, mehr als Dekoration als als Werkzeug. Loth schreibt alles mit dem Computer.
Ich finde, sagt sie nach einer Denkpause, dass dein Text zu sanft ist. Der bringt es nicht genug auf den Punkt.
Loth klickt ein bisschen auf ihrem Computer herum, findet in einem Ordner einen alten Text, denn sie einmal bei einem Poetryslam in der Uni vorgetragen hat. Als sie noch Kommunikationswissenschaften studiert hat.
Dieser Text ist witzig, fügt sie hinzu und schiebt Ben den Laptop auf die Knie. Sie mag seine Knie.
Bens Finger sind verhornt. Vom Gitarrespielen. Vom Schlagen auf die Saiten.
Er zupft an seinen Bartstoppeln herum, während er liest. Mit dieser Geste sieht er schlau aus.
Das ist krass, sagt er, als er fertig ist. Seine Stirn liegt in Falten. Ich weiß nicht, ob wir das so singen können.
Es soll doch krass sein. Loth nimmt den Laptop von ihm herunter. Rutscht an ihn heran. Sie hat wenig an, obwohl es draußen nicht sonderlich warm ist. Die dicken Mauern geben Kälte ab. Loth schiebt ihren Po auf seine Knie, seine Hände wandern wie von selbst auf ihre Hüfte.
Lass uns diesen Text dafür benutzen. Wir müssen ihn nur ein bisschen der Melodie anpassen, säuselt sie mit aufgerissenen Augen. Sie will ihren Mund auf sein Schlüsselbein legen, hält aber inne. Vielleicht ist es besser, ihn mit den Augen zu fixieren.
Der Text ist so extrem, schnurrt er und ringt um Konzentration. Wenn wir den singen und das Video hochladen, wird es sofort gesperrt.

Dann machen wir einen Livestream.
Loth haucht nur noch. Ihr Unterleib bewegt sich auf ihm. Minimal, so dass Ben die Bewegung nur erahnen kann. Mit der Nase streicht sie über seinen Hals. Der Adamsapfel drückt an ihre schmale Nase. Sie ist so leicht, denkt sie. Ihr wird warm. Weil sie auf Bens Beinen hockt, glaubt sie.
Ich bin unsicher, murmelt er, wirkt aber schon ziemlich überzeugt. Loth denkt an den Text, daran, wie sie ihn auswendig gelernt hat. Wie sie auf der Bühne steht und alle sie anstarren. Als noch niemand weiß, dass sie in der Bewegung ist, und alle denken, sie wäre irgendeine skinny legend aus dem dritten Semester. Eine, die sich mal was traut. Vorher ist Loth niemandem so richtig aufgefallen. Den Spaß in der ersten Woche hat sie nie mitgemacht. In den Vorlesungen saß sie meist allein oder neben den ganz braven Mädchen mit Kreuzen oder Halbmonden um den Hals. In die Mensa geht sie nicht, und alle Gesprächsangebote schlägt sie aus. Was soll sie denn reden mit den Durchschnittsstudierenden, die permanent damit beschäftigt sind, sich selbst nach ihrem Geschlecht, ihrem Gender, zu befragen, die dreimal täglich ihre sexuelle Orientierung ändern und so fluid sind, dass man durch sie durchgreifen kann.
Als Loth auf der Bühne steht, das Mikro in der Hand, und im Slamgeredeton ihren Text spricht, da sind sie alle still. Da denkt keiner mehr an Genderfragen und Political Correctness. Da kleben sie alle an Loths Lippen. Manche mit aufgerissenen Augen, andere sabbern fast auf ihre Baumwollbeutel, oder ihnen fallen die Dreadlocks ins Bierglas. Loths Stimme und die Worte, die sie benutzt, schockieren sie alle, lassen niemanden an Loth vorbeidenken. Je mehr alle erstarren, desto lauter und fester spricht Loth. Umso

drastischer dehnt sie die Worte und nimmt noch welche dazu, die sie sich vorher nicht getraut hätte.
Mitten in der Rede wird das Mikrofon abgestellt. Doch sie braucht so eine Art von Verstärkung gar nicht. Jetzt kann sie erst richtig loslegen. Alle Stimmkraft aus dem Körper mobilisieren. Meinungskorridore, Sprechverbote, Meinungsfaschismus, poltert sie in die Mensa. Von der Bühne herab auf die, die nicht wissen, was sie machen sollen. Die einfach dahocken. Hinten wird gegrölt. Buh-Rufe.
Ja, so viel hält eure Toleranz nicht aus!, schreit Loth zurück. Das ertragt ihr nicht, ihr Linken!
Pfiffe. Aufforderungen, dass Loth die Bühne verlassen soll. Loth bleibt. Sie lässt sich nichts verbieten. Sie hat sich auf die Teilnahmeliste geschrieben wie alle anderen auch. Warum sollte man sie jetzt vertreiben. Das Recht ist auf ihrer Seite.
Seid ihr nicht alle so für Vielfalt?, donnert sie.
Die ersten Reihen stehen auf, gehen nach draußen. Zum Rauchen, oder was? Eine Studentin stellt sich auf den Stuhl und ruft allen zu, dass sie den Raum verlassen sollen. Alle stehen auf. Nur die von der Bewegung bleiben. Filmen die herausströmende Masse mit ihren Handys. Lachen schrill. Diese Heuchler, denkt Loth. Als alle draußen sind, steckt sie das Mikrofon zurück in die Halterung.
Loth schmiegt sich zarter an Bens Oberkörper, tut so, als würde sie in sein Ohr beißen.
Dieser Text, zischt er, ist echt zu krass.
Das soll er doch auch sein, haucht sie mehr, als sie spricht.
Loth rutscht von seinen Knien, setzt sich im Schneidersitz vor ihn, stellt den PC auf ihre Oberschenkel. So rational, wie sie kann, sagt sie: Vielleicht müssen wir den Teil mit den

Germanen und der Umvolkung noch einmal anders formulieren?
Ben nickt.
Aber sonst nehmen wir das, oder?
Ben nickt.

Die Bäume stehen eng aneinander. Loth ist froh, dass sie sich unter ihnen verstecken kann. Manchmal hat sie Angst vor dem Oben. Vor dem, was da alles sein könnte. Im Himmel. Wer weiß, von was sie gerade beobachtet wird. Loth will nicht braun werden. Auch deshalb sind die Nadeln an den Ästen gut. Ab und an rieselt eine herunter, landet auf Loths Schulter. Sie nimmt sie mit der Fingerspitze auf. Die Nadeln riechen nach Zitrone. Als Kind hat sie sie manchmal heimlich in den Mund genommen. Zerkaut. Das hat besser geschmeckt als Vitamin-C-Bonbons. Frischer als alles, was sie je geschmeckt hat. Loth atmet den Geruch einmal tief ein, dann schnippt sie die Nadel auf den Boden. Sie geht weiter.

Dreizehn. Achtundvierzig

Noa sieht Loths Umrisse in weiter Ferne. Dann verschwindet sie hinter einer Kurve. Jetzt ist es so, als würden nur sie und Elija die Wanderung machen. Noa versucht, sich das vorzustellen. Träumt von dick bestrichenen Marmeladenwaffeln und einer Wanderung, die länger als einen Tag dauert. Einer Übernachtung im Zelt und Wachwerden in der schon längst aufgegangenen Sonne. Gegen Mittag zum Gipfelkreuz klet-

tern. Und stolz oben jubeln. Die eine Hand glücklich emporgereckt, die andere verschlossen mit Elijas Fingern. Schweiß unter den Armen, aber niemanden, den das stören würde. Das ganze Tal unter ihnen, nur für sie beide, und niemand, mit dem sie den Blick teilen müssten.
Noa läuft eng an Elija. Sie berühren sich kaum. Nur einmal, als Noa zu wild mit dem Arm schlackert. Elija bemerkt das nicht.

Versehentlich streift Noa die Hand der Verkäuferin, als sie ihr das Geld gibt. Zwei Euro für einen dunklen Kaffee im Pappbecher mit aufgetürmtem Milchschaum. Den braucht sie jetzt. An ihren Fingern hängt noch der Linusgeruch. Obwohl sie sich desinfiziert hat. Linus kommt immer wieder durch. Noa ist das ein bisschen peinlich, sie wendet sich schnell ab. Sucht sich einen Platz draußen. Den Pappbecher hält sie nur mit zwei Fingern. Er ist heiß. Es riecht nach Asphalt, nach abgefahrenen Reifen. An die Häuserwände lehnen sich ab und zu Passanten. In der Hitze können sie nicht weiter. Müssen kurz verschnaufen, sich an kältere Zeiten erinnern und schleppen sich dann einige Meter weiter. Alte Leute sind in den Wohnungen geblieben. Oder sie werden von Krankenwagen durch die Straßen gefahren. Es ist so heiß, dass alle leise sind. Nur Noa friert. Ihr Körper vermisst Linus.
Noa schlägt die Beine übereinander. Stellt den Becher auf das Knie und stabilisiert ihn mit der Hand. Knisternd fällt das Schaumgebirge in sich zusammen, hinterlässt eine hellbraune Flüssigkeit. Noa nippt.
Ihr Körper fühlt sich schlapp an. Die Schultern hängen nach vorne, den Unterkiefer möchte sie nicht mehr an den

Oberkiefer drücken. Die Knie streckt sie durch. Soll doch jemand über ihre Beine stolpern, das ist ihr jetzt egal.
Eine Möwe landet neben ihr, begutachtet ihren Becher, überlegt, ob da vielleicht etwas für sie drin sein könnte. Rasch nimmt Noa den Kaffee wieder, zieht die Beine an, macht den Rücken rund. Zusammengeklappt sitzt sie da.
Kann die Möwe schnell wegfliegen?, bittet Noa. Aus dem Augenwinkel beobachtet sie das Tier. Erhaben schreitet es vor ihr entlang. Noa denkt an den Morgen. Daran, wie sie nach hinten gekippt ist, vor Schreck. Wie sie da lag und die Möwe triumphiert hat über sie.
Noa sieht sich auf dem Bürgersteig liegen. Aufgestützt auf die Hände, den Blick der Möwe. Darüber muss sie lachen. Laut und schrill, und kann gar nicht mehr aufhören. Erschrocken breitet die Möwe die Flügel aus, flattert davon. Noa lacht lauter. Die Passanten schauen sie irritiert an. Noa kann nicht aufhören. Will zur Beruhigung trinken, traut sich dann aber nicht. Sie will den Kaffee nicht über den ganzen Gehweg prusten. Dafür war er zu teuer.
Noa wischt sich übers Gesicht.

VON VIERZEHN BIS SIEBZEHN

Vierzehn. Eins

Elija lehnt sich an den Baum. Er ist tot. Schon seit Jahren. Seine Rinde blättert vom Stamm. Er wird von der Erde gehalten. Kann nicht fallen. Er muss stehen. All die Jahre, die kamen, und auch die, die noch kommen. Elija drückt ihr Gewicht gegen den Stamm. Er soll sich legen dürfen, der Baum, findet sie. Endlich ausruhen.
Ich helfe dir, dann musst du nicht mehr stehen, flüstert sie. Drückt. Der Baum hält. Die zerborstenen Äste streckt er zum Himmel. Sie sind zu kurz. Berühren nichts als die Luft. Elija schaut sich um. Um sie herum nur tote Bäume. Kein Stamm, der lebt. Die kargen Äste wie Hilferufe.
Der Gürtel aus Toten zieht sich einmal um den Berg. Mit einem Streifen endet plötzlich der grüne Wald, lässt keine Farbe mehr für den Gipfel. Schon von weitem kann man ihn sehen. Schon den sauren Regen spüren, auf der Zunge. Das Knistern der Borkenkäfer hören. Wie viele Jahre ist das her, fragt Elija. Die Bäume antworten nicht. Sie erinnern leise. Elija weiß, dass hier vor Jahren viel mehr Tote standen. Als sie das erste Mal hier war. Da gab es doch noch mehr Leichen. Sie wickelt beide Arme um den Baum, drückt den Bauch an ihn. So ein Toter friert doch bestimmt ohne Rinde. Von oben brennt die Sonne direkt auf Elijas Kopf. Noa hat ihr gesagt, sie solle sich ihren Hut aufsetzen. Aber das möchte Elija nicht. Sie möchte wieder blond werden. So helle Haare bekommen, wie sie sie als Kind hatte. Nach Sommerferien und Freibad.

Seitdem sie erwachsen ist, sind die Haare dunkler. Matt und braun.
Der Stumpf eines verwitterten Astes drückt in Elijas Bauch. Da, wo ihr Nabel ist, da, wo es sie kitzelt. Sie hält still, spürt den Ast.
Elija versucht, vorzugehen. Einen Schritt oder zwei. Vielleicht kommt der Baum mit. Lässt sich zu den Toten betten. Der Baum bleibt stehen, Elija kommt nicht weiter.

Auf einem umgefallenen Stamm sitzen Loth und Noa. Loth mit einem gelben Käppi. Noa hat sich ein Tuch um die Haare gebunden. Die Sonne brennt. Loth fächert sich Luft mit den Händen zu. Noa versucht die Eidechsenmethode: bewegt sich gar nicht.
Mein Gott, kommentiert Loth Elijas Bewegungen in der Ferne. Die hat auch immer eine blöde Idee.
Lass sie doch, sagt Noa, trinkt einen Schluck aus der Flasche.
Warum gehen wir eigentlich wandern, wenn es so heiß ist?, fragt Loth und atmet tief aus.
Weil du an keinem anderen Termin konntest, wegen deines Aktionismus, antwortet Noa schroff.
Ich habe euch schon vor einem halben Jahr gefragt, ob wir wandern gehen wollen. Ihr habt ewig gebraucht, euch zu entscheiden, sagt Loth.
Entschuldigung, dass wir nicht gleich alles stehen und liegen lassen, nur weil du dich meldest. Und dein Vorschlag, während der Schneeschmelze wandern zu gehen, war einfach dumm.
Ich wollte euch halt so schnell wie möglich wiedersehen, murmelt Loth.

Noa antwortet nicht. So verletzlich hat sie Loths Stimme nicht erwartet.
Noa betrachtet die Flasche. In ihr ist nur noch eine kleine Pfütze.
Elija hat zu wenig getrunken, stellt Noa fest.
Die meldet sich schon, wenn sie was will, blockt Loth ab.
An der Stelle, an der der Stamm den Boden berührt, verrottet er. Das Holz geht in die braune Erde über, splittrige weiße Stammreste liegen auf der ausgetrockneten Erde. Der Stamm wirkt nicht stabil. Einige Meter weiter hat er sich schon mehr aufgelöst. Ein kleiner grüner Zweig wächst daraus. Der nächste Baum?, fragt Loth sich.

Elija blickt zu den Schwestern und lacht auf, als sie die beiden auf dem Stamm lungern sieht. Mit den Kopfbedeckungen sehen sie aus wie frustrierte Vögel, findet sie.
Dann ist sie leise, ganz plötzlich. Darf man zwischen den Toten lachen? So laut, mitten auf dem Friedhof?
Einmal, auf der Beerdigung von irgendeiner Tante, die Elija nicht gut gekannt hatte, passiert ihr das. Sie lacht auf einmal, obwohl sie hätte einfach still sein sollen. Niemand weint, niemand ist wirklich traurig. Niemand kannte die Tante gut. Und als die Pfarrerin sich beim Namen der Tante verspricht, als sie Adelheid sagt und nicht Adina, muss Elija laut lachen. Da schallt ihre Stimme durch die Kirche. Und hört erst auf, als die Mutter ihr die Hand vor den Mund hält. Niemand dreht sich zu Elija um. Alle tun so, als hätten sie Elija nicht gehört, als wären sie ganz vertieft in ihre Trauer.
Nach der Kirche gibt die Pfarrerin allen die Hand. Auch Elija, und lächelt sie so dumm an. Als wäre nichts passiert.

Der Sarg wird hinuntergelassen, und als die Erde schippchenweise auf den Sargdeckel gefallen ist, atmen die Erwachsenen endlich auf.
Jeder ist froh, den unangenehmen Teil hinter sich gelassen zu haben, mit den anderen zu essen und mit den Kindern anzugeben. Außer natürlich mit Elija. Da hält man sich gerne zurück. Da sagt man nur: Ach, schön, dass ihr die Elija auch mitgebracht habt. Oder: Eure Elija ist wirklich groß geworden. Manche tätscheln einfach so Elijas Gesicht oder umarmen sie. Weil sie so süß ist. Noa und Loth reichen sie die Hand und fragen sie nach Lieblingsfächern und Berufswünschen. Eine Tante steckt Elija drei Euro zu. Damit soll sie sich was Schönes kaufen. Die Elija hat sicher auch Wünsche, rechtfertigt sie sich vor der Mutter. Die Mutter lächelt nur, wie immer.

Elija legt den Kopf in den Nacken, schließt die Augen, hört den Bäumen beim Totsein zu. Das sieht so unanstrengend aus.

Ich kann nicht mehr!, schreit sie Kassandra an. Elija schmeißt sich auf den Boden. Vergräbt den Kopf in den Armen, drückt die Knie in den Bauch. Sie will den Bauch nicht mehr haben. Der muss weg, der darf nicht bleiben. Der Bauch schreit: Mir fehlt etwas! Und Elija muss es die ganze Zeit hören. Die ganze Zeit beim Proben und auch danach, wenn sie mit dem Bus nach Hause fährt. Es hört einfach nicht auf. Das Gejammere. Und nachts, wenn sie schläft, tut der Bauch sogar weh. Das hat er seit Jahren nicht mehr gemacht. Erst seitdem Kassandra mit ihr alleine probt.

Doch, Elija, sagt Kassandra hart. Du kannst schon noch. Du willst nur nicht mehr.
Ich kann nicht mehr!, schreit Elija zurück.
Kassandra schweigt. Hält Abstand, kommt nicht auf Elija zu, streichelt sie nicht, tröstet sie nicht.
Elija hätte sie eh weggeboxt. Kassandra braucht gar nicht so tun, als hätte sie Verständnis. Sie kann das nicht verstehen. Niemand kann das verstehen. Nicht mal Hagar.
Elija denkt an Hagar. Daran, wie Sarai ihr den Plan genannt hat. Sie soll an ihrer Stelle den Stammhalter gebären. Hagar kennt Abram. Noch aus Ägypten. Aus der Zeit, in der Sarai beim Pharao leben musste. Als alles durcheinander war und Abram sich in Hagar verliebt hat. Zumindest glaubt Hagar das oder will es glauben.
Wenn Hagar ein Kind bekommt mit Abram, dann ist alles anders, oder? Dann ist sie keine Magd mehr. Dann ist sie jemand. Und wenn Elija jetzt richtig gut probt, dann ist sie auch jemand anders. Eine richtige Schauspielerin. Eine, die alle bewundern.
Elija liegt auf dem Boden. Sie muss proben. Sie hat Ja gesagt zu Kassandra, und jetzt braucht sie auch nicht anfangen, Angst zu bekommen. Jetzt muss sie es durchziehen.
Hagar muss schwanger werden. Am besten gleich. Am besten schnell. Abram wird nicht jünger. Sie muss zu Abram in das Zelt gehen. So ist es Gesetz, so hat Sarai es gesagt.
Ich will nicht, schreit Elija. Aber Kassandra tut, als könnte sie Elija nicht hören. Sie geht zu ihrem Tischchen, bemerkt Elija an den Schritten. Dann das Gekritzel mit dem Bleistift. Elija hasst das Geräusch.
Eigentlich will Elija. Eigentlich will Hagar. Sie schiebt den Vorhang zur Seite. Betritt das Zelt. Der Patriarch liegt be-

reits. Hagar ist jung. Abram ist alt. Zu alt, um ein Vater zu sein, findet Elija. Und Elija findet Hagar zu jung für eine Mutter.
Enger windet Elija die Arme um ihren Körper. Sie drückt sich die Luft ab. Nach einer Weile bebt er.
Du musst dich jetzt nicht hineinsteigern, sagt Kassandra scharf. Der schwierige Teil kommt doch erst noch.
Hagar weiß nicht, was das sein soll. Ein noch schwierigerer Teil. Was soll da noch kommen. Außer ihr und Abram. Und Sarai, die nahe am Zelt sitzt. Mitten in der Wüste. An der Wasserstelle. Ägypten, ihre Heimat, ist viel zu weit weg. Hagar kann nirgendwo hingehen. Außer näher zu Abram.
Elija rollt sich über den Boden. Sie könnte sich unter Kassandras Tisch verstecken, aber da ist sie nicht sicher.
Was ist los, Elija?, fragt Kassandra. So zärtlich, wie Abram Hagars Haare zurückstreicht.
Elija kann nichts sagen, sie hat keine Worte. Wie so oft nicht. Da ist nur eine Farbe in ihrem Körper und all die Organe und eben dieses eine, das nicht mehr funktioniert. Elija kann nur schreien, nur wütend sein. Aber das akzeptiert Kassandra nicht.
Abram wird der Vater von Hagars Kind. Es gibt keine andere Möglichkeit.
Entweder du sagst mir, was du hast, droht Kassandra sacht. Das Oder spart sie sich. Es gibt nämlich kein Oder. Das wissen Elija, Hagar und Kassandra. Und das Organ in Elijas Bauch, das durchgeschnitten ist, weiß das auch.

Die toten Bäume werfen Schatten. Dünne, hagere Schatten, die machen, dass es nach immer mehr Bäumen aussieht. Nach mehr Toten, nach mehr Holz, das verrotten will. Elija

steht auf und klettert über einige Stämme. Setzt die Füße in ausgetrocknetes Gras. Es zerkratzt ihre Beine, Äste stechen durch den Stoff ihrer Hose. Sie schaut sich um, sieht nicht mehr, wo die Toten aufhören. Sie sieht nicht mehr, wo Noa und Loth sitzen. Sie hört ihren Bauch schreien. Die Stelle, an der nicht mehr verbunden ist, was verbunden sein sollte. Das Organ, das nichts mehr zu tun hat. Es fühlt sich provoziert von den Toten.
Normalerweise geht Elija nicht auf Friedhöfe. Aber die Versammlung der toten Bäume musste sie wiedersehen.
Ihr kleiner Körper steht als einziges Lebendiges da, glaubt sie. Ihr Schatten ist mickrig, leicht zu übersehen. Die Sonne macht sich nicht die Mühe, sie abzuzeichnen. Sie, Elija.

Vierzehn. Einundzwanzig

Noa schwitzt. Am liebsten würde sie sich das T-Shirt ausziehen. Nur in Unterwäsche hier sitzen. Wie sie wohl aussehen würde, so halb nackt, neben der dürren Loth. Loth schaut auf ihr Handy. Hier hat sie keinen Empfang, hier kann sie nicht auf das Internet zugreifen. Sie durchstöbert ihre Galerie. Noa sieht im Augenwinkel Fotos vorbeiziehen. Loth nackt, Loth bekleidet. Loth mit einem Mann, mit einem anderen. Mit Gitarre und ohne. Nur einmal eine Landschaft. Aus dem Zugfenster fotografiert, und dann die Nahaufnahme von Loths Piercing. Noa schaut weg. Sonst wird ihr schlecht.
An ihrem Rücken ist ein großer Schweißfleck vom Tragen. Jetzt hält sie den Rucksack zwischen den Beinen. Daneben

steht der von Loth. Noa zieht die Dose mit den Broten heraus, hält sie Loth hin. Loth schüttelt den Kopf. Nimmt sich ein neues Kaugummi.
Elija!, ruft Noa einmal laut. Bekommt keine Antwort und hat keine Lust, sich Sorgen zu machen. Noa nimmt sich ein Brot mit Käse. Die Scheibe schwitzt. Auf dem Gelb sind kleine, wässrige Punkte. Noa leckt sie mit der Zunge ab, bevor sie isst.
Manchmal denke ich, ihr seid beide behindert, kommentiert Loth.
Noa zuckt die Achseln.
Der Käse schmeckt intensiv, alt, gut durchgezogen. Nicht wie belangloser Gouda. Noa mag das.
Dein Käse stinkt, sagt Loth.
Noa isst weiter. Um sie herum schweigt alles. Kein Wind, der die Ästchen bewegt.
Und, bist du zufrieden?, fragt Noa.
Wie meinst du das?
Bist du zufrieden mit der Wanderung?
Was soll das?
Ich frage nur, ob es so ist, wie du es dir vorgestellt hast, Loth.
Und was willst du für eine Antwort, Noa?
Eine ehrliche.
Loth zuckt die Achseln. Schaut auf ihre Füße. Denkt an das: Noch-einmal-Schwestern-Sein. Daran, wie sie sich vorgestellt hat, dass Noa und Loth sich ganz nah sein könnten. Dass Noa Loth was erzählt und sie zusammen darüber lachen. Und dass Elija sich an sie kuschelt. Viel öfter, als sie das bei Noa macht.
An dem Stamm, auf dem sie sitzen, wachsen Flechten. Ausgefranst klammern sie sich an das sterbende Holz. Sie sehen

grünlich aus und blau. Im Schatten hellgrau. Noa greift nach einem Ästchen, das ganz von Flechten eingewachsen ist. Streichelt es. An den Händen kitzeln die Pflanzen. Hier ist die Luft klar, kann Noa an den Flechten ablesen.
Noa weiß noch, wie Elija die Flechten als Kind für Unterwasserwesen hält. Wesen, die mit dem Regen auf die Erde gekommen sind. Beim Wandern mit den Eltern schimpft Elija über den weiten Weg, über die Steigung. Darüber, dass sie ihren Rucksack selber tragen muss. Heimlich nimmt Noa ihr den ab, streichelt Elijas Schulter und zieht sie ein Stück den Berg hinauf.
Du wirst stolz sein, wenn du oben bist, sagen die Eltern. Noa kann sich nicht vorstellen, dass Elija Stolz empfinden wird, wenn sie auf dem Gipfel steht. Elija ist nicht leicht zu beeindrucken. Noa sieht, wie Elija vor sich hinstiert. Gar nicht mehr in der Welt ist, findet Noa. Manchmal gehen Noa und Elija Hand und Hand. Und dann wieder Elija und Loth. Und wenn sie das beobachtet, kommt sich Noa beim Laufen wahnsinnig einsam vor. Aber sie ist schon zu groß, um sich einsam zu fühlen, denkt sie damals.
Der Berg und die frische Luft konnten Noa früher nicht beeindrucken. Wald gibt es auch zu Hause, Berge zwar nicht. Aber ob die Natur vertikal oder horizontal verläuft, ist ihr eigentlich egal.
Noa überlegt, wie sie damals ausgesehen hat. Sie erinnert sich an Fotos. Noa, Elija und Loth zwischen den toten Bäumen. Elija mit Ästen in der Hand. Die drei lachen verwegen. Elija ist die Kleinste, obwohl sie die Älteste ist. Noa und Loth auf gleicher Höhe. Loth ist vielleicht ein bisschen größer auf dem Bild.
Noa denkt an Loths schlaksige Beine, den stabilen Ober-

körper. Dass sie Jahre später so abgemagert sein würde, lässt das Foto nicht vermuten.
Und wie sieht sie selbst auf dem Bild aus?, fragt sie sich. Sie erinnert sich nur an ihr breites Grinsen, die langen braunen Haare im Pferdeschwanz. Die blasse Haut. Vielleicht vom Blitz so fahl gezeichnet. Sie weiß noch, wie ihre Knie wehtun und danach die Fußsohlen. Wie sie Angst bekommt, weil sie schon als Jugendliche so unsportlich ist. Und nicht sicher ist, ob sie vielleicht weniger Ausdauer hat als Elija. Das wäre peinlich, oder nicht?
Noa denkt an ihren Körper von damals. Der kommt ihr als Mädchen schwer vor. Doch auf Fotos sieht er dünn aus. Auf dem Foto trägt sie einen hässlichen Pullover. Warum gibt es nur Fotos, auf denen sie seltsame Kleidung trägt? Schlammgraue Oberteile mit lila Strickjacken darüber. Und die Haare, die sich matt von der Kopfhaut hangeln.
In Gedanken geht Noa das Fotoalbum vom Urlaub durch. Ein Bild von ihr ist besonders schrecklich. Da sitzt sie in der Berghütte zwischen hellbraunem Holz und ausgestopften Tieren und isst Kaiserschmarrn. Sie schaut mehr auf die Gabel als in die Kamera. Auf dem Bild sieht sie zerstreut aus, verloren mit ihrer Gabel. Zwar glücklich, aber nicht so, wie es sich in der Erinnerung anfühlt. Wie sieht sie jetzt gerade aus? Auf dem toten Baum, die Sonne, die auf das Kopftuch brennt? Hat sie Ringe unter den Augen, wirft die Nase einen Schatten? Sieht sie müde aus? Ihre Haut glänzt im Licht, da ist sie sich sicher. Aber ist sie auch so glatt, wie sie sich anfühlt? Noa streicht mit den Fingern über ihr Gesicht. Die Haut ist heiß, verbrennt langsam. Ist vielleicht schon rot. Andere kann Noa durchs Fühlen so leicht erkennen. Wenn sie Linus berührt, weiß sie gleich, was er denkt, was

er braucht, wonach er sich sehnt. Wenn sie Elija streichelt, kann sie hören, was in Elijas Körper vor sich geht. Nur wenn sie ihr eigenes Gesicht berührt, dann ist da nichts.

Vierzehn. Zweiunddreißig

Elijas linker Fuß hängt in den Ästen. Knöchel und Holz haben sich ineinander verkeilt. Sie lassen Elija nicht los. Energischer versucht sie, ihren Fuß freizubekommen. Ihre Arme reichen nicht bis zu einem stabilen Baum. Nirgendwo kann sie sich festhalten. Sie strauchelt, fällt. Elija liegt im Holz. Neben ihr die Reste eines Zerfallenen, über ihr und neben ihr Entwurzelte. Die ausgerissenen Wurzeln haben tiefe Löcher in der Erde hinterlassen. Elija schaut auf die ausgetrocknete Erde. Wie ein Klumpen Staub liegt sie da. Bereit, jeden Moment aufgewirbelt und weggetragen zu werden. Nur Elija muss bleiben. Mit dem Fuß im Astwerk.
Sie wird wütend, schnaubt. Schreit nicht. Die Schwestern könnten das hören. Sie wieder aus dem Wurzelwerk ziehen und dabei genervt schauen. Elija schafft das alleine.
Elija weiß, dass sie als Jugendliche oft auf dem Waldboden lag. Dass sie ständig stolperte und hinfiel. Und dann nicht aufstand. Der Waldboden macht so schöne Geräusche. Jetzt liegt sie wieder da und lauscht. Elija bringt sich in eine angenehmere Position. Am Knöchel ziept es. Sie hält es aus. Sie bewegt sich nicht weg.
Elija sieht sich daliegen. In dem kleinen Waldstück hinter dem Haus. Mitten im Winter. Vor so vielen Jahren. Auf den Ästen ist kein Schnee. Von Frost sind sie überzogen. Schon

eine Weile ruht Elija da, hat den Weg verlassen und sich zu den Ästen durchgeschlagen. Ihr Rücken berührt den Boden, die Arme neben dem Kopf. Die Beine sind ausgestreckt. Ihre Knie zeigen zueinander. Der Bodenfrost wandert in Elijas Rücken, friert Wirbel für Wirbel fest. Macht das Becken starr. Elija kann sich nicht mehr bewegen.
Kann es vom Himmel schneien, bittet sie und schaut nach oben. Hellblau umspannt der Himmel den kleinen Wald. Ohne jede Wolke, ohne einen Schleier, der das Blau verhängt. Die Äste der Laubbäume halten still. Knistern nicht und bewegen sich nicht. Sie stehen zu weit voneinander entfernt, um ein Dach zu bilden. Um Elija zu verstecken.
Elija hört sich atmen. Laut durch den ganzen Wald ihr Rasseln schicken. Was ist, wenn er sie sucht?, denkt sie. Sie nimmt ihre Hand, hält sie sich vor Mund und Nase. Die Finger sind eiskalt.
Ob er hier entlangläuft, nur wenige Meter von ihr entfernt? Sie hört keine Schritte. Sie hört keinen Atem. Also ist er nicht da.
Er hat das alles noch nicht verstanden. Elija auch nicht. Aber Elija schon ein bisschen besser als er. Und seine Mutter? Die telefoniert vielleicht gerade mit Elijas Mutter. Was sie wohl sagen? Ob sie etwas zu sagen haben?
Elija stellt sich vor, wie ihre Mutter auf dem Küchenstuhl sitzt, das Telefon zwischen Ohr und Schulter eingeklemmt, die Beine umeinandergeschlungen. Vielleicht noch Tränen in den Augen? Oder schon Wut? Elija weiß es nicht, macht die Augen zu, damit sie die Mutter nicht weiter sehen muss.
Ihre Handfläche wird vom Atmen warm, feucht.
Elija ist froh, dass die Hand auf dem Mund liegt. Sonst

würde sie schreien. So dass der ganze Wald sich erschrecken würde.
Das Becken tut vor Kälte weh. Elija überlegt, sich auf den Bauch zu legen. Aber ihr Körper ist zu steif.
Wenn es anfängt zu schneien, wird man sie erst finden, wenn es Frühling wird, denkt sie. Es schneit nicht. Der Himmel hat keine Wolken.
Elija denkt an Gerds Mutter. Daran, wie sie das Telefon beiseitelegt und ihm Kakao kocht. Wie sie ihm die Hand tätschelt und die Augen aufreißt, wenn sie mit ihm spricht. Gerd hört nicht so gut und versteht manches nicht so schnell. Er ist anders als Elija. Er ist so groß wie die anderen in seinem Alter, seine Augen sehen eher so aus wie die von Noa. Bei seiner Geburt war niemand überrascht, für ihn hatten die Ärzte keinen Begriff außer: gesund. Erst als er größer wurde, haben die Eltern gemerkt, dass er sich nicht so viele Wörter merken kann und Zahlen schon gar nicht, dass es immer eine Weile braucht, bis er reagiert. Bis er dann vorsichtig nickt, wenn er verstanden hat.
Gerd ist oft wütend und schlägt um sich. Das mag Elija nicht. Gerd weint viel. Das versteht Elija nicht.
Gerd kommt sie nicht suchen, oder? Elija müsste gar nicht leise sein.
Versteht Gerd, was seine Mutter ihm sagt? Versteht Elija es? Elija findet nicht gut, etwas zu glauben, was sie im Urin gelesen hat. Urin ist keine gute Quelle, glaubt sie. Aber im Blut stand ja dasselbe. Und das hat eine Ärztin gelesen.
Elija setzt sich auf, dabei zieht es in den Knochen. Sie rutscht an einen der Bäume heran. Reibt ihren Rücken an der Rinde. Sie ist so rau, dass sie den Jackenstoff aufreißt.
Die Rinde hat tiefe Narben. In den Baum dringt die Kälte.

Er ist nicht richtig geschützt. Alles kann in ihn kommen, in ihm haften bleiben und weiterleben.
Elija nimmt die andere Hand auch noch vor den Mund. Es könnte sein, dass sie sonst wirklich anfängt zu schreien.
Wie lange ist sie schon weg? Eine Stunde oder zehn Minuten? Sie weiß es nicht. Sie weiß auch nicht mehr, wo sie ist. Den Baum, an dem sie lehnt, hat sie vorher nicht gesehen, die Stelle im Wald auch nicht. Wie ist sie noch mal hier hergekommen? Zu Fuß, das weiß sie. Aber aus welcher Richtung? Sie kennt den Wald doch, oder? Sie ist hier schon oft spazieren gegangen. Aber noch nie allein. Immer mit jemandem, der sich besser auskennt. Noa oder Loth kennen jeden Weg, erkennen jede Biegung wieder. Loth und Noa finden den Wald klein, langweilig.
Elija weiß nicht, wo sie ist.
Noch einmal schaut sie in den Himmel. Er ist ihr zu kahl. In Gerds Tasse dampft jetzt Kakao. Er sucht Elija wirklich nicht. Sie wird sich immer sicherer. Elija überlegt, einfach im Wald zu bleiben. Für immer, oder so. So lange, bis der Schnee endlich gekommen ist, sie versteckt und niemand sie finden wird. Nach Hause findet sie eh nicht mehr.
Elija legt die Hand auf ihren Bauch. Vielleicht sollte sie sich einfach den ganzen Bauch abschneiden, denkt sie sich. Es würde doch reichen, wenn sie unter der Brust gleich mit der Hüfte weitergehen würde.
Der Bauch ist noch da. Die Hand hört nichts, als sie darüberstreicht. Warum ist sie so steif und kann ihr Ohr nicht auf den Bauch legen? Elija krempelt ihre Jacke hoch. Ihr Oberteil. Der Bauch ist an der frischen Luft, friert sofort. Er ist locker, wabbelig. Die Mutter sagt ihr oft, sie dürfe nicht so viel essen. Elija isst trotzdem. Heimlich, wenn die Mutter

das nicht sieht. Und Noa gibt ihr manchmal Süßigkeiten, wenn sie danach fragt. Irgendwas ist mit diesem Bauch, hat die Mutter gesagt. Irgendwas ist damit. Irgendwas, das Elija morgens auskotzen möchte, etwas, weswegen sie schlecht gelaunt ist. Etwas, von dem ihr Urin mehr weiß als sie.

In der Mittagshitze richtet Elija sich wieder auf. Der Fuß hängt immer noch fest. Die Toten starren sie an. Diese toten Bäume haben überall Augen, oder? Elija wird wütend. Sie kommt nicht raus. Sie hängt wirklich fest. Sie weiß nicht mehr, wie sie da überhaupt reingeraten ist. Einen falschen Schritt gemacht, und die Äste haben zugeschlagen.
Elija nimmt die Hand vom Mund. Sie schreit: Noa! Loth! Und wieder: Loth! Noa! Ob die beiden sie hören? Wo ist sie überhaupt? Der Gürtel aus abgestorbenem Holz ist breit. Wie soll sie da gefunden werden? Wie weit ist sie gelaufen, und wie lange ist sie schon hier? Eine Stunde oder zwei, oder ein Jahr, oder acht Minuten?

Fünfzehn. Eins

Wir müssen Elija suchen gehen, sagt Noa fest und stellt sich vor Loth. Die döst. Ihre Haut glänzt unter der dicken Schicht Sonnenmilch speckig. Loth hat Angst, braun zu werden.
Müssen wir wohl, murrt sie. Wie lange ist sie weg?
Noa antwortet nicht, starrt geradeaus. Alles ist grau. Elija müsste als einziger Farbklecks doch gut zu erkennen sein, oder nicht? Noa setzt den Rucksack auf.

Kommst du mit?, fragt sie Loth noch einmal direkt.
Hm, macht sie nur und bleibt noch ein wenig liegen. Die Sonnenstrahlen tun gut auf der Haut.

Loth schließt das Fenster. Sie findet die Straße zu laut. Sie will nicht, dass etwas reinkommt, durch ihr Fenster. Insekten oder Staub. Das muss draußen bleiben. Loth hat alle Möbel an die Seiten geschoben, den Teppich zusammengerollt. Der Boden ist nass. Sie hat ihn mit zu viel Wasser gewischt. Sie schaut einmal genauer hin. Ist da noch etwas Staub? In einer Ecke entdeckt sie welchen. Schnell putzt sie ihn weg. Sie will nicht krank werden. Von all dem Dreck kann man krank werden. Die Welt ist voller Dreck. Deshalb sind alle so krank. Deshalb gibt es so viele Behinderte und Depressive und Menschen mit Neurosen. Weil sie so viel Dreck einatmen und sich nicht waschen. Deswegen stinkt es überall, wo Loth hinkommt. Alle behaupten immer: Das ist die Luft im Raum. Aber eigentlich ist da der umhergetragene Schmutz, den alle akzeptieren. Loth akzeptiert ihn nicht. Loth wird nicht dabei zusehen, wie auch noch ihr Zimmer versifft. Wie der Gestank von draußen reinkommt und sich auf ihre Möbel hockt. Der Dreck der ganzen Welt, transportiert von einzelnen Menschen, die alle nicht anerkennen, dass es Orte gibt, an die sie nicht gehören. Warum ist das so schwer?, fragt Loth sich. Sie weiß doch auch, wo sie hingehört und dass sie da zu bleiben hat. Loth desinfiziert sich die Hände. Geht ins Bad und kippt das Putzwasser in die Toilette, füllt neues ein. Ein- oder zweimal will sie auf jeden Fall noch drüberwischen. Loth putzt alle zwei Tage. Früher hat sie das jeden Tag gemacht, aber da hatte sie auch mehr Zeit. Da gab es noch nicht so viele Aufgaben. Der ganze Tag ist voll. Heute Abend der Kinoabend mit Patrioten. Und davor muss sie den Gemeinschaftsraum putzen. Und die Spülmaschine ausräumen. Ben ist heute nicht da. Ben ist bei seiner Freundin. Hanno ist da. Er arbeitet im Büro im Obergeschoss und versucht, Petitionen zu verbreiten.

In ihrem Zimmer stellt Loth den Wassereimer ab. Gibt Putzmittel hinein. Das teilt sie nicht mit den anderen. Die anderen kaufen nur so billiges Zeug. Die anderen sind auch ständig krank. Loth sprüht Desinfektionsmittel auf ihre Gitarre. Die ist lackiert. Mit einem feuchten Tuch wischt sie darüber. Lässt so ihre Fingerabdrücke verschwinden und die von Ben. Das Desinfektionsmittel macht die Gitarre still. Einmal gerät Loth mit dem Lappen an eine der Saiten. Sie schwingt gequält. Loth dämpft sie ab. Ein bisschen klingt die Gitarre nach Ben. Nach seiner rauen Stimme. Nach seinen dunklen Tönen. Ben kann Töne tief im Bauch bilden und sie nach oben schicken. Dann klingt er wie aus einer anderen Zeit. Wie jemand, der ein bisschen mehr erlebt hat als den elften September und Finanzkrise. Nach jemandem, der weiß, wie es in einem Schützengraben klingt, und jemandem, der keine Angst hat vor den Bomben, und jemandem, der noch im Bunker Reden hält und alle dazu ermutigt, weiterzumachen.

Wenn Loth singt, dann kommt es kratzig aus dem Hals. Dann sind da keine glatten, runden Töne, nichts, was sanft ist. Da scheppert es und durchdringt alles. Wenn Loth singt, kann niemand weghören.

An Loths Fingern juckt es. Vom Putzmittel. Das hat sie öfter. Es reißt nicht nur den Staub vom Boden, sondern auch die Fettschicht von der Haut. Macht die Finger erst rot und

dann rissig. Das Desinfektionsmittel treibt so in das Fleisch, reinigt da alles. Macht Loths Blut sauber. Sie liebt es, ihre Hände so offen zu sehen.
Im Raum hängen chemische Dämpfe. Loth rutscht auf den Boden, nimmt die Bürste und schrubbt damit über das Parkett. Es quietscht und kratzt, und das Parkett bleibt nicht unbeschadet. Loth muss den Dreck da rausbekommen. Sonst kann sie hier nicht wohnen. Wie soll man denn leben im Dreck?
Loth atmet die Dämpfe ein, scheuert, drückt die Arme durch, benutzt all ihre Kraft. Auf ihrem Bett steht der aufgeklappte Laptop. Er lädt das Video hoch. Stellt es ins Netz, während Loth schrubbt. Ab und zu schaut sie hoch. Der Laptop zeigt, wie weit er schon ist, zeigt die Bilder an. Loth sieht sich. Mit aufgerissenem Mund und leidenschaftlich zusammengekniffenen Augen. Im Hintergrund Ben am Klavier. Loth trägt ein enges Kleid aus schwarzer Spitze. Die Haare hat sie elegant hochgesteckt. Keine Strähne fällt in ihr Gesicht. Die Wangen sind rosa, die Lippen nur matt geschminkt. Sie ist schließlich nicht Marlene Dietrich. Sie ist schließlich keine Frau, die aufdringlich aussehen muss. Die bunt ist wie ein Paradiesvogel. Loth ist weiß.
Die Wimpern schwingen sich vom Lid empor. Sie sind künstlich. Aber wer wird das merken? Unter der Spitze sticht das Schlüsselbein hervor. Der Stoff zeichnet die kleinen Brüste ab, den nach innen gewölbten Bauch. Loths Zähne sehen gerade aus und weiß, da hat sich der Kieferorthopäde wenigstens gelohnt. Loth fragt sich, ob es schon einmal eine Frau gab, die so schön aussah wie sie. Eine Frau, die so dünn war und so gut singen konnte und die ihr Zimmer so sauber gehalten hat.

Im sauberen Parkett kann Loth sich spiegeln.
Wunderschönes Bild, sagt plötzlich jemand. Hanno steht in der Tür. Eine Zigarette im Mund. Unangezündet.
Daran könnte ich mich gewöhnen, fügt er hinzu. Willst du in meinem Zimmer gleich weitermachen? Oder in meinem Bett, da gibt es auch was zu schrubben.
Hau ab, sagt Loth spitz. Sie taucht die Bürste in das Wasser, lässt sie sich vollsaugen und zieht sie wieder heraus.
Ach, Loth, schnurrt Hanno. Warum denn nicht? Ich habe gehört, der Ben war ganz zufrieden mit dir.
Geh einfach, verstanden? Loth funkelt ihn an.
Hanno pfeift bewundernd. So viel Feuer in dir, sagt er und versucht, erotisch zu wirken. Loth findet ihn eklig. Hanno riecht nach Schweinefleisch, nach Pomade, nach teurem Shampoo und Hemden aus der Reinigung. Sein Scheitel trennt rechte und linke Gehirnhälfte, das Haar liegt glatt auf dem Kopf, wächst hellrot aus der Haut. Sie weiß, dass es am restlichen Teil des Körpers blond ist. Er hat sich schon einmal nackt vor sie hingestellt.
Ach, Kameradin, säuselt Hanno und tritt ein. Er geht zum Fenster, öffnet es, setzt sich in die Bank. Er zündet die Zigarette an, hält sie nach draußen. Der Qualm windet sich ins Zimmer.
Loth sagt nichts, putzt weiter. Er wird gehen, wenn ihm langweilig wird, oder? Wird ihm langweilig werden? Wenn sie auf dem Boden hockt und er auf ihren Hintern starren kann? Alle starren gerne auf ihren Hintern, das weiß Loth. Und Loth macht das auch gerne. Morgens nach dem Duschen. Da stellt sie sich nackt vor den großen Spiegel und schaut über die Schulter. Morgens nach dem Duschen ist sie am schönsten.

In die Putzmittelschwaden mischt sich der Zigarettenrauch. Wenn Hanno weg ist, wird Loth von vorne anfangen müssen. Sie hält inne. So hat es ja keinen Sinn, sie wirft die Bürste ins Wasser und klettert auf ihr Bett.
Der Laptop ist fertig, hat das Video online gestellt. Zwei Personen haben es angeklickt.
Loth spürt Hannos Blick. Er tastet sich an sie heran. Überwindet nur mit den Augen das ganze Zimmer, das zwischen ihnen liegt. Ihre Arme, ihr Gesicht, streicht über ihren Oberkörper. Loth wird schlecht davon. Sie greift nach dem Desinfektionsmittel. Umklammert es, bevor sie es öffnet. Loth saugt den scharfen Geruch ein. Der tut gut, macht wach. Hanno drückt seine Zigarette aus, wirft sie nach draußen. Auf den Bürgersteig. Loth hofft, dass sie den Richtigen getroffen hat.
Was schaust du dir an?, fragt er.
Mein neues Video. Kannst du dir auch ansehen. In deinem Zimmer.
Immer diese unglücklichen Frauen, die sind so zickig, lacht er. Ich könnte was machen, das dich entspannt, Loth.
Er setzt sich auf Loths Bett, richtet den Laptop so aus, dass er auch etwas sehen kann. Seine Augen fixieren Loth in dem schwarzen Kleid, ihre Haare, ihre hellen Lippen, die roten Wangen. Er setzt sich so, dass seine Beine ihre berühren. Seine raue Cordhose schrappt an ihr nacktes Bein. Kümmer dich um mich, flüstert Hanno, stellt den Laptop weg und legt seine Hand auf Loths Taille. Sie merkt, dass sie plötzlich liegt. Dass sein Gesicht an ihrem Hals ist. Dass seine Hand zu ihren Brüsten fährt, dass sein Penis hart ist und gegen ihr Bein drückt. Dass seine Augen in ihre dringen wollen, dass sein Atem schwer ist und sie an die Matratze drängt.

Verpiss dich, sagt sie schnell, drückt mit ihren Händen gegen seine Schultern. Rutscht an ihm vorbei, aus dem Bett heraus. Schnappt den Laptop und verlässt das Zimmer. Hinter sich schließt sie die Tür, läuft ins Bad. Verriegelt. Stellt den Laptop auf die Toilette, öffnet das Fenster. Hält den Kopf heraus. Da stehen nur Bäume und wiegen sich im Wind. Loth nimmt den Kopf wieder aus dem Fenster, geht zu ihrer Schublade. Da ist eine volle Flasche Desinfektionsmittel. Sie beträufelt einen Waschlappen. Verarztet ihre Beine, die Taille, ihren Hals. All die Stellen, an denen Hanno sie berührt hat.

Loth macht die Augen auf. Noa ist nicht mehr da. Stakst als entfernter Punkt durch das Geäst. Ihre roten Haare leuchten. Loth findet Noas Haare peinlich. Viel zu aufdringlich. Viel zu kaputt vom ständigen Färben. Viel zu sehr Neunziger. Wer hat heute denn noch solche roten Haare? Niemand, nur Noa. Und darauf ist sie wahrscheinlich auch noch stolz.
Langsam gleitet Loth von dem Holz. Es knackt. Bricht gleich zusammen. Die toten Bäume konnten Loth noch nie wirklich beeindrucken. Wie können ein paar verrottende Bäume so viel Aufmerksamkeit auf sich ziehen? Das versteht sie nicht. Sie holt ihr Smartphone aus der Tasche. Sie hat kein Internet, kein Netz. Aber sie hat eine Galerie voller Stills des Videos.
Das Video ist gesperrt worden. Einen Tag nach Veröffentlichung. Trotzdem haben es dreiundvierzigtausend Menschen gesehen. Loth in dem Kleid aus schwarzer Spitze und Loths Stimme, mit dem Text, den niemand mehr vergisst. Loth beginnt zu pfeifen. Die Melodie. Dann zu singen, das Lied. Und dann denkt sie an Hanno. Und hört auf.

Fünfzehn. Vierundzwanzig

Elija heult so laut, dass Noa schon von weitem weiß, wo sie ist. Sie sieht Elija auf dem Boden hocken, die Hände um das Bein geschlungen.

Auch als Elija Noa sieht, hört sie nicht auf zu brüllen. Sie ruft schon lange keine Namen mehr. Nicht mehr Loth und nicht mehr Noa. Sie schreit irgendetwas aus sich heraus. Heult mehr, als dass sie weint. Ist eher erschöpft als verzweifelt.

Noa beeilt sich. Wickelt ihre Arme um Elijas Kopf. Um ihren Oberkörper, küsst ihre Haare. Sie fragt nicht, ob sie verletzt ist. Ob ihr etwas wehtut. Noa ist einfach ruhig. Stille hilft manchmal am besten. Mit den Händen streicht sie über Elijas Rücken. Hockt sich dann hinter sie. Schaut sich an, was passiert ist. Sie sieht den Fuß, der tief ins Astwerk reicht. Der verdeckt ist vom Holz. Die Sonne wird matter. Vorsichtig zieht sie an Elijas Bein. Es hängt fest. Elija schreit auf, obwohl sie keine Schmerzen hat. Noa atmet in Elijas Ohr. Das beruhigt sie etwas.

Mit den Fingern beginnt Noa, das Holz auseinanderzudrücken. Es ist nicht fest um Elijas Fuß. Ganz leicht lässt sich der Fuß lösen, herausziehen. Sacht legt Noa den Fuß an einer anderen Stelle ab. Elija schaut irritiert auf ihn. Fasst ihn an. Vielleicht ist es gar nicht ihrer. Vielleicht hat Noa schnell und aus dem Nichts einen anderen für sie gezaubert. Es ist ihrer, versichert ihr das Blut, das in den Fuß strömt. Noa schmunzelt, versucht das vor Elija zu verbergen. Aber

Elija hat es gesehen. Sie hält den Atem an. Dann muss das Schluchzen aufhören. Sofort kommen keine Tränen mehr. Sofort ist sie leise. Unsicher tätschelt sie den Fuß. Er tut nicht weh, er ist nicht geschwollen. Sie könnte sofort wieder mit ihm loslaufen. Elija wird böse auf den Fuß. Auf das Holz. Auf sich, dass sie wirklich geglaubt hat, festzustecken. Auf Noa, dass sie sich nicht vom Holz beeindrucken lassen und den Fuß ganz leicht freibekommen hat. Auf die Sonne, die Elijas Haut einfach so verbrannte.
Elija muss trinken. Ihre ganze Flüssigkeit hat sie ausgeweint. Noa hält ihr eine Flasche hin. Da ist nicht mehr viel drin. Elija kippt das Wasser in sich hinein, schluckt es runter. Noa stellt sich hin, will Elija beim Aufstehen helfen. Elija klammert sich an ihren Handgelenken fest, vertraut Noa ihren Körper an, lässt sich hochziehen.

Fünfzehn. Vierundvierzig

Das hättest du doch auch alleine hinbekommen, sagt Noa vorsichtig. Sie stützt Elija. Ihren Arm hat sie um Elijas Rücken gelegt, und mit der linken Hand hält sie Elija. Elija legt ihr Gewicht bei Noa ab. Der Fuß tut nicht wirklich weh. Er will einfach nicht laufen. Elija erlaubt ihm das. Noa hilft. Elija humpelt, hüpft manchmal. Sobald es ein wenig im Fuß zieht, heult sie auf. Das soll den Schmerz einschüchtern. Das soll dem Schmerz sagen: Wenn du Ruhe willst, geh weg. Noa schnauft. Der Tag ist ein bisschen weitergewandert, steht nicht mehr direkt über ihr und Elija.
Kann nicht alleine, keucht Elija und fühlt sich klein. Noa

schweigt. Tut so, als hätte sie das nicht gehört, läuft weiter. Sieht eine Elija vor sich, die durch das Haus wirbelt. Eine Elija, die sechzehn ist und sagt: Ich bin erwachsen, und ich kann alles. Und ich schaffe das alleine. Eine Elija, die nicht aufhört, aktiv zu sein, die nachts nicht schläft, weil sie weint, und die morgens kotzt und die auf niemanden hört. Eine Elija, die Noa in ihr Zimmer bestellt und der Dreizehnjährigen sagt, was sie zu tun hat. Die Noa befiehlt, ihr etwas zu trinken zu bringen, und versucht, Noa bei den Hausaufgaben zu helfen. Eine Elija, die alle fünfzehn Minuten nach Gerd fragt und anfängt zu weinen, wenn man ihr sagt: Gerd kommt heute nicht. Und eine Elija, die ständig auf ihren Bauch guckt und fragt, ob er schon größer geworden ist. Eine Elija, die nicht mehr mit der Mutter sprechen will und auch nicht mit dem Vater. Die isst und isst und deren Bauch deshalb größer wird. Eine Elija, die die elfjährige Loth einschüchtert. Eine Elija, die von der Mutter angeschrien wird und vom Vater behutsam belehrt.
Noa schaut sich um. Sucht die Landschaft nach Loth ab. Wo ist die denn jetzt?, denkt sie genervt. Der Baumstamm ist verlassen. Noa atmet tief durch, fragt sich besser nicht, warum sie zugestimmt hat, mit den Schwestern wandern zu gehen, läuft einfach weiter. Weit kann Loth nicht sein. Und wenn doch, ist es auch nicht so schade. Noa erinnern die toten Bäume, die morschen Äste an Loths Körper. Tote Menschen mag sie, die findet sie schön. Weil sie so ruhig sind, weil sie kalt sind und starr, aber man noch sehen kann, dass sie einmal gelebt haben. Tote Gesichter sind schön. Auch wenn sie manchmal aufquellen. Auch, wenn sie manchmal nicht mehr so aussehen, wie sie lebendig waren. Loth sieht jetzt schon aus wie eine Tote. Vor allem im Sommer.

Elija stolpert über eine Wurzel, Noa fängt sie auf. Elija heult laut los. Sie kann nicht mehr. Sie kann nicht mehr laufen, sie kann nicht mehr so tun, als ob ihr Fuß wehtut, sie will nicht mehr humpeln. Das ist für den anderen Fuß anstrengend. Sie wird langsamer, gibt Noa noch mehr Verantwortung für ihren Körper. Elija hat Hunger, Elija hat Durst. Elija laufen die Tränen die Wangen hinunter und Rotz aus der Nase, und alles sammelt sich auf den Lippen. Und gleich wird sie wieder und noch lauter aufheulen, das weiß Noa, und deshalb zieht sie fester an Elija. Noas Schritte werden unkoordiniert. Sie strauchelt, fängt sich. Versucht sich abzustützen an den Stämmen. Versucht, Elija sicher auf den Weg zu bringen. Doch wo ist der noch mal? Wie weit haben sie sich von ihm entfernt? Noa kann kaum was erkennen, so hell ist es. Sie läuft weiter. Und hinter ihr Elija. Mit der Zunge leckt sie ihre Tränen von der Lippe. Die schmecken nach Salz, wenigstens das. Elija versucht, mehr zu weinen, größere Tränen, dann hat sie etwas zu trinken. Die Augen sind schon fast leer. Da kullert es nur noch mäßig die Wangen herab. Elija wird wütend auf die Augen.
Noa wundert sich nicht. Sie dreht sich nicht um zu Elija. Sie kennt das. Von damals, als sie dreizehn war und Elija sechzehn und alle sich einig sind, dass Elijas Bauch nicht mehr weiterwachsen wird. Und Elija irritiert herumläuft. In der Elija stundenlang nur noch am Tisch in der Küche sitzt und auf ihre Finger schaut. Manchmal fällt Tageslicht auf ihre Hand, und sie kann mit den Schatten spielen. In der Zeit, in der Elija nicht mehr in Noas Zimmer kommt und auch nicht in das von Loth, in der sie in ihrem Zimmer auf dem Boden hockt und darauf wartet, dass die Zeit vergeht. In der sie mit Filzstiften auf ihren Bauch malt und auf ihre Brüste. In der

Gerd nicht mehr vorbeikommt und auch nicht seine Mutter. In der Elija sich von Kakao übergeben muss und im Winter auf einmal verschwindet. Erst Stunden später im Wald gefunden wird. In der Elija nicht mehr in die Schule geht und niemandem mehr zuhört und niemanden mehr ansieht und niemandem mehr glaubt. In der sie andauernd versucht, von zu Hause wegzulaufen, sich aber so ungeschickt anstellt, dass jeder es merkt und doppelt gut auf sie aufpasst. In der sie nicht mehr tanzen will und nicht mehr singen und nicht mehr rausgeht und nicht mehr schläft. In der sie dünn wird und unsichtbar, in der die Augen leergeweint sind.
Noa bleibt kurz stehen. Warte, so geht das nicht weiter, sagt sie kurz zu Elija. Sie stellt Elija so hin, dass sie sich an einen Baum klammern kann, streckt sich einmal aus.
Du kannst auch alleine laufen, oder nicht?, sagt Noa härter, als sie es wollte.
Elija brüllt nicht los. Elija heult nicht auf. Elija schaut nur an Noa vorbei, geht dann los. Stolpert beim zweiten Schritt und liegt dann wieder auf der Erde.
Sie denkt an Hagar. An Sarai und daran, wie Sarai Hagar schikaniert. Vor allen. Nur weil in Hagars Bauch das Baby wächst und nicht in Sarais. Was kann Hagar dafür, dass Sarai so alt ist? Hagar kann es nicht mehr ertragen. Nicht die Sonne, die über ihr scheint und auch nicht die Blicke von Sarai. Nicht die stechenden Augen. Und dann geht sie. So, dass niemand es sehen kann. So, dass niemand es merkt. Sie läuft einfach los, verlässt den Platz mit den Zelten, die Wasserstelle, rennt dahin, wo noch mehr Sonne ist, aber keine Sarai.
Elija rappelt sich auf, testet im Stehen kurz, ob sie stabil ist, macht einen vorsichtigen Schritt und dann zwei sichere. Sie wird schneller. Noa bleibt an dem Baum. Atmet durch. Die

Sonne brennt sich durch ihr Kopftuch, heizt ihre Feuerhaare auf. Noa muss weiter. Sie läuft los, tritt in Elijas Fußabdrücke, das macht es leichter.
Elija wird immer schneller. Wo hat sie auf einmal die Kraft her?, fragt Noa sich und beeilt sich, hinterherzukommen. Elija weint nicht mehr, Elija gibt keinen Laut von sich, Elija humpelt nicht mehr. Sie läuft einfach.

Die Eltern haben das Auto vor die Haustür gefahren, damit Elija nicht so weit laufen muss. Elija steht schon da. In ihrer Winterjacke, den Schal so eng um den Hals gebunden, dass sie kaum atmen kann. Die Finger in Handschuhen vergraben. Die Mutter hält die Autotür auf. Elija läuft los, rennt die Treppe hinunter, fällt fast, fängt sich ab. Noa steht im Flur, schaut durch die Haustür, sieht Elija laufen. Als das Auto weg ist, geht Noa in Elijas Zimmer, nimmt die Filzstifte und bemalt sich den Bauch.

Elija erreicht den Wanderweg aus Kieselsteinen. Nirgendwo eine Bank. Nur der Baumstamm, auf dem Noa und Loth vorhin saßen. Sie rennt auf ihn zu, lässt sich auf das Holz fallen.
Noa kommt an. Sagt nichts, streichelt nur Elijas Kopf. Ihre Haare sind heiß, ihre Nase ist rot.

Sechzehn

Loth zieht die Tür des Gasthauses auf. Noa und Elija weht eine Wolke Kaiserschmarrngeruch entgegen. Gemischt mit

Fleischgeruch, mit Fett. Luft, die abgestanden ist. Aus dem Radio brummt gedämpfte Musik. Eine Zither mit einer hohen Mädchenstimme. Die Schwestern treten ein. Als erste Loth. Dahinter Noa und Elija. Der süße Geruch macht Elija schon ein bisschen kräftiger, zieht ihre Schultern hoch.
Hinter einer Theke lungert eine eingefallene Frau. Die grauen Haare zu einem Dutt frisiert, den Kopf auf die Hände gelegt. Blasse Augen. Sie wartet auf nichts mehr. Überrascht betrachtet sie die drei. Versucht zu lächeln. Sie schaut unsicher.
Grüß Gott, sagt Loth. Ihre Stimme klingt dünn. Noa nickt nur. Elija sagt gar nichts. Lässt sich auf den ersten Stuhl fallen, den sie sieht. Rustikale Verzierungen sind in dunkles Holz geschnitzt. Von den Steinwänden glotzen ausgestopfte Tiere auf Elija herab. Ein Habicht, ein Eichhörnchen. Ein paar Geweihe mit Schädelplatte. Elija guckt weg. Sie hat eigentlich genug von Toten.
Noa nimmt den Rucksack ab, setzt sich zu Elija, lauscht der Musik. Fröhlich singt das Mädchen mit einem starken Akzent. Noa versteht den Text nicht. Von den Nachbartischen schnappt Loth zwei Karten, reicht sie Noa und Elija.
Du musst auch was essen, Loth, sagt Noa.
Die Wirtin kommt an den Tisch, noch bevor die drei lesen können.
Wir haben nur das und das, sagt sie schroff. Sie zeigt auf Kaiserschmarrn und Schweinshaxe.
Kaiserschmarrn, sagt Elija. Und Kirschsaft.
Für uns alle, fügt Noa hinzu.
Und können Sie die Musik lauter machen?, fragt Loth.
Sie ist erschöpft. Müder, als sie gedacht hätte. Draußen bewegt sie sich kaum noch. Tigert meistens nur ein- bis zwei-

mal durchs Haus in Halle oder schleicht sich zum Supermarkt. Kauft da Kiwis, Äpfel und Kaugummi und geht wieder zurück. Sport macht sie in ihrem Zimmer. Viermal am Tag.
Elija bewegt die Schultern. Sie sind verspannt. Ihr Bauch tut weh. Sie weiß nicht, ob der Kaiserschmarrn da helfen kann. Oder ob das Organ schreit, das durchtrennte.
Elija mag keine Räume mit toten Tieren. Sie kann sich da nicht entspannen, die Tiere tun ihr leid. Elija steht auf, stellt sich auf ihren Stuhl und streichelt die Eule über ihr. Sie weiß nicht, ob es wirklich eine Eule ist, oder ein Käuzchen, oder ein Eulenküken. Das Tier ist klein, zart, sieht eingeschüchtert aus, zwischen den großen Tieren. Elija überlegt, wie viele Eulenarten es gibt. Merkt, dass sie zu allen Nachtvögeln Eule sagt. Dann nenne ich dich auch Eule, beschließt sie und schaut zu dem kleinen Vogel.
Kann sie die Eule abnehmen und draußen beerdigen? Da, wo die toten Bäume sind? Da wo die Äste verrotten, da könnte doch auch die Eule liegen. Die Eule hat Augen aus Glas. Augen, die nicht zurückschauen, die immer offen sind und hübsch.
Das Gefieder ist weich. Die Federn entspannen Elijas Hand. Der spitze Schnabel steht hervor. Elija stellt sich vor, wie die Eule damit nach dem hacken will, der sie auseinandernimmt. Doch der hat sie betäubt. Am ganzen Körper oder nur an einer bestimmten Stelle? Die Eule will nach dem hacken, der sie anlächelt, sie streichelt. Dann hinter ihrem Unterleib verschwindet. Sie auskratzt, bis sie leer ist. Ihr Holzwolle einsetzt, damit das Blut nicht aus ihr herausläuft. Der sie innen abtupft und außen desinfiziert, der kalte Zangen hat und Löffel und Handschuhe um seine Finger. Der

nicht möchte, dass ein Tropfen des Inneren auf seine Haut kommt. Der die Eule ausstopft, damit niemand merkt, dass da nichts Echtes mehr in ihr ist. Der sie zunäht. Ihr sagt: Der Eingriff ist gut verlaufen. Und ihr den Flügel streichelt. Sie mitleidig ansieht und dann ihre zerstückelten Organe in einer Metallschale nach draußen bringt. So, dass die Eule nicht sehen kann, was sie mit ihrem Inneren machen. Kommt das alles einfach in den Abfalleimer? Dahin, wo die Adler die Organe fressen können? Beerdigen darf man es ja nicht. Dafür ist das Innere zu leicht.

Mit dem Rücken liegt die Eule auf der weißen Pritsche. Sie ist mit Kunstleder überzogen, soll bequem sein. Aber sie drückt, verspannt der Eule den Nacken.

Der Bauch ist stumm. Die Beine auseinandergedrückt, die Füße in zwei Schalen gelegt. Die Eule ist vollkommen leer, aber ausgestopft. Absolut offen, aber zugenäht. An der Stelle, an die sonst keiner schaut. Die Eule schaut nach oben. In die Lampe der Arztpraxis, in aggressive Helligkeit. Daneben ein Bild mit Wolken. Das haben sie extra aufgehängt, damit die Eule auf etwas Schönes gucken kann und sich entspannt. Die Eule kann fast gar nichts sehen. Sie weint. Sie zappelt. Sie will nicht stillhalten. Nicht beim Ausschaben und auch nicht beim Zunähen. Deshalb bekommt sie eine Betäubung. Das Bild an der Decke verschwimmt, dann wird alles dunkel. Und als die Eule aufwacht, hat sie Glasaugen. Da sieht alles anders aus als vorher. Matter und mit weniger Farben.

Jemand nimmt die Eule in die Hand. Sie ist warm, ein bisschen starr. Jemand sagt: Du warst tapfer. Und: Das ist das Beste so. Die Eule wird umarmt, festgehalten. Ganz lange, und jemand summt. Mit geschlossenen Augen, damit je-

mand nicht in die Glasaugen schauen muss. Die machen traurig. Danach legt man die Eule ins Auto, vorsichtig, nicht, dass ihre hübschen Federn zerstrubbeln. Langsam fahren, behutsam um die Ecken, sonst fällt sie vom Sitz. Die Eule wird nach Hause gebracht.
Jemand nimmt sie aus dem Auto, klettert auf eine Leiter und befestigt die Eule an der Wand des Gasthauses.
Die Wirtin stellt die drei Gläser Kirschsaft auf den Tisch. Sagt Elija, dass sie aufpassen soll. Nicht dass sie etwas herunterreißt, aus Versehen.
Loth hält Elija die Hand hin, und Elija klettert zurück auf ihren Stuhl.
Den Kirschsaft gießt sie in sich hinein. In einem Schwung leert sie das Glas. Noa bittet die Wirtin, gleich eine ganze Flasche Saft zu bringen.
Elijas Mund ist immer noch trocken. Vielleicht wegen der ganzen Holzwolle im Körper. Die saugt doch viel auf. Sie schaut hoch zu der Eule. Von unten kann sie die Naht sehen. Zwar ist die mit Federn bedeckt worden, aber da, zwischen den Beinen, sieht es ein wenig ungleichmäßig aus.
Elija streicht über ihren Bauch. Ihre Naht ist unter dem Bauchnabel, kurz bevor der Unterleib richtig beginnt. Da ist ein gerader Schnitt, der immer schmaler und schmaler wird. Der nicht verschwindet. Manchmal malt Elija den Schnitt an. Macht ihn rot oder lila. Manchmal auch orange.
Elija fragt sich, wie es der Eule geht, da oben. So tot. Ob sie etwas beobachten kann? Ob sie noch hört, mit ihren feinen Ohren. Ob sie weiß, dass Elija unter ihr sitzt?
Noch mal will Elija die Eule streicheln. Sie schaut sich um. Die Wirtin ist in der Küche verschwunden. Noa starrt vor sich hin, und Loth macht Selfies.

Elija könnte noch mal auf den Stuhl. Sie bleibt sitzen. Sie findet, dass die Eule langsam mal ein Grab verdient hätte. Elija weiß, dass das nicht alle bekommen. Wenn man zu klein ist, bekommt man kein Grab. Wenn man zu leicht ist und wenn man zu kurz in einem Bauch war. Wenn man zerstückelt rauskommt und wenn jemand für einen unterschrieben hat, dass man nicht leben soll, dann auch nicht. Für Elija unterschreiben die Eltern.
In der Gaststube riecht es süßlicher. Der Dampf wird dicker. Die Wirtin taucht auf. Sie braucht beide Hände, um einen Teller zu tragen. Sie läuft vorgebeugt, die Augen auf den Kaiserschmarrn gerichtet. Vielleicht muss sie aufpassen, dass nicht eines der Tiere von seinem Sockel fliegt und sich ein Stück vom Teller schnappt, denkt Elija. Die Eule über ihr würde das nicht machen. Die hat keine Lust mehr, etwas zu essen. Aber der Habicht da vorne sieht hungrig aus.
Noa nimmt den Teller an. Sagt: Danke. Schiebt ihn dann zu Elija. Du kannst schon anfangen, sagt sie und legt ihr eine Gabel in die Hand.
Elija schaut auf die Fetzen. Dazwischen Rosinen, darüber Puderzucker. Ein großer Klacks Apfelmus daneben. Es riecht so süß. Elija taucht die Gabel in das Apfelmus. Probiert es. Das lenkt sie ab. Von der Eule, von der Naht am Bauch und den toten Bäumen draußen. Das Apfelmus macht ruhig. Elija isst.
Loth legt ihr Handy beiseite. Schaut rüber zu Elija. Ihr beim Essen zuzuschauen ist schön. Weil sie so genießt. Weil jeder Happs sorgfältig in den Mund geführt wird, vorsichtig zerkaut und jedes Aroma lange auf Elijas Zunge zergehen darf, bis sie hinunterschluckt.
In Loths Kopf taucht die Zeit auf, in der Elija kaum isst. In der

sie nicht in die Schule geht und den ganzen Tag nur darauf wartet, endlich schlafen gehen zu können. In der es leise ist im Haus, weil Elija nicht lacht und Elija viel zu flach atmet. Loth erinnert sich, wie sie unter der Dusche steht. Die langen Haare vollgesogen mit Wasser. Die Dusche kalt gestellt. Davon verbrennt man Kalorien, hat sie gehört. Sie fröstelt. Doch das hält sie aus. Loth hört, wie die Tür sich öffnet. Elija taucht auf. Erkennt Loth an den tapsigen Schritten. Elija setzt sich auf die Toilette. Hört sie nicht, dass die Dusche läuft? Oder ignoriert sie es mit Absicht? Seit einigen Tagen nimmt Elija auf niemanden mehr Rücksicht. Sie macht, was sie will. Taucht auf und geht wieder. Sagt meistens gar nichts. Weint nicht, lacht nicht. Ist so still, wie Loth sich das immer gewünscht hat. Die Stille ist unheimlich.
Loth stellt das Wasser ab. Sie bibbert. Bekommt eine Gänsehaut. Loth windet sich am Vorhang vorbei. Klettert aus der Dusche. Sucht ein Handtuch, findet keins. Nackt setzt sie sich auf den Badewannenrand. Gegenüber von Elija. Ihre Knie berühren sich. Elija schaut an Loth vorbei. Loths Knie sind spitzer als die von Elija. Vielleicht piksen sie? Loth stellt die Beine anders. Jetzt drücken die Knie gegen das Heizungsrohr.
Elija schaut an sich herunter. Auf ihren Bauch. Der ist ziemlich fett, findet Loth und ist kurz froh, dass sie nicht so aussieht. Vergewissert sich noch mal, dass ihr eigener Bauch glatt ist. Sie will, dass er sich irgendwann nach innen wölbt, dass ihr Bauchnabel nicht mehr nach innen geht. Dass ihre Hüftknochen hervorstehen und ihr Schlüsselbein. Dafür muss sie aber noch sehr oft kalt duschen. Und noch mehr Sport machen und noch weniger essen.
Elijas Kopf hängt vom Hals herab. Loth streckt die Hand

aus. Nimmt den Kopf in beide Hände. Er ist schwer. Loth lässt los, der Kopf fällt zurück. Elija atmet tief aus.
Was ist mir dir?, fragt Loth leise. Das Bad verstärkt die Stimme. Von den Fliesen hallen die Worte wider.
Elija zuckt die Achseln.
Müde, sagt sie nur.
Hast du Angst?, fragt Loth und ärgert sich, dass die Fliesen die Frage wiederholen. Weil du noch mal ins Krankenhaus musst?, fügt sie hinzu.
Elija reagiert nicht.
Die Operation ist gut für dich, murmelt Loth. Sie weiß nicht, ob das stimmt. Aber das sagen die Eltern. Und die haben doch recht in der ganzen Sache, oder? Loth streckt noch mal die Hand nach der Schwester aus, tätschelt erst das Bein, dann die Haut am Hals. Die ist schlaff. Fühlt sich an wie von einer alten Frau. Unter der Haut kann Loth Elijas Herzschlag spüren. Der ist fest, der ist laut, genauso polternd, wie Elija es sonst ist.
Wenn du operiert bist, beginnt sie, dann kann dir so was nicht noch mal passieren.
Elija dreht sich zum Spülkasten, zieht ab, steht auf. Die Hose lässt sie offen, überlegt kurz und steigt dann heraus. Auch aus dem Oberteil windet sie sich. Die Haut auf ihrem Bauch ist wieder bemalt. Diesmal mit Lila. Eine große Sonne und eine Schnecke.
Elija hält Loth den Bauch hin. Loth kann nicht anders, als mit dem Finger die Schnecke nachzufahren. Sie ist holperig gemalt, ungleichmäßig. Der Filzstift mal dicker, mal dünner. Nur wenn man Elijas Art zu malen kennt, erkennt man, dass es eine Schnecke ist. Normalerweise findet Loth Elijas Bilder peinlich. Diese Schnecke ist schön.

Weg, sagt Elija schlicht und hält mit ihrer Hand die Schnecke zu.
Und das kommt auch weg. Mit der anderen Hand verdeckt sie die Sonne. Im Krankenhaus, fügt sie hinzu.
Das ist doch gut, versucht Loth zu ermutigen. Dann musst du nie wieder so traurig sein.
Will nicht traurig sein. Will das, murmelt Elija und nimmt die Hand von der Schnecke.
Das ist schon weg, Elija, zögert Loth zu sagen.
Ich weiß.
Elija geht zum Waschbecken. Nimmt die Flüssigseife und verreibt sie auf dem Bauch. Die Seife wirft weiße Bläschen auf der Haut. Elija scheuert über die bemalten Stellen. Die Seifenbläschen werden hellila. Die Schnecke löst sich auf.
Loth holt etwas Toilettenpapier, macht es nass und streicht die Seifenspuren von Elijas Bauch. Das kitzelt Elija. Aber sie kichert nicht.
Die Sonne lassen Elija und Loth noch auf dem Bauch.
Die kommt erst morgen weg, bestimmt Elija. Und Loth nickt.
Von Loths Körper fließen die letzten Wassertropfen. Sie friert, zittert. Elija reicht ihr ein kleines Handtuch. Damit reibt Loth sich trocken, schlüpft dann in ihren Pyjama. Es ist Zeit, zu schlafen.

Jetzt schaut Loth zu der essenden Elija. Ihr Gesicht ist viel klarer als damals im Bad. Und ihr Bauch wieder kleiner. Ob sie sich ab und an noch eine Schnecke auf den Bauch malt?, überlegt Loth.
Endlich stellt die Kellnerin Loth und Noa auch einen Teller hin. Lange hat Loth nichts mehr gegessen. Und so was mit

so viel Zucker und Ei und Milch schon gar nicht. Ein bisschen Angst hat Loth vor dem Schmarrn. Vor den Bröckchen Teig und dem Puderzucker. Sie schaut rüber zu Noa. Die isst einfach. Dann isst Loth auch.

Sechzehn. Zweiundzwanzig

Noa lässt die Gabel fallen. Sie kann nicht mehr. Ihr Bauch ist voll. Zum Platzen. Im Mund hat sie den süßen Geschmack. Die Reste vom Apfelmus an den Zähnen. An der letzten Rosine kaut sie herum. Noa merkt, wie dankbar ihr Körper ist für die neue Energie. Für den Kirschsaft und den Zucker und all das Ungesunde auf einmal. Ihre Füße fühlen sich wieder leicht an. Sie will trotzdem eine kleine Weile sitzen bleiben. Auf keinen Fall jetzt schon weiter. Elija isst noch. Die restliche Portion von Loth. Loth hat für Elija eine zweite bestellt. Die müsste gleich kommen.

Wenn Elija einmal anfängt zu essen, kann sie nicht damit aufhören. Sie merkt nicht, wenn sie satt ist. Und deshalb müssen Noa und Loth aufpassen. Aber nicht jetzt. Jetzt kann Elija essen, so viel sie will. Sie hat es sich verdient, findet Noa.

Noa schaut zu Loth. Sie will sich ihre Augen ansehen. Die Katzenaugen strahlen durch den Raum. Die frische Luft hat Loths Haut rosiger gemacht. Sie sieht anders aus als noch heute Morgen. Die Stirn ist nicht mehr hart, die Wangen ein bisschen aufgequollen vom Draußensein. Am Hals ist die Haut trocken. Sie müsste sich eincremen. Noa streckt die Hände aus. So dass sie fast an Loth herankommt. Loth schaut überrascht, lässt ihre Finger dann vorsichtig auf dem Tisch tanzen. Erst an Noas Hand vorbei. Einmal herum und wieder zurück. Dann berühren sich die Fingerspitzen doch. Loth schaut in Noas Augen. In das helle Grau. Auf die markanten Wangenknochen, die roten Haare. So schlecht sehen die gar nicht aus. Am liebsten würde Loth jetzt eine Zigarette anzünden. Sie Noa entgegenhalten und dann abwechselnd mit ihr daran ziehen. Hier drin ist Rauchen wahrscheinlich verboten. Loth schielt zu der Wirtin. Sie hängt am Radio. Drückt das Ohr gegen die Lautsprecher. Mit einem Auge ist sie am Tisch der Schwestern. Sicher hat sie Angst, dass Elija doch etwas kaputt macht.

Loth überlegt, wann sie das letzte Mal richtig mit Noa gesprochen hat. An Weihnachten nicht und an Elijas Geburtstag auch nicht. Und im Jahr davor? Da nur wenige Sätze über Noas neuen Beruf und den Papierkram. Haben sie sich vor zwei Jahren das letzte Mal unterhalten? Bei der Hochzeit der Cousine saßen sie an einem Tisch. Da werden sie doch über irgendwas gesprochen haben. Loth weiß nur nicht mehr, über was. Über die Tischdekoration und die Hochzeitstorte und das Brautkleid. Das kann nicht sein, denkt Loth kurz und merkt dann, dass es stimmt.

Die Fingerspitzen liegen übereinander. Elija beachtet das nicht. Isst einfach weiter. Sie schmatzt ein wenig. Heute findet Loth das süß.

Loth will Noa etwas fragen. So was wie: Wie geht es dir? Oder: Tun deine Füße weh? Loth lässt es, weil Noa dann nur sagen würde: Mir geht's gut, danke. Und das ist ja nicht, was Loth hören möchte. Loth könnte auch sagen: Erzähl mir von dir. Was machst du normalerweise um halb fünf?

Aber sie schweigt, versucht die Antwort in Noas Gesicht abzulesen. Doch da steht nicht viel, was Loth entziffern kann.

Noa ist wieder unterwegs. Im Bauch ein kleiner Salat, um ihn herum ein frisches T-Shirt. Noa muss rennen. Sie ist spät dran, hat getrödelt, zu lange aus dem Fenster geschaut, zu lange auf Nachricht von Akim gewartet. Noa fährt nicht mit dem Bus. Der ist weg, schon seit drei Minuten. Noa muss laufen. Die Seniorenresidenz ist weit von ihrem Zuhause entfernt. Da, wo die verschnörkelten Häuser stehen, wo das Wasser nicht weit ist. Da, wo Noa an freien Tagen manchmal mit Akim spazieren geht und er von einer gemeinsamen Wohnung mit ihr träumt und sie bitter lächelt, wenn er von seinem Gehalt redet.
Noa hat Shorts angezogen. Damit kann sie gut rennen. Ab und zu schlappt sie aus den Ballerinas, sie läuft trotzdem weiter. Auch wenn sie mit der Ferse auf den Gehsteig kommt. Dafür hat sie Hornhaut. Noa ist schnell. Noa ist gewohnt, zu spät zu kommen.
Den Hafen sieht Noa im Gegenlicht. Die Kräne stechen schwarz in den roten Himmel.
Vor der Residenz bremst sie ab. Rennen sieht unseriös aus. Langsam schreitet sie durch das Gartenportal. An den Rosen vorbei. Die hängen schlaff herab. Blütenblätter kräuseln sich, rieseln auf die geharkten Beete. Im Schatten lungern Senioren in Rollstühlen herum. Tun so, als würden sie Schach spielen. Sind aber schon lange zu senil dazu. Manche werden von Pflegern umhergeschoben. Andere dösen. Die meisten sind drinnen. Ihnen ist es zu heiß.
Noa stellt sich aufrecht hin, drückt die Schultern nach hinten. Sie will ein bisschen erhabener wirken.

Die Glastür schwingt automatisch nach innen, als Noa davorsteht. Sie tritt ein. Klimaanlagenluft strömt ihr entgegen. Lässt sie frösteln. Ihr Schweiß wird kalt. An der Hose wischt sie sich die Hände ab. Die kleben vom Sommer.
Noa geht zur Rezeption. Ihre Schritte hallen unangenehm in der Lobby. Ihre Füße gehören hier eigentlich nicht hin. Zu viel Hornhaut. Die verrät sie. Und zu billige Kleidung. Zu viel Farbe im Gesicht und Sommersprossen. Rothaarig ist hier niemand. Das Personal ist blond bis mittelbraun und hat geradegebogene Zähne. Niemand ist hier buckelig, niemand schwitzt. Alle lächeln, den ganzen Tag. Auch wenn es nichts zu lächeln gibt. Wenn alles normal ist oder auch schlechter, wenn es eine Irritation gibt. So wie Noa.
Hallo, ich habe einen Termin mit Herrn Pfeiffer, sagt Noa klar, als sie am Empfang steht. Auf der anderen Seite des Tresens sitzt eine junge Frau. Sie hat die Haare nach hinten gebunden. An ihr ist alles weiß. Die Haare Platin, die Haut, die Zähne. Nur die Lippen sind blaugefroren. Weiß sie etwas vom Sommer?, fragt Noa sich.
Sie sind die, beginnt die Frau und weiß nicht, was sie weiter sagen soll.
Die Begleiterin, beendet Noa für sie den Satz.
Ah, ja, murrt die Frau. Sie wissen ja, wo Sie hinmüssen.
Noa nickt, dreht sich um. Läuft den langen Flur entlang. Im Altbau riecht es feucht. Nach zu viel Klimatisierung, nach zu wenig echter Luft. Ob hier irgendwann die Fenster geöffnet werden? Noa kommt am Musikzimmer vorbei. Vier Alte sitzen um einen Flügel herum und tun so, als könnten sie hören, was da gespielt wird. Ob die Pfleger überprüfen, ob die Hörgeräte genügend Batterie haben, bevor das Konzert losgeht?

Noa bereut, dass sie die kurze Hose anhat. In der Villa ist es zu kalt. Sie friert. Gleich wird ihr warm werden. Wenn sie unter Herrn Pfeiffers Decke liegt.
In der Villa ist es ruhig. Nur die Töne des Klaviers. Nur das Röcheln der Alten. Sonst nichts. Noas Schritte sind die einzigen im Gang. Außer ihr ist nur Stuck im Flur und eingerahmte Aquarelle. Die zeigen Kinder beim Spielen.
In diesem Raum stirbt jemand, glaubt Noa. Gedämpftes Priestergemurmel und der Geruch von Öl. Noa bleibt kurz stehen und hält das Ohr an die Tür. Jemand wird zu den Toten gesalbt. Ob er will oder nicht. Noa geht in die Knie, hält die Nase nah an den Türschlitz. Noa riecht den Tod gern. Weil er jedes Mal anders ist. Weil er mal nach Leiche riecht und mal nach Wind. Dieses Mal aber nach Himbeeren. Mach's gut, Himbeergreis, denkt Noa und geht weiter.
Herr Pfeiffer wohnt am Ende des Ganges. Da, wo es hell ist vom Tag. Sie geht weiter, bis zur Tür. Sie klopft. Sie wird nervös. Sie zittert, als sie eintritt.
Er sitzt schon nackt da. Im Rollstuhl. Das gehört hier zum Service, denkt Noa bitter. Verabschiedet sich vom Gedanken an die kuschelige Decke. Sie schließt die Tür hinter sich. Herr Pfeiffer schaut aus dem bodentiefen Fenster. Vom Park aus kann man hereinsehen. Die Vorhänge reichen bis auf den Boden.
Noa räuspert sich. Er dreht sich nicht um. Sie tritt an ihn heran. Legt die Hand auf seine Schulter. Ihre Finger wärmen sich auf. Die Haut umspannt seinen Körper schwach. An der Schulter ist sie trocken. Noa hat Öl dabei. Das wird der Haut helfen.
Er reagiert nicht auf Noa. Sie tritt vor den Rollstuhl, kniet

sich vor ihn. Schaut ihm in die Augen. Herr Pfeiffer, sagt sie sacht. Ich bin jetzt da. Möchten Sie, dass wir anfangen? Sein Kopf liegt auf seiner Schulter. Sein Blick geht an ihr vorbei. Noa weiß, dass er mal Anwalt war. Dass er eine große Kanzlei hatte. Herr Pfeiffer kann nicht mehr sprechen, nicht mehr laufen, nicht mehr ohne Schlauch in der Nase atmen. Er stiert geradeaus. In Noas Gesicht oder an ihr vorbei? Sie ist sich nicht sicher. Zu Herrn Pfeiffer kommt sie nur alle drei Monate. Leicht berührt sie mit der Hand sein Knie. Die langen Haare piksen. Mit den Augen dringt sie in seine. Schau doch zu mir, Herr Pfeiffer, denkt sie. Sie lächelt nicht. Windet sich in seinen Kopf, der schon so lange im Nebel liegt. Erkennst du mich, Herr Pfeiffer?, flüstert sie. Ich bin Noa.
Auf seiner Stirn regt sich was. Er erkennt sie nicht, liest Noa. Dann muss sie von vorne anfangen. Sie steht auf. Sie würde gerne den Vorhang zuziehen. Doch Herr Pfeiffer mag das nicht. Herr Pfeiffer braucht Licht. Noa dreht den Rollstuhl um. Stellt sich hin. Langsam beginnt sie, sich auszuziehen. Herr Pfeiffer schaut ins Leere.

Loth zieht ihre Hände zurück. Noa lächelt sie traurig an. Die Wirtin bringt die nächste Portion Kaiserschmarrn. Elija will nicht satt werden.

Sechzehn. Einundfünfzig

Noa sagt: Dankeschön, es war wunderbar, und reicht der Wirtin die Scheine. Die verzieht ihr Gesicht so lange, bis Noa

noch mehr Trinkgeld dazu legt. Elija sieht blass aus. Noa glaubt, dass sie sich vielleicht gleich übergibt.
Geh doch noch mal zur Toilette, schlägt Noa ihr vor. Aber Elija schüttelt den Kopf.
Aber ich geh, sagt Loth, steht auf und verschwindet im hinteren Teil des Wirtshauses. Noa packt die Rechnung ein. Fragt sich kurz, warum sie eigentlich alles bezahlt hat, und denkt dann lieber nicht drüber nach. Elija hängt mehr im Stuhl, als dass sie sitzt.
Hast du Bauchschmerzen?, fragt Noa. Elija schüttelt den Kopf. Noa schaut Elija skeptisch an.
Elija verdreht die Augen.
Noa steht auf, geht zum Tresen. Fragt die Wirtin: Haben Sie vielleicht noch ein oder zwei Plastiktüten? Falls meiner Schwester später schlecht wird.
Die Wirtin durchwühlt eine Schublade, gibt Noa zwei Tüten und legt noch eine Packung Tempotücher drauf. Versucht zu lächeln. Noa bedankt sich.
Als sie sich umdreht, sieht sie Elija auf dem Stuhl stehen. Elija streichelt die Eule.

Loth kommt von der Toilette zurück.
Wollen wir?, fragt sie und streicht sich über den Bauch. Noa nickt. Die beiden gehen nach draußen.
Drinnen lauscht Elija. Die Wirtin ist in der Küche. Geschirr klappert. Sie nutzt den Moment.
Unter ihrem Pullover trägt sie die Eule nach draußen.
Niemand bemerkt es.

VON SIEBZEHN BIS ZWANZIG

Siebzehn. Zwei

Der Schatten bedeckt immer mehr vom Berg. Elija schlendert zu dem hohen Felsen. Er ragt kahl in die Landschaft, sticht aus den toten Bäumen hervor. An ihm wächst kein Moos, keine Flechten. Der Fels ist glattgeschlagen. In ihn schreibt sich nicht mal der Wind, auf ihm reflektiert keine Sonne, zeichnen sich keine Wolken ab. Elija lehnt sich an ihn. Er kühlt ihren Rücken. Mit den Händen umklammert sie ihr Shirt. Darunter sitzt die Eule. Ganz nah an der Haut. Die Federn streicheln Elijas Bauchnabel, kitzeln. Elija hält still, lacht nicht auf. Die Schwestern dürfen nicht merken, dass sie die Eule mitgenommen hat.

Noa und Loth stehen einige Meter entfernt. Schauen hoch zum Gipfel. Schauen auf die spitzen Steine. Die sich auftürmen am Berg. Zwischen die das Gipfelkreuz gerammt ist. Aus denen es herauslugt und seinen Schatten werfen will, über das Tal.

Loth ist übel. Ihr Magen ist das schwere Essen nicht gewohnt. Sie stützt die Hände in den Rücken, streckt den Bauch vor. Sie hat ihre Sonnenbrille aufgesetzt.

Noa steht nah bei ihr. Atmet ihr direkt in den Nacken. Loth mag, wie Noas Atem riecht. Ein bisschen verwegen, ein bisschen nach einer anderen Zeit. Ein bisschen nach fremden Männern und nach einem Frühlingsabend. Loth saugt den Noageruch auf. Versucht sich zu erinnern, wie sie mit Noa auf dem Fahrrad durch die kleinen Straßen in der Heimat-

stadt fährt. Doch die Erinnerung ist verschwommen. Sie dreht sich um zu Noa.
In der Sonnenbrille erkennt Noa ein lange vergangenes Bild. Sie und Loth brettern mit dem Rad über den aufgeplatzten Asphalt. Wir verstecken uns vor Elija, heißt das Spiel. Und Elija weiß gar nicht, dass es gespielt wird. Dass es das Spiel gibt. Elija sitzt mit der Mutter im Auto und wird von Therapie zu Therapie gefahren. Loth biegt mit dem Fahrrad ab, auf einen Spielplatz. Er ist verlassen. Immer um diese Zeit. Da sind die kleinen Kinder schon zu Hause. Noa springt vom Fahrrad, rennt zu dem Spielhaus mitten im Sandkasten. Loth folgt, wirft sich noch vor ihr in das hölzerne Haus. Von innen ist es beschmiert. Mit Edding und Buntstiften sind Sprüche und Zeichen auf das Holz gemalt worden. Noa und Loth liegen auf dem Rücken. Das Holz ist hart. Noa rutscht nah an Loth heran. Legt ihren Kopf auf Loths Schulter. Noa versucht, die Sprüche zu lesen. Sie muss ihre Augen anstrengen. Die eine Ecke ist voller Kreuze. Die Seiten zu zackigen Haken umgebrochen. Noa weiß nicht, was sie bedeuten, wer sie dahin gemalt hat. Schaut in die andere Ecke. Da sind kümmerliche Penisse. Die sind auch nicht schön.
Über den Augen von Noa und Loth ist das Holz frei. Da ist kein Spruch und kein Zeichen, und Noa findet das gut.
Aus der Jackentasche zieht Loth einen Filzstift.
Was sollen wir schreiben, Noa?, fragt sie.
Gar nichts, sagt Noa. So was macht man nicht.
Jeder macht das. Also, was?
Noa rutscht ein Stück zu Seite, gleitet von Loths Schulter. Ihr Kopf liegt wieder auf dem harten Holz. Sie schaut auf Loths Hand, den angesetzten Stift. Loth beginnt zu zeich-

nen. Ganz sacht zieht sie den Stift. Macht ein Kreuz und bricht jede Gerade einmal. Bis es vier Haken hat und aussieht wie die anderen Kreuze in der Ecke.
Noa fragt: Was ist das?
Das ist was Verbotenes.
Warum hast du das dann gemacht?, fragt Noa. Sie betrachtet das Zeichen genau. Es sieht hart aus und so, als könnte sich das Kreuz wie eine Mühle drehen. Erst langsam und dann schneller und schneller. Wie ein Rad in einer Maschine.
Warum hast du nicht so was gemalt? Noa deutet auf die Penisse.
Langweilig, murmelt Loth. Ich lasse mir doch nichts verbieten. Loth klingt stolz.
Aber warum sind diese Kreuze verboten?, fragt Noa. Sie streckt die Hand aus, zeichnet sie mit dem Finger nach.
Keine Ahnung, sagt Loth. Wenn du das heute Abend Mama und Papa fragst, haue ich dich.
Ist ja gut, murmelt Noa unbeeindruckt. Sie schaut auf das Zeichen, es verschwimmt vor ihren Augen. Wahrscheinlich kommt es aus einer anderen Zeit, überlegt Noa halb interessiert. So wie manche von den Wörtern in Kinderbüchern, die die Mutter auslässt. Noa kuschelt sich wieder an Loth. Loth ist kühl, Noa will sie wärmen.
Das Bild in der Sonnenbrille ist kalt. Noa wendet sich ab.

Loth schaut sich um. Wo ist Elija eigentlich wieder? Übergibt sie sich schon? Nach dem ganzen Essen wäre das kein Wunder. Vielleicht steht sie hinter dem Felsen.
Elija, ruft Loth einmal laut. Elija taucht auf, umklammert ihren Bauch komisch. Was hat sie denn da wieder gemacht?,

fragt Loth sich, will Elija nicht darauf ansprechen. Manchmal hat sie Angst vor den Antworten. Elija ist so ehrlich.
Elija watschelt auf die anderen zu. Ihr Gang ist unkoordiniert. Die Beine schlenkern noch mehr als sonst. Sie kann mit den Armen ihr Gleichgewicht nicht halten. Die Arme sind fest um den Bauch geschlungen.
Geht's dir gut?, fragt Loth, als Elija die beiden erreicht hat.
Elija nickt.
Noa blickt hoch zum Gipfel, zu den Nachmittagswolken, die über ihnen stehen, die die Sonne abhalten von der empfindlichen Haut. Noa ist rot geworden. Auf den Wangen, auf der Nase, ein bisschen auf dem Hals. Vom Sonnenbrand wird ihre Haut schrumpelig. Ein oder zwei Tage nachdem sie sich verbrannt hat. Da kann sie dann kaum über ihre Haut streichen, so rau ist sie. So rau wie die von Herrn Pfeiffer, oder?

Das Licht fällt auf seinen nackten Rücken. Noa muss die Vorhänge offen lassen. Wenn Noa rausschaut, kann sie eine Galerie Rollstühle sehen. Die stehen um einen Rosenbusch herum. Die Senioren darin verbrennen in der Sonne, backen ihre Haut knusprig. Noa fragt sich, wann eine Pflegekraft sie endlich wegschieben wird. Schauen die Alten eigentlich auf die Rosen oder zu ihr, in das Zimmer mit dem Pflegebett? Mit der Vitrine voller Bücher. Den Wänden mit den Fotografien. Ein Hochzeitsbild, das Portrait einer Frau in Sepia. Eine goldene Uhr, die nicht mehr tickt. Auf der es immer siebzehn Uhr bleibt.
Noa streicht mit den Händen über Herrn Pfeiffers Rücken. Die Haut ist rau. Die Pfleger vergessen so oft, ihn einzucremen. Noa geht zum Nachttisch, legt ihre Uhr ab, das

Armband von Akim. Ihre Haare bindet sie zurück. Sie weiß, dass Herr Pfeiffer nicht mag, wenn ihr Haar seine Haut berührt. Noa ist glatt. Bevor sie zu ihm kommt, cremt sie sich ein, rasiert sie sich ordentlich. Nicht jede Stelle ihres Körpers ist makellos. Ob ihn das stört? Noa stellt sich vor ihn hin. Zieht sich ganz aus. Schlüpft aus der Unterwäsche. Nicht langsam, nicht so, dass es aufregend aussieht. Sie setzt sich nackt auf seinen Schoß. Seine Haut ist kalt. Noa muss ihn wärmen, streichelt ihn. Dabei lösen sich Schuppen von ihm ab. Sein Bauch drückt gegen Noas Oberkörper. Herr Pfeiffer ist aus vielen Falten zusammengelegt, wie ein Tuch. Große Wellen, vielleicht Frottee, Schurwolle. Oder alter Nesselstoff, mit Wasser übergossen und dann im Winter draußen liegen gelassen. Das ist er, merkt Noa, als sie ihr Gesicht an seinem Hals reibt. Herr Pfeiffer kann die Arme nicht bewegen, nicht den Kopf und nicht den Hals. Er will sie mit den Augen abtasten. Ob das gelingt? Sie ist zu groß für sein Blickfeld. Noa reibt mit ihrem Unterleib über seine Beine. Das macht seine Augen ein bisschen weiter. Noa muss darauf achten, dass sie nicht zu groß werden, sonst fällt sie hinein.

Herr Pfeiffer kann seinen rechten Zeigefinger bewegen. Noa legt ihren Finger in seinen, umschlingt ihn. Er zuckt, als er spürt, wie sehr sie da ist.

Herr Pfeiffers Haut ist nicht warm genug. Sie hat Angst, ihre Brüste an seinen Oberkörper zu legen. Angst, er könnte sie aufscheuern.

Noa hebt ihren Unterkörper an. Die langen Beinhaare kratzen sie. Sie hält inne, umschließt seinen Körper mit ihren Armen, ihren Beinen. Hält inne, obwohl sie spürt, dass er will, dass sie sich bewegt. Das eingefrorene Tuch ist wie Schleifpapier auf ihrer Haut, lässt sie frösteln. Es ist so schwer,

ihn aufzuwärmen. Mit Senioren und Rosensträuchern im Nacken. Und ein Nachmittag, der nicht vergehen will. Und Mücken, die gegen die Scheibe prallen.
Noas Unterleib tut weh auf den rauen Beinen, auf den piksigen Haaren. Sie will zurückrutschen. Aber dafür wird sie nicht bezahlt. Lange legt sie ihren Kopf auf seine Schulter, hält ihn fest und hält ihn aus. Spürt, dass er enttäuscht von ihr ist. Dass er mehr spüren will als einen warmen Körper und junge Haut und Atem, der nach Frühling riecht.
Noa schaut auf die goldene Uhr. Die hält die Zeit fest. Noa wünscht sich, dass sie tickt, dass sie weiterläuft und dass Noa von seinen Knien rutschen kann. Sie fühlt sich zu nackt auf ihm. Sie öffnet die Augen, schaut in seine. Sieht die Ungeduld, die Enttäuschung. Noa kann nicht, denkt sie. Noa riecht an seiner Haut. Das alte Tuch dünstet ganze Jahrzehnte aus. Jahrzehnte ohne frische Luft, Jahrzehnte ohne Helligkeit und ohne eine andere Hand auf der Haut. Noa wird übel von dem Geruch. Ob im Tuch die Motten sitzen?
Sanft gleitet sie an ihm herunter. Scheuert sich dabei die Innenseite der Oberschenkel auf. Ihre Haut rötet sich, bildet kleine Pickel. Die wollen sie schützen. Schnell zieht Noa aus ihrer Tasche eine Tube mit unparfümierter Creme. Die muss das Tuch doch nachgiebiger machen. Oder zumindest weniger kalt. Kurz schaut sie aus dem Fenster. Die Rollstuhlsenioren werden abtransportiert. Einer nach dem anderen. Manche versuchen, so lange wie möglich zum Fenster zu schauen. Noa winkt ihnen zu. Verschämt schauen die Senioren weg.
Dann verarztet sie die Haut zwischen ihren Beinen, reibt Herrn Pfeiffers Beine ein, den Bauch, die faltige Brust. An

den Stellen, an denen die Hautlappen übereinanderliegen, ist es feucht. Da hockt der Schweiß, da ist seine Nervosität. Noa hebt die Lappen an, wischt mit den Fingern dazwischen, reibt ihn trocken, wo er nass ist, und feuchtet ihn mit der Creme an, wo er zu trocken ist. Er wird weicher. Endlich, denkt sie. Seine Augen liegen auf ihr, ruhen sich auf ihr aus. Sie wollen sie nicht mehr verschlingen. Weil sie enttäuscht sind, denkt Noa. Weil Noa nicht das ist, was er sich heute wünscht. Weil sie viel zu viel Noa ist, weil sie Angst hat, um ihre Haut, um die Zeit, die nicht vergeht.

Es tut mir leid, murmelt sie. Und seine Augen verstehen es, entschuldigen es aber nicht. Er will nicht von ihr hören. Er will sie schmecken. Noa drückt ihre Lippen auf seine, bewegt sich auf ihm, wie er das will, und dann schließt er die Augen so harsch, dass Noa erschrickt. Sie rutscht von ihm. Findet sich auf dem Boden wieder. Seine Augen zusammengekniffen. Noa wird schlecht. Sie rennt ins Bad. Will sich übergeben, kann aber nicht. Da ist nichts zu erbrechen, da ist nichts, worüber sie weinen könnte, kein wirklicher Ekel, nur die Haut, die wehtut. Besonders zwischen den Beinen.

Sie rappelt sich auf. Stellt sich vor den Spiegel. Sieht sich kaum. Vielleicht ist sie ein Hologramm. Die kann man nicht aus jedem Winkel erkennen. Noa schaut durch sich hindurch. Auf die andere Seite des Zimmers. Auf die schwarzen Fliesen, auf das Handtuch, den Bademantel. Auf den Lift, der Herrn Pfeiffer in die Badewanne transportiert. Schnell dreht sie sich um, geht zurück ins Zimmer. Jetzt hat sie nur noch eine Idee, und die funktioniert meistens.

Ohne auf die zusammengekniffenen Augen zu schauen, die rot angelaufenen Wangen, die blauen Lippen, kniet sie sich

vor ihn. Streichelt seinen Penis erst. Bekommt ein Gefühl für ihn. Nimmt ihn dann in den Mund und hält ihn aus. Es gibt nichts zu schlucken. Vorsichtig legt Noa ihn wieder zu Herrn Pfeiffer zurück. Schaut ihn an. Seine Augen sind weit offen, genau wie sein Mund. Herr Pfeiffer hat geweint. Und Noa auch. Merkt sie, als eine Träne an ihrer Lippe ankommt.
Ich ziehe Sie noch schnell an, sagt sie leise. Ihre Stimme bröckelt, sie weiß nicht, ob er sie verstanden hat.

Siebzehn. Achtundvierzig

Durch Loths Körper rasselt der Atem. Von der Lunge in den Hals, durch die Nase in den Abend. Der Mond taucht auf, ist hellblau und blass. Eine mickrige Zeichnung am Himmel, findet Loth. Das Laufen geht leicht. Weil es auf einmal nicht mehr so heiß ist und der ganze Körper ankommen will, auf dem Gipfel. Loth muss auf den Berg. Noch wenige Meter auf dem Trampelpfad, dann beginnt das Geröll. Dann muss man klettern.
Unter dem Mond türmen sich Wolken auf. Die wollen den ganzen Himmel einnehmen. Damit es endlich nicht mehr so verdammt hell ist. Loths Oberteil ist nassgeschwitzt. Zum Glück weht kein Wind, sonst würde sie vielleicht frieren.
Noa und Elija sind weit hinter Loth zurückgefallen. Elija hat irgendwas mit ihrem Bauch, glaubt Loth. Loth konnte nicht mehr warten, sie kann nicht mehr langsam sein, sie war schon lange genug langsam. Sie muss laufen, als Erste am Gipfel sein.

In Berlin ist es schon dunkel. Da ist es Februar, gleich sechs Uhr. Loth läuft schnell. Sie hat sich verirrt, ist zwischen den großen Straßen kurz untergegangen und hat sich gerade erst wiedergefunden. Sie ist zu weit weg vom Gebäude. Da, wo die anderen auf die warten. Loth hat die Plakate unterm Arm. Ohne Loth können sie nicht anfangen. Loth trägt ihren schwarzen Overall. Der sitzt locker am Po und baumelt um die Knie. Ihr Oberkörper ist verhüllt. Heute geht ihre Figur niemanden etwas an. Die Turnschuhe federn über den Großstadtasphalt. Der Wind treibt sie an, sie muss zu dem Gebäude, zur Parteizentrale. Da beginnen sie ihre Route. Und dann geht es weiter. Zu den Pressehäusern, allen Linken, zu den letzten besetzten Häusern, der Universität. Die Nacht wird lang, kalt, und sie werden viel rennen. In den Schuhen läuft es sich leicht, Loth ist schnell. Sie sieht die Parteizentrale an einer Straßenecke aufblitzen. Hochgebaut, als Keil auf einer Kreuzung. Loth muss auflachen, hell, spitz. Die Wolken geben über ihr ein Stück Himmel frei. Dunkelblau, fast schwarz. Und darunter die Vögel, die vergessen haben, in den Süden zu ziehen. Die lieber hierbleiben. Da, wo sie hingehören, da, wo es gut für sie ist. Wo sie wissen, wo ihre Nester sind und wo sie nicht an irgendwelchen Flussdeltas Zwischenheime aufbauen müssen. Wo sie die kennen, die da sind, und über die lachen können, die wiederkommen jeden Frühling. Für sie ist der Winter nicht mehr zu kalt. Sie haben aufgehört zu frieren. Sie hauen nicht ab wegen der Kleinigkeit Winter. Die übernehmen Verantwortung, beschützen die Nester. Die erwarten nicht, dass sie woanders durchgefüttert werden. Dass es ein Land gibt, das ihnen saftige Würmer schenkt und in dem immer schönes Wetter ist. In dem man ausharren muss und dann die ab-

gefressenen Wiesen wieder verlässt. Eine Erde ohne Würmer. Ohne Wurzeln, eine Wiese, in der kein Halm mehr Platz hat.
Loth gräbt ihre Hand in die Jackentasche ein, sie hat nur dünne Handschuhe. Am rechten Daumen ist ein Loch, da blitzt die Haut durch. Sie ist weiß in der Nacht. Loth umklammert ein Feuerzeug.
Ein Rabe kräht, ein anderer pickt Pommes von der Straße. Und die Tauben kreisen darum herum. Sie kommen nicht an die Schale, die hat nur der eine. Und er wird nichts abgeben. Warum auch, er war der Erste, und er braucht mehr Kraft. Er ist der größte Vogel, oder nicht? Was wollen die Tauben da erwarten? Dass er zur Seite springt und sagt: Na, liebe Tauben, ihr stört mich zwar beim Essen, aber nehmt mir doch alles weg! Die nächste Schale Pommes wird sicher irgendwem herunterfallen. Ich warte darauf.
Loth spuckt auf die Straße. Sie war so lange nicht mehr draußen. Die Abende verbringt sie im Gemeinschaftsraum sitzend. Filme sehen und Diskussionen. Und dann ins Bett fallen und denken: Das ist alles so intellektuell. Und kurz erfüllt sein, bevor es ihr kalt wird und ihr Körper sich zu schwer anfühlt und sie aufstehen muss, um noch mal Bauchmuskeltraining zu machen.
An der Seite des Gebäudes stehen die Freunde. Ben ist da. Hanno auch. Und Minki, barfuß wie immer.
Die Parteizentrale ist beleuchtet. Die Türen kann man von außen nicht öffnen. Es gibt ein Restaurant im Gebäude und eine Buchhandlung. Loth spuckt noch mal auf den Boden. Im Unbeleuchteten liegen dünne Bücher in der Auslage, manche mit aufgedruckten Portraits, andere mit feiner Schrift. Verstrahlte Inhalte teuer gebunden, denkt Loth und

wird wütend. Sie wippt auf und ab, will die Titel lesen, aber sie verschwimmen hinter der Scheibe. Als sie jünger war, hat sie auch solche Bücher gelesen, fällt ihr ein.
Da sitzt sie mit den Bunthaarigen im Kreis, und sie lesen sich abwechselnd etwas vor. Einer haspelt schlimmer als der andere. Versteht einer von ihnen, um was es da geht? Sie haben dieses Buch nur, weil der Autor eine Ikone ist. Weil man die Texte vom Rauschebart-Karl liest, wenn man die Bunthaarigenmeinung hat. Meinungsfaschismus, findet Loth, als sie vor der Buchhandlung steht, und sie zwinkert das Bild von sich mit bunten Haaren und der zerschnittenen Hose weg.
Ben sieht müde aus. Er kommt gerade aus Österreich, war den ganzen Tag im Zug. Loth will näher an ihn rücken. Bleibt, wo sie ist. Hüpft kurz. Die Energie darf nicht abfallen. Sie müssen anfangen, die Plakate müssen endlich hängen. Ben holt seine Kamera heraus. Er ist fürs Filmen da, für das Video, das heute Nacht noch rausgehen soll. Loth sieht es schon. Sieht sich von hinten, so dass niemand ihr Gesicht erkennt, das Plakat an die Zentrale kleben. Sieht den Spruch aufleuchten und hört die epische Musik, die als Tonspur eingefügt wird. Warum ist es in echt so leise?, fragt sie sich kurz.
Fangen wir an?, fordert Ben, zuppelt unter Loths Armen die Plakate hervor.

Siebzehn. Achtundfünfzig

Elija ist allein. Sie ist stehen geblieben vor dem Geröll. Sie will nicht hinaufklettern. Loth und Noa stecken schon mitten zwischen den Steinen. Die Füße verkeilt, die Arme ausgebreitet zum Gleichgewichthalten. Das kann Elija nicht. Sie muss sich mit Händen und Füßen an dem Geröll festhalten. Sie muss überlegen, wie sie den nächsten Schritt setzt. Wie kommt man auf den Gipfel, ohne sich zu verletzen? Die Steine spitz, die Wolken näher, und dazu der Wind. Fegt er Elija um, wenn sie sich auf die Brocken hockt? Elija bleibt stehen, legt den Kopf in den Nacken, sieht das Gipfelkreuz. Es ist aus Metall, rostig. Sie will es anfassen, die Hand darüberlegen. Das Kreuz ist bestimmt rau. Gegen die Bauchdecke stößt die Eule. Du kleine Eule, denkt Elija. Halt dich gut fest, dass dir nichts passiert. Dass du nicht kaputtgehst, an den Steinen.
Vom Wind fröstelt Elija. Ihre Jacke ist in Noas Rucksack. Sie muss es so aushalten, mit Gänsehaut.
Elija geht auf alle vieren. Der Eulenflügel wird von einer Falte ihres Bauches gehalten. Der Rucksack drückt gegen das Genick. Sie sieht nichts als den Boden. Vor ihren Augen verschwimmen die Steine, das Moos und die trockenen Gräser. Wohin mit den Händen, mit den Füßen? Ist sie hier wirklich schon einmal hochgekraxelt? Als Kind muss es leichter gewesen sein. Vielleicht trug der Vater sie hoch, vielleicht verdrehte die Mutter die Augen. Der Vater verwöhnt Elija.
Jetzt ist Elija allein.

Sie schaut nicht hoch, nicht auf die Uhr, die tickt. Elija ist nackt. Der Boden kalt, auf dem sie liegt. Zieht die Wärme aus ihr. Elija kann nichts sehen. Elija will nichts sehen. Ihre Haut riecht nach Puder, nach Schweiß, vom Aufwärmen. Der Raum dreht sich, ihr ist schlecht. Weil es gleich losgeht. Weil diese Premiere einfach so anfängt. In einer Stunde oder einer halben? Elija schützt die Ohren mit den Händen. Es tickt so laut. Es soll aufhören zu ticken. Im Foyer essen sie bestimmt schon Brezeln. Da stehen schon die Ersten und sind laut und lachen und freuen sich. Und Elija liegt nackt auf dem Boden.

Und Hagar liegt mitten in der Wüste und hat nichts mehr zu trinken. Schon einen Tag nicht. Oder auch den zweiten, und das Kind bewegt sich nicht viel. Es lebt noch. Wenn sie die Hand auf den Bauch legt, dann spürt sie es besser. Vielleicht schläft es gerade. Mittagshitze, da wird man müde. Auch so ein Kind im Bauch. Hagar kann sich nicht mehr aufrichten. Der Boden unter ihr brennt. Durch ihre Kleidung auf ihre Haut. Die Hitze kommt in sie hinein. Verbrenn nicht das Kind, denkt sie. Die Arme wickelt sie um den Körper. So bleibt sie einfach liegen. Und verbrennt und vertrocknet. Es gibt keinen Ort, wo sie hingehen kann. Außer zurück. Zu Sarai und Abram.

Mio legt seine Hand auf Elijas Rücken. Er ist warm, so viel wärmer als der Boden. Elija zuckt nicht zusammen, sie hat ihn bemerkt, gespürt, dass er im Raum stand. Kurz guckt Elija. Mio ist schick angezogen. Anzughose und gute Schuhe. Für Elija, für die Premiere, für die Fotos, die sie danach machen. Wenn es mich danach noch gibt, denkt Elija kurz.

Vorsichtig zieht Mio sie auf seine Beine. Er zieht fest, sie ist

steif, klebt auf dem Boden, kann sich nicht bewegen, nicht nachgeben. Dann liegt sie auf seinen Knien, die Brüste auf der seiner einen und die Beine auf seiner anderen Seite. Von draußen kommt das Abenddunkel hinein. Legt sich zu den beiden. Am liebsten würde Elija schlafen. So, wie sie jetzt da kauert. Auf Mio, seinen Oberschenkeln, in seinem Atemwind. Ein bisschen bohrt sein Knie in ihren Bauch. Das macht nichts, dann merkt sie, dass sie da ist.
Mit den Fingern macht Mio Regentropfen auf ihren Rücken. So tun, als wären wir draußen, murmelt er. Im Wald irgendwo.
Elija atmet tief ein, langsam aus. So wird es ein bisschen weniger schwindelig, so hört der Raum auf, sich zu drehen. So tickt die Uhr endlich leiser.
Hagar öffnet die Augen, ihre Hände sind nass. Sie hängen im Wasser. In der Quelle. Die war doch gerade noch nicht da? Hagar spürt nach, wie das Wasser durch die Finger rinnt. Sie hält den Kopf hinein, den Mund, sie schluckt. Das Wasser rinnt durch sie hindurch. Belebt das eingetrocknete Blut, weckt das schlafende Kind. Bewegst du dich wieder?, fragt Hagar. Es schweigt, aber strampelt. Der Bauch ist groß, er ist im Weg. Sie muss sich hinunterbeugen zum Trinken. Das Wasser macht die Wüste weniger grell. Und das Stechen der Hitze schwächer. An den Lippen läuft das Wasser entlang. Hagar hält inne, schaut in die Landschaft. Die Steine wirken nicht mehr so massiv. Über ihr sind Wolken. Bleibt ein bisschen, bittet sie, macht die Hände nass, streicht damit über den Kopf. In dem sticht es nicht mehr, in dem ist auf einmal ein Wort. Ismael. Hagar trinkt. Dann steht sie auf.
Kassandra lehnt in der Tür. Sie ist leise, tut so, als würde sie nicht beobachten, wie Elija nackt auf Mio in der Garderobe

liegt. Sie schaut aus dem Fenster. Mio blickt zu ihr hoch, sie lächelt kurz. Er tippt Elija an, rutscht dann unter ihr weg, schleicht aus dem Raum.
Elija bleibt liegen. Der Boden ist wieder kalt, die Uhr schlägt wieder lauter. Kassandra tritt an sie heran. Sie ist dünner geworden in den letzten Wochen. Beim Proben. Kassandra riecht nach Zigaretten, ein bisschen nach Alkohol. Dass sie manchmal so viel trinkt, liegt an der Fremde, sagt sie. Elija versteht es nicht.
Kassandra berührt Elija nicht, schaut sie nur an. Den Körper auf dem Boden. An den Füßen beginnt Elija zu frieren. Kassandra könnte eine Decke über sie legen.
Normalerweise fragt Kassandra vor der Premiere: Bist du bereit? Hast du Lust, willst du spielen? Und dann klatscht Elija in die Hände und springt auf und ab, und das Blut jagt durch sie hindurch. Und Elija will nichts anderes, als endlich auf der Bühne sein.
Jetzt sagt Kassandra gar nichts. Genau wie in den Endproben. Elija spielt sich kaputt, und Kassandra schweigt. Elija will, dass sie weggeht. Was will sie hier, außer wieder leise zu sein. Außer kritisch zu gucken und dann aus dem Fenster hinauszurauchen. Und zu zittern und keine Ahnung zu haben und Elija alleine zu lassen.
Elija muss alleine auf die Bühne. Da ist dann niemand außer ihr und ihrem leeren Bauch und der Narbe, die niemand sieht. Da sind dann nur sie und die Musik.
Kassandra streift durch die Garderobe, hockt sich auf den Stuhl. Darüber liegt Elijas Kostüm. Der Schwangerenbauch aus Kunststoff, den sie ihr noch umbinden muss. Kassandra streicht darüber.
Elija richtet sich auf, rutscht an die Wand, lehnt sich da-

gegen. Die Beine gerade nach vorne gestreckt. Mit den Augen fesselt sie Kassandra an den Stuhl. Kassandra macht den Mund auf, will etwas sagen, lässt es dann aber. Ihre Augen wandern an Elijas Körper entlang. An den Brüsten, dem Bauch, den Beinen, verharren auf den Füßen. Die sind verhornt. Elija tanzt nur barfuß.
Willst du was sagen?, fragt Elija. Ihre Stimme ist laut, schon aufgewärmt. Deutlich für das Sprechen auf der Bühne.
Kassandra schüttelt den Kopf. Sie trägt Schwarz. Ihre Haut hängt fahl im Gesicht. Zu wenig Schlaf. Zu viele Computerbildschirme, Videos und das dauernde Rauschen von Kassandragedanken. Kassandra schnappt einen Stift vom Garderobentisch. Der ist rot. Sie lässt ihn durch die Finger tanzen. Immer schneller. Kann sie auch mal nicht nervös sein, denkt Elija und macht die Augen zu. Damit sie nicht sehen muss, wie Kassandra herumzuckt.
Plötzlich ist Kassandra neben ihr. Ihre durchgefrorenen Fingerchen, die zitternden Füße beim Hocken. Der schlecht fließende Atem, Alkohol und Nikotin.
Elija mag Kassandra trotzdem. Mag zu spüren, wie nah sie ist. Dann merkt sie den Stift auf der Haut. Am unteren Bauch. Da, wo sie durchtrennt ist. Wo die Eileiter verschlossen wurden. Wo nichts mehr hindurchkommt. Wo schon seit Jahren nichts mehr passiert, wo alles still ist, schon tot, obwohl Elija lebt.
Elija spürt, wie Kassandra eine geschweifte Klammer links malt und eine geschweifte Klammer rechts. Wie sich die Striche in der Mitte treffen, nach unten laufen, bis zu ihrer Scham.
Elija macht die Augen auf, schaut direkt in Kassandras. Sie sind dunkelgrün und die Haut oliv. Elija streckt die Hand

aus, fährt damit über die müde Kassandrahaut. Über die vernarbten Poren, über die Stirn, hinter der es rattert und rattert. Über die Augen, die nicht aufhören können zu sehen. Hagar nimmt einen letzten Schluck Wasser. Steht dann auf. Ismael ist wach, bewegt sich wieder. Sie dreht sich um, schaut in die Richtung, aus der sie gekommen ist. Die Wüste ist weniger karg. Hagar kennt den Weg zurück.
Elija steht auf, geht zum Stuhl, schlüpft in Unterwäsche. Nimmt den künstlichen Schwangerenbauch in die Hand. Hält ihn an die richtige Stelle.
Kassandra kommt zu ihr, befestigt den Bauch an Elija. Bindet ihn ihr um. Versteckt die Verschlüsse. Hilft Elija dann in das knappe hautfarbene Hemdchen.
Elija lässt sich auf den Stuhl gleiten. Kassandra steht hinter ihr und kämmt mit ihren Fingern das Elijahaar.
Einen Moment schauen beide in den Spiegel. Kassandra lächelt. Elija lacht.

Elijas Hand rutscht aus. Sie landet in der Spalte zwischen zwei Steinen. Die Fingerhaut geht auf. Es blutet. Elija zieht die Hand heraus. Die anderen beiden sind bestimmt schon oben.

Achtzehn. Elf

Noa hält inne. Vor lauter Steinen verliert sie die Orientierung. Ist sie geradeaus geklettert, hoch zum Gipfel? Oder kraxelt sie nur um den Berg herum? In Schleifen? Die nirgendwo hinführen, außer zu der immer gleichen Stelle? Sie weiß es nicht. Schaut sich um. Nirgendwo Elija. Nirgendwo Loth. Und das Gipfelkreuz keine Orientierung, an die sie sich halten will. Es wird windig. Noa zieht ihre Jacke aus dem Rucksack, schlüpft hinein. Beim Untergehen färbt die Sonne alles rot. Wie lange bleibt sie noch?, fragt sich Noa. Und bittet dabei um mehrere Stunden. Sie will ins Tal schauen, wenn sie oben ist. In die Kronen der Bäume und auf das Moor, auf die Häuser, irgendwo auf Lichtungen verteilt. Der Wind soll die Wolken nicht so schnell herantreiben. Die sollen bitte wegbleiben. Noa will die Landschaft sehen, wenn sie oben ist.

Noa schaut auf ihr Handy. Aber das hat keinen Empfang. Das wird keine Nachricht anzeigen. Keine von Akim. Kein kurzer Text mit: Diese Idioten, ich sterbe! Oder: Arbeit hassen – Geld verprassen. Dazu ein Selfie im Feinkostladen. Auch keine Sprachnachricht. Keine gehauchten Worte: Noa, ich hoffe, du kommst schnell wieder. Eine muss hier die Möwen bekämpfen. Kein kurzes Video. Keine Nahaufnahme von seinen Lippen. Die einen Schrei formen: Ich drehe durch in der Stadt!

Noa nimmt ihr Handy trotzdem heraus, filmt ihre Hände, wie sie die Luft streicheln. Akim soll nicht durchdrehen. Akim soll nicht wütend sein. Zumindest für einen Moment. Sie drückt auf Senden. Wenn sie wieder Netz hat, wird er es bekommen. Wann wird das sein? Wie lange bleiben sie noch auf dem Berg?

Noa schiebt das Handy in die Hosentasche. Klettert weiter. Irgendwo muss die Bergspitze doch sein.

Achtzehn. Fünfzehn

Loth stellt ihren Fuß auf den Stein. Zieht den anderen hinterher. Streckt die Knie durch. Sie ist oben. Als Erste. Sie steht auf dem höchsten Stein, auf dem höchsten Berg der Umgebung. Nichts über ihr. Und unter ihren Füßen die vielen Schichten des Bergs. Das Tal und der Wald und der Weg und der See. Irgendwo ganz tief das Moor. Über allem: Loths Fuß. Loth streckt die Arme nach oben. Der Wind fegt um sie herum. Trägt den Abend auf den Berg. Die Reste des Tages hinter ihrem Rücken. Neben ihr das kümmerliche Gipfelkreuz. Nicht mehr als zwei rostige Stangen, die aneinandergeschraubt sind. Es ist marode. Der Wind könnte es wegtragen, denkt Loth. Ihr Schatten reicht weiter als der des Kreuzes.
Einmal kurz schaut sie sich nach den Schwestern um. Elija kann sie nicht sehen, Noa ist bald da.
Mit den Augen streift Loth über die Landschaft. Macht jeden Flecken aus, nichts bleibt ungesehen. Loth schreit. Einmal laut, einmal über das ganze Tal. Den Satz, wegen dem der Verfassungsschutz angefangen hat, Loth zu beobachten. Mit ausgebreiteten Armen ist sie doch viel stärker als der Berg. Als die Steine, imposanter als die Gebirgskette. Der Himmel ist an manchen Stellen offen. Aber sie braucht ihn nicht. Sie braucht mehr Wolken, mehr Wind. Die Landschaft kann nicht so bleiben, wie sie ist.

Die Parteizentrale ist übersät von Plakaten. Der grüne Frosch, der dicke, der, der einmal süß war. Der grinst von den Plakaten. Mal pinkelt er, mal ist er wütend, mal ist er Donald-Trump-blond. Auf einem Bild trägt er eine Kippa und lacht vor dem einstürzenden World Trade Center. Dann: der Frosch in Hijab und Sprengstoffgürtel vor einem Kindergarten, der Frosch beim Dönerverkauf, der Frosch muskulös und halb nackt mit Wolfsangeln auf der Brust und Stahlhelm. Dazwischen gelbe Plakate mit schwarzer Schrift.
Ben steht nah hinter Loth, filmt sie. Sie klebt das letzte Plakat an. Der Wind wirbelt ihr Haar umher. Die Hände in Handschuhen streichen das Poster glatt. Sie tritt einen Schritt zurück. Lacht auf. Hell und schrill in den Abend.
Dann öffnet sich die Tür der Parteizentrale. Ganz unerwartet, ganz einfach. Vollautomatisch. Und eine Frau kommt heraus. In roter Jacke. Mit schnellem, festem Schritt. Loth macht einen Schritt zurück. Ben schwenkt die Kamera auf die Frau. Sie brüllt herum: Was macht ihr hier?
Und Minki lacht und präsentiert stolz die Plakate. Und Loths Blut fließt schneller, ihre Füße kleben fest am Boden, können sich nicht bewegen. Nicht auf die Frau zu. Die geht zur Häuserwand, einfach so. Hat die denn keine Angst, fragt Loth in sich hinein. Und versteht nicht, warum die Frau so schnell gehen kann und so gleichmäßig atmet und warum sie allein hier rausgekommen ist. Warum sie nicht erst die Polizei gerufen hat, warum sie unbewaffnet ist. Warum sie nur so in Jacke herumläuft.
Loth will sich an Ben lehnen. Doch der ist nicht mehr da. Und dann pocht das Herz so laut, dass Loth nichts mehr hören kann. Nicht, wie die Frau auf den Boden stampft und

wie sie herumschreit. Und das Herz macht den restlichen Körper blind und taub. Die Augen erkennen nichts mehr. Nur gelbe Flächen und einen roten Fleck.
Loth darf nicht einfach so herumstehen. Sie ist doch Aktivistin, oder nicht? Da kann man nicht nur rumstehen. Auch nicht, wenn der Körper nicht mehr antwortet auf die Signale und die Spucke im Mund bitter schmeckt. Und Ben alles filmt.
Ben darf sie nicht beim Herumstehen filmen! Was, wenn die anderen das sehen? Zu Hause in Halle und die YouTube-Kameraden. Dann sieht man ein Video mit einem fluchenden Minki und einem protestierenden Hanno und einer paralysierten Loth. Der Gedanke wird schneller. Schneller, als dass Loth ihn wirklich denken kann. Und dann stachelt er den Körper an. Hetzt ihn auf, nicht nur dazustehen, treibt ihn an, endlich zu handeln. Loths Körper ist kein Volksverräter! Loths Körper lässt sich nicht einlullen. Nicht von der Angst. Die ist zu lächerlich. Und dann schreitet der Körper zur Tat. Während die Lothgedanken ausgeschaltet sind, sich noch um sich selber drehen und Loth befragen und befragen und keine Antwort finden. Da ist der Körper schon bei der Jackenfrau. Die steht an der Wand, reißt das Plakat ab. Das erste mit aller Kraft. Der Kleber ist noch feucht, deshalb geht es leicht. Sie kann den Frosch von der Wand ziehen, als wäre er nicht mehr als eine lästig gewordene Tapete.
Dann steht Loths Körper hinter ihr. Ganz nah und mit so viel Energie, dass die Frau erschrickt. Hat sie Angst, fragt der Körper sich und will es spüren. Er tritt näher heran. Noch näher, berührt die Frau, die wirbelt herum. Will den Körper wegschieben. Doch die Lotharme umklammern sie schon. Drücken sie an die Wand. Dass der Körper solche Kraft hat,

das wusste er noch gar nicht. Er dachte doch immer, er wäre schwach. Weil er dünn und leicht ist. Aber er hat mehr Kraft als die Jackenfrau. Er kann sie einfach an die Wand drücken, an den Frosch. Küss ihn doch, brüllt der Mund der Frau ins Ohr. Die zappelt und schreit und ruft. Irgendwas mit: ihr Schweine und Hilfe.
Der Körper hört nicht zu, es interessiert ihn nicht. Die Hände klammern sich an die Kapuze, reißen einmal fest und schleudern die Jackenfrau auf den Boden. Sie rollt ein Stück über den Asphalt, jault auf.
Der Lothkörper wird am Arm gerissen. In Bewegung gebracht. Er rennt. Neben Minki und Hanno und hinter ihnen Ben. Der filmt.
Und Loths Haare fliegen, und sie spürt, wie leicht die Füße sich vom Asphalt heben, wie schnell die Arme mitschwingen, wie frei der Atem durch ihren Körper fließt. Loth rennt ihre Gedanken aus dem Kopf heraus, trampelt sie in den Asphalt. Der Kopf wird klar, wird leer, und der Körper bringt Loth weiter und weiter. Weg von der Frau und der Parteizentrale. Dem lachenden Frosch und der Schrift.
Ihr Haar fliegt im Wind. Hoffentlich fängt die Kamera das ein.

Achtzehn. Einundzwanzig

Loth steht aufrecht auf dem Gipfel. Noa macht einen großen Schritt, hievt sich auf den Stein. Steht oben. Über der Landschaft, neben Loth. Loth legt ihren Arm um Noa. Zieht sie näher an sich. Noa schlingt ihren Arm um Loths Knochen.

So sind sie stabil im Wind. Der fegt um sie herum. Der Schatten wandert den Berg hinunter. Bis zum Fuß, glaubt Noa. Kann es aber nicht sehen, sie schaut geradeaus. Über die Landschaft, auf die anderen Berge vor sich. Die sind kleiner, zarter. Noa muss auflachen, als sie die sieht. Und Loth lacht mit. Nicht spitz und nicht schrill. Ein Lachen, das sich über die Weite zieht. Sich über die Landschaft legt, wie der warme Abend. Ein Lachen, das die Hügel beschützt und die Häuser, die lebenden und die toten Bäume. Das Verrotten von Laub.

Elija krallt sich an den Steinen fest. Sie weiß nicht, wo sie ist. Wo oben ist und wo unten. Eine Böe will sie vom Berg fegen, glaubt sie. Mal drückt sie sie näher an die Brocken, mal will sie ihre Finger lösen. Die Eule hängt unsicher im T-Shirt. Die Bauchfalte kann sie nicht gut halten. Elija hat Angst, dass sie herausfällt, in eine Steinspalte gleitet und dort liegen bleibt. Elija hält die Felsen für kein angemessenes Grab. Elija schnauft. Das Blut an ihren Fingern ist leuchtender als das Abendrot. Ob der Mond schon irgendwo ist?, überlegt Elija, möchte nicht hochschauen. Da sind immer mehr Wolken.
Sie klettert weiter. Sie wusste nicht, dass ihr Körper das kann. Dass ihre Füße sich abstützen können und fühlen, wo die Arme sind, die Hände. Sie wusste nicht, dass das einfach so geht.
Noch einen Stein umklammern, sich ein letztes Mal hochziehen, noch einmal ausatmen und Abendluft einsaugen, die Beine strecken, die Füße verkeilen. Noch einmal keine Angst bekommen, wenn es wackelig wird, noch einmal nachspüren, ob die Eule da ist. Dann die rechte Hand in

Loths legen und die linke in Noas. Und sich hochziehen lassen, neben die anderen. Und dann dastehen, im Wind über dem Tal.

Elija atmet aus. Sie steht zwischen Noa und Loth, keucht. Kann sich nicht mehr aufrecht halten. Sie geht in die Knie. Vorsichtig lassen die Schwestern sie auf die Gipfelsteine gleiten. Achten darauf, dass sie gut sitzt. Dass ihre Knie nicht nach innen zeigen.

Loth legt ihren Ellenbogen auf dem Kreuz ab. Noa steht hinter Elija. So kann sie sich an ihre Beine lehnen. Noa summt. Ein Lied. Das kennen die Schwestern vom Vater. Sein Gipfellied. Selbstgedichtet, glaubt Noa. Die Melodie ist erst erschöpft, wird dann fröhlich. Und dann am Ende dunkel. Wie die Bergkette im Gegenlicht und wie der Schwesternschatten, der den Berg herunterwandert. Noa denkt an den Vater, an die Mutter. Daran, dass die Eltern jetzt alt sind und die Kinder erwachsen. Einen Moment lang versteht Noa nicht, warum das so sein muss. Noa wuschelt mit den Händen durch Elijas Haare. So macht sie das mit Akim. So macht sie das mit Herrn Pfeiffer, so macht sie das mit Linus.

Elijas Haare sind feucht vom Schwitzen und kalt vom Wind. Loth setzt sich neben Elija, hält Elijas Hand fest. Die zittert. Genau wie die Füße, die Knie. Die Muskeln sind viel zu erschöpft. Die Muskeln können nicht stillhalten, so müde sind sie. Loth streicht über die Hand, über den Unterarm. Elijas Haut ist kühl. Loth legt ihr die Sweatshirtjacke um.

Dann summt sie mit. Obwohl sie sich kaum an das Lied erinnert. Wie war noch mal der Text? Es hatte was mit den toten Bäumen zu tun, oder? Und dem Wind am Abend und

dem Nebel am Morgen? Loth schaut fragend zu Noa. Doch ihr Blick hängt über dem Boden, weit weg, am Horizont. Da, wo die Wolken sich auftürmen.
Elija ist leise. Sie kennt das Lied, sie kennt den Text, sie wird ihn nicht verraten. Der Vater hat es doch für sie gedichtet. Für ihre kurzen Beine und die kullernden Tränen und für Elijas Wut.
Den Refrain findet Noa leicht. Aber wie war noch mal die Strophe? Die mit dem Gipfel? Die beginnt mit: Und dann stieg Noa auf den Berg, und der Berg nahm sie auf, und als Noa dastand, sah sie, dass alles gut war.
Wie geht es weiter? Der letzte Teil des Liedes ist melancholisch. Die Melodie schwer, tief und mit dunkler Stimme gesungen. Noa weiß es nicht mehr. Schaut zu Loth, aber die hat so lange nicht mehr an dieses Lied gedacht, es fast vergessen. Nur die Melodie ist geblieben. Loth summt.
Elija schaut über die Hänge. Die werden eingefärbt vom Abendgelb. Das macht die Landschaft schöner, als sie ist. Elija hört das Summen der Schwestern. Die schiefen Töne von Loth und die unsicheren von Noa. Noa hat zu wenig Atem zum Singen. Sie pustet fast tonlos, findet Elija. Trotzdem ist es schön. Trotzdem macht die Melodie, dass die Füße nicht mehr zittern und die Knie Ruhe geben und sie nicht mehr flucht über die Steine, sondern dankbar ist für den Gipfel.
Elija hört zu, atmet aus und ein. Die klare Abendluft. Ihre Lungen werden frei, weit. Dann summt sie mit. Lauter als die Schwestern. Nicht aus dem Hals heraus, sondern tief aus dem Bauch. Mit der Kraft, die sie da gesammelt hat. Die Eule vibriert von den Schwingungen.
Elija hört die Stimme des Vaters. Sieht ihn auf dem Gipfel

stehen, hört genau die Melodie, die Worte. Elija weiß den Text. Elija singt das Lied.

Achtzehn. Fünfunddreißig

Noa kann nichts sagen, nach dem Lied. Und Loth weint, glaubt Noa. Traut sich nicht hinzuschauen zu der Schwester. Loths Kopf liegt an Elijas Brust. Und Elijas Brust bebt noch vom Singen. Das Lied ist vorbei. Wie oft hat Elija es gesungen? Viermal oder zehnmal? Wie ein Mantra. Das Lied von Noa, Loth und Elija. Drei Strophen, dreimal der Refrain, dreimal das Erschöpfte, dreimal das Freudige, dreimal das Melancholische.
Noa steht allein, einige Schritte von den Schwestern entfernt. Sie will niemanden berühren. Nur ihren eigenen Körper. Sie legt ihre Hand auf ihren Hals. Hört, wie es unter der Haut schlägt.

Neunzehn

Es wird nicht dunkel. Und das Lied hört nicht auf. Es wandert in Noas Kopf umher, prallt am Schädelknochen ab. Singt sich neu. Schreibt sich in sie ein. Sie will, dass es bleibt, nicht aufhört zu klingen.
Im Hamburg rennt sie die Straße entlang. Die Unterwäsche reibt beim Gehen. Die BH-Träger sind verdreht. Der linke rutscht die Schulter herunter. Es ist ihr egal. Noa muss

weg. Sie hat sich zu hastig angezogen. Die Haut ist an den Beinen aufgescheuert. Von den Pfeifferhaaren. Ihr Nacken ist rau, von seinem Atem. Die Zunge pelzig. Ihr Mund voll von seinem Geschmack. Voll von seinem ganzen Leben, den abgestandenen Jahren. Hängen geblieben in jeder Faser von ihm. Noa rennt. Mitten über die Kreuzung. Sie muss weg vom Pflegeheim. Aber das Heim bleibt nah bei ihr. Egal, wie weit sie sich davon entfernt. Und Herr Pfeiffer atmet in ihren Nacken. Egal, wie schnell sie rennt.

Vor ihren Augen: der Rosengarten mit den Rentnern, das salzverkrustete Gesicht von Herrn Pfeiffer. Dann sie selbst im Spiegel. Das blasse Bild. Noa rennt. Bis zur Ampel, da muss sie stehen bleiben. Sie ist mitten in der Stadt. Die Autos umzingeln sie. Sie kann nicht anders, als zu warten. Irgendwo die Kräne, die die Frachten hieven. Der Zugang zum Meer. Man müsste schwimmen, denkt Noa. Träumt sich in salzige Wellen, den harten Schlag eines Sturms. Das Meerwasser, das den schalen Geschmack aus dem Mund spült. Ihre Fingerkuppen spüren seine verkrusteten Tränen. Das raue Salz in den Falten. Spüren noch mal ihre Finger über seine Haut fahren. Seine Haut hat aufgehört, sich zu erneuern. Die toten Zellen warten auf Erlösung. Noa will nicht warten, bis es grün ist. Sie muss schnell zum Wasser, muss sich waschen. Nur Wasser kann ihr jetzt helfen. Schnell springt sie auf die Fußgängerinsel. Die Autos hupen sie an. Das ist Noa egal. Besser Hupen als ein Sterbender, der weint. Noch ist er nicht gestorben. Sie überlegt. Weiß, dass er geatmet hat, dass er lebendig war. Es wird nicht mehr lange dauern, bis er stirbt. Vielleicht noch heute. Vielleicht erst morgen. Oder in einer Woche. Länger gibt sie ihm nicht. Bei Hitze halten die Alten nicht lange durch. Auf der Insel ist eine Pfütze. Flach, mit wenig Wasser. Es regnet so selten in diesem Sommer. Die Sonne schlürft das Wasser gierig vom Boden. Noa streift die Ballerinas ab. Die Füße kochen. Sie stellt sie auf den aufgeheizten Asphalt. Sie hat Hornhaut, sie hält es aus. Sie stinkt nach Pflegeheim. Nach überreinigten Fluren und fauligem Atem. Ein bisschen nach Rosengarten. Mit den Spitzen streift sie durch die Brühe. Sie ist heiß. Sie ist braun. Stinkt. Nach Hunden, nach Schuhen, nach verwesenden Würmern. Leicht schwappt das Wasser auf die Schweißhaut, trägt den Pfeiffergeruch nicht ab, überdeckt ihn. Das reicht erst mal. Noa atmet durch. Noa kann stehen bleiben. Ihr Körper beruhigt sich. Das Pflegeheim ist einige Kilometer von ihr entfernt. Sie geht in die Hocke, beträufelt die Hände mit dem Wasser. Lässt es durch die Finger rinnen, massiert sich. Dann wäscht sie sich die Füße.

Neunzehn. Vier

Elija will noch mal singen, aber ihr fehlt der Atem. Das Tal liegt unter ihr, die Landschaft hat sich ehrfürchtig zusammengezogen. Elija lehnt sich an das Kreuz. Die Steine stechen in ihren Körper. Das hält sie aus. Matt schaut sie auf den unter ihr liegenden Wald, die Lichtungen, die Felder, irgendwo. Und die Sonne, die bei Elija bleibt. Nicht einfach untergeht und sie mit den Schwestern alleine lässt. Am Bauch schläft die Eule. Elija spürt, wie sie atmet. Sie schiebt eine Hand unter ihr Oberteil, streichelt über das Gefieder. Es ist so kuschelig, denkt Elija. Sie blinzelt. Sie will einschlafen auf dem Gipfel. Die milde Abendluft an ihrem Körper zu spüren, die Eule festhalten. Bald bekommst du ein Grab, flüstert sie der Eule zu. Das beruhigt sie, glaubt Elija. Sie streichelt langsam, zart. Sie streicht die Federn nicht gegen den Strich, sie bringt sie nicht in Form. Sie lässt sie so, wie sie sind.

Mit dem Babybauch kann sie sich schlechter bewegen. In den Proben hat sie es geübt, sich dran gewöhnt. Heute drückt der Bauch komisch. Vielleicht weil Kassandras Zeichnung darunter ist. Elija trägt die hautfarbene Unterhose, das helle Top, den Bauch, sonst nichts. Ihre Füße stehen nackt auf dem Boden. Die Bühne ist noch dunkel. Im Saal rauschen die Stimmen. Elija hört Mio aufgeregt plappern. Und ist das Noas Stimme? Elija horcht, erkennt aber nichts Genaueres. Hinter ihr steht Kassandra. Im Premierenoutfit. Schwarz mit Schwarz kombiniert. Kleid mit tiefem Ausschnitt. So machen Regisseurinnen das, ist Elija aufgefallen. Und große goldene Ohrringe. Außergewöhnliche Armreifen. Die klimpern. Kassandra ist nervös. Steht wie ein Brett hinter Elija. Elija steht gerade. Vor was sollte sie Angst haben? Einer leeren Bühne? Vor ihrem Körper? Vor ihrer Stimme?

Der Musiker tritt auf. Setzt sich an sein Cello. Die Beleuchtung fährt hoch, wird grell. Elija hört es surren. Elija spürt, wie warm es wird. Der Musiker trägt auch nur hautfarbene Unterwäsche. Das sieht gut aus, denkt Elija kurz, fühlt sich dann aber gleich schlecht. Kneift die Augen zusammen. Lässt sie geschlossen. Hört auf das dunkle Cello, spürt die Instrumentenkraft. Wie es den Raum zum Beben bringt. Elija spürt Kassandras Hand zwischen ihren Schulterblättern. Die braucht sie da gar nicht. Die muss dort nicht sein. Elija kann alleine stehen. Sie lehnt sich vor. Kassandra zieht ihre Hand zurück.

Die Musik packt Elija. Nicht nur ihren Körper, sondern auch das, was sie sonst Elija nennt. Es will sie auf die Bühne zerren. Aber Elija muss noch warten. Die Musik macht Wüste um sie herum. Macht aus den Scheinwerfern Wüstenlicht, macht aus Elijas Blut Durst. Schiebt die Engel in weite Ferne, macht Elija alleine auf der Welt. Sie sinkt in sich zusammen, findet in den Körper. In ihren eigenen. Der jetzt da ist für Hagar. Sie kämpft sich auf die Bühne, gegen den Widerstand, gegen den Bauch. Der Bühnenboden schnauft unter ihr. Aber Elija wird nicht leichter sein. Heute Abend wird sie nicht angenehm sein, für niemanden. Nicht mal für sich. Funkelnd kommt sie auf ihrer Position an, zieht den Körper hoch, steht. Spricht.

Elija döst. Schlafen kann sie nicht. Dafür ist sie zu müde. Würde sie jetzt einschlafen, müssten die Schwestern sie den Berg runtertragen. Und das wäre zu viel verlangt.
Elija blinzelt zu Loth herüber. Die sitzt ganz nah bei Noa, kuschelt sich an ihren Oberkörper. Atmet ruhig.
Hier fühlt es sich sicher an, denkt Loth und findet auf einmal schade, dass sie sich nicht bei sich selbst so fühlen kann. Sie schließt die Augen, lächelt. Die Landschaft interessiert sie nicht mehr. Auch nicht der Wind. Wird das ein Sturm?, denkt sie kurz, schiebt den Gedanken aber schnell zur Seite. Er bringt ja doch nichts.
Loth denkt an Ben. An Berlin, an die Februarnacht.

Er riecht nach Schnaps. Noch mehr als sie selbst, glaubt Loth. Sie kichert beim Denken. Sie kichert die ganze Zeit. Auch, wenn die anderen reden. Sie hört nicht zu. Was grölen die da schon wieder? Ach, diese Lieder. Wenn das der Ver-

fassungsschutz hört. Loth sitzt neben Ben, ganz nah. Und er hat seinen Arm um sie gelegt. Manchmal reibt er seine Nase an ihrer Wange. Dann, wenn er gerade nicht trinkt. Ben hält ihr die Flasche hin, sie nimmt sie, trinkt noch einen Schluck. Denkt noch einmal an die Frau von der Parteizentrale und lacht. Prustet laut. Der Alkohol spritzt aus ihrem Mund. Schnell nimmt sie einen weiteren Schluck. Sie ist noch viel zu klar. Sie sieht die Frau viel zu deutlich vor sich. Ihre entschlossenen Schritte. Und ihr verkniffenes Gesicht. Sie fühlt noch einmal ihren Körper an dem der Frau. Riecht sie. Mehr Alkohol. Ben sagt: Ich bin stolz auf dich. Und Loth küsst ihn einfach. Er küsst nicht richtig zurück. Sie macht weiter, hält ihn so fest, dass er nicht anders kann, als sie auszuhalten. Morgen wird sie das auf den Alkohol schieben. Sich unschuldig vor ihn stellen und: Entschuldigung murmeln. Heute Abend braucht es keine Entschuldigungen.
Loth sitzt im Hinterhof einer Kneipe. Einer von Berliner Patrioten. In der Mitte eine Feuertonne. Darüber halten die Freunde ihre Hände. Und Minki seine nackten Füße. Der Abend ist rau, Funken sprühen in Loths Richtung. Einmal musste sie schon ausweichen. Vor dem Funkenflug. Minki schaut argwöhnisch zu Loth herüber, betrachtet sie skeptisch. Loth ist das egal. Er bewundert sie. Muss er doch, kann nicht anders sein. Loth nimmt noch einen Schluck. Der macht, dass sie die Bewunderung in Minkis Augen besser sehen kann.
Loth will Minki nicht länger anschauen, küsst deshalb wieder. Ben ist ein bisschen mehr einverstanden mit dem Kuss. Küsst nicht zurück, aber streicht mit seinen Händen über ihren Körper. Diesen Körper muss er toll finden. Der ist so leicht. Ben muss auch toll finden, wie sie küsst, wie sie riecht,

wie sie sich bewegt unter seinen Händen. Wie die Funken immer zu ihr fliegen wollen. Bemerkt er das? Beim Küssen schauen sie sich in die Augen. Das nimmt ein bisschen die Romantik. Ben denkt: Loth hat so schöne Augen. Muss er denken, findet Loth. Sonst würde er die Augen schließen. Als er nicht mehr schmeckt, schiebt Loth ihn zurück. Trinkt lieber noch etwas. Sie braucht ein brennendes Gefühl im Körper. Und so eins gibt Ben ihr nicht. Dafür ist er zu sehr Ben und zu wenig Loth. Loth schaut in den Himmel. Da sind keine Sterne. Da sind nur Wolken und hellgrauer Abend. Berlin ist zu hell.

Das kann es nicht gewesen sein für heute, sagt Minki laut. Wir sind doch nicht nach Berlin gefahren für ein paar Plakate und sonst nichts.

Und eine Verfolgungsjagd, sagt Loth stolz. Niemand reagiert.

Was Loth gemacht hat, hat nicht gereicht. Das war nicht genug. Vielleicht ein kleiner Anfang. Aber zu früh, um zu feiern. Auf einmal wärmt das Feuer nicht mehr. Da wird ihr schlecht. Bestimmt von Bens Geschmack. Oder von Minkis Blick. Oder von dem Kreis, in dem sie sitzen. Ihre Schultern klappen nach vorne. Was hat sie sich gedacht noch vor wenigen Minuten? Dass sie etwas geleistet hat? Loth will über sich selbst lachen. Aber ihr Körper macht nicht mit. Sie springt auf.

Dann lasst uns los!, brüllt mehr der Alkohol als sie. Und alle stehen, und alle laufen hinter Loth her. Sie hat nicht genügt, denkt sie. Und läuft und rennt weg, von Bens Lippen.

Wir müssen weiter, flüstert Noa. Eigentlich will sie das nicht sagen. Aber sie muss. Kommt dahinten wirklich ein

Unwetter? Und wie sollen sie in der Dunkelheit den ganzen Weg zurück schaffen? Elija tut, als hätte sie Noa nicht gehört, döst weiter. Loth steht auf. Murmelt: Du hast recht. Noa und Loth stehen sich gegenüber. Schauen sich an. Dein Gesicht ist so hart, denkt Noa und streicht mit der Hand darüber. Loth legt ihre Hände auf Noas Rücken, umarmt sie. Noa lässt sich festhalten. Loth saugt Noas Geruch ein. Und Noa spürt sich an den spitzen Lothknochen.

Loth sieht sich durch Berlin rennen. Total betrunken. Loth sieht sich zu Ben schauen. Der kann nicht mehr gerade rennen. Loth sieht sich den Stein in der Hand halten. Wo kommt der überhaupt her? Und wieso fliegt der so gut? Mitten in die Schaufensterscheibe. Von diesem Hijabshop. Und wo kommt der nächste Stein her? Hat Minki ihr den gegeben? Und wieso fliegt der so viel schlechter? Der trifft nicht. Die Glastür von dieser Redaktion. Wenigstens der Stift schreibt. Auch wenn eine Betrunkene ihn führt. Und er malt genau das, was sie will. Schreibt: Heuchler! Und: Multikulti-Endstation. Und: Festung Europa! Und malt ein Schloss. Schreibt: Alle Deutschen werden Brüder! Und sie läuft weiter. Die anderen stehen vorm Theater. Am Künstlereingang. Keiner hat mehr Steine. Minki rennt zu einem betrunkenen Pfandsammler, reißt ihm die Schätze aus der Hand. Man könnte Molotowcocktails bauen. Hätte man Brennspiritus. Haben sie nicht. Müssen das Glas so werfen. Es zerschellt, ohne dass jemand getroffen wird. Loth rennt zur Tür, schreibt daran, läuft weiter. Ben filmt. Stell das Video noch heute Nacht online, bittet sie innerlich. Das muss jeder sehen. Loths Blut fließt schnell. Sie ist ganz klar. Ihr Mund fühlt sich frisch an. Pfefferminzlikör. Und der

Stift in der Hand gibt Halt. Noch ein Schriftzug und noch einer. So schade, dass keine Steine mehr da sind. Sie rennen weiter. Immer zusammen. In einem Pulk. Manchmal streift Ben Loths Hand. Das fühlt sich besser an, als ihn zu küssen. Das ist gerade ihre Stadt.

Neunzehn. Dreißig

Der Abstieg ist leichter. Weil die Hände ineinanderliegen. Elija ist abgestützt. Auf Noas Schulter und auf Loths. Elija muss nur die Füße absetzen. Noa zeigt ihr die Felsbrocken, auf die sie sie stellen kann. Und Loth fängt Elija ab, wenn sie strauchelt. Zu dritt geht es gut, wundert sich Noa. Sie hätte gedacht, dass sie so leichter fallen würden. Aber sie geben sich Halt. Der Sturm wird laut. Wirbelt Noas rote Haare in ihr Gesicht. Sie sieht schlecht. Loth sieht umso besser. Sie erkennt jede Unebenheit, warnt Noa. Die beiden sprechen sich ab. Und Elija fühlt sich nicht schwer an. Erdet sie. Ohne sie würden sie wegfliegen, denkt Noa. Elija schnauft so laut, dass Noa es sogar durch den Wind hören kann. Sonst ist alles rot. Die untergehende Sonne färbt die Umgebung ein. Grün gibt es nicht mehr an diesem Tag. Nur noch Schwarz und Rot. Und manchmal Braun. Zwischen den Steinen und zwischen den Bäumen. Elija spürt die Eule. Ob sie durch den Pullover auch das Rot sehen kann? Am liebsten würde Elija sie hervorholen, ihr den Sonnenuntergang zeigen. Aber was würden Noa und Loth sagen? Was, du hast die Eule geklaut? Wie alt bist du denn? Du weißt doch, dass man nichts klauen darf? Elija, du kannst doch nicht sagen, du hättest

die Eule gerettet. Das ist eine ausgestopfte Eule. Die gehört dir gar nicht. Wir bringen sie jetzt zurück, und du entschuldigst dich. Bei so etwas sind Noa und Loth sich immer einig. Da sind sie genauso wie die Eltern. Die verstehen auch nie, wenn Elija etwas retten muss, das ihr nicht gehört. Würde es ihr gehören, müsste sie es nicht retten. Dann wäre ja für das Etwas gut gesorgt. Versteht außer Elija niemand. Nicht mal Mio. Aber der muss von der Eule auch nichts wissen. Und Gerd? Elija stellt sich einen Grabstein vor. Für die Eule. Da steht dann drauf: Die Eule. Schon lange tot. Es denkt an dich: Elija. Und bestimmt auch Gerd.
Elija ist nicht sicher, ob das stimmt. Ob Gerd an die Eule denkt. Und an Elija. Vielleicht erinnert er sich nicht mehr an sie. Gerd ist schon immer vergesslich gewesen. Auch Elija weiß nicht mehr so viel von Gerd. Nur noch, wie seine Mutter Kakao kocht, Waffeln backt und dass Blau seine Lieblingsfarbe war. Dass er noch schlechter in Mathe war als sie und dass er viel mehr Angst hatte. Dass er nicht in den Keller gegangen ist und zu allem Ja gesagt hat, was seine Mutter wollte. Dass er nie wütend war und nie traurig. Dass er ganz anders war als Elija. Und sie weiß, dass sie nicht traurig ist, seine Telefonnummer nicht mehr zu haben.
Gibt es überhaupt Grabsteine, auf die so viel Text passen würde? Elija glaubt nicht. Stellt sich den Stein auf einmal anders vor. Klein und schlicht. Weiß. Vielleicht mit goldener Schrift: für dich, von mir.
Elija lässt die Eule, wo sie ist. Wenn sie beerdigt wird, ist der Himmel hoffentlich immer noch rot.

Neunzehn. Vierundvierzig

Dichte Wolken. Kein Rot mehr. Viel zu wenig Licht. Und der Wind. Ist kalt. Kühlt den Schwesternschweiß. Dass es an diesem Tag so kalt werden kann. Noa kann es kaum glauben. Vielleicht kommt noch der Regen. In dem will sie tanzen. Und nicht daran denken, dass sie mitten auf dem Berg sind.
Wie lange ist es her, dass sie zu dritt durch den Regen gewirbelt sind? Noa will die Frage nicht beantworten. Dann müsste sie einsehen, dass sie kein Kind mehr ist.
Die Hütte ist dunkel. Alle Lampen gelöscht. Die Sonnenschirme sind zusammengeklappt. Der Mitarbeiterparkplatz leer. Die Wirtin ist ins Tal gefahren. Nach Hause. Zum Ehemann. Oder zum kleinen Hund. Zu noch mehr ausgestopften Tieren und einem blau leuchtenden Fernseher. Noa klammert sich enger an Elija. Sie ist so schön warm. An Elijas Bauch ist etwas Hartes. Noa fragt nicht, was das ist.
Loth löst sich aus der Konstellation. Läuft vor zur Hütte. Gleich regnet es richtig, brüllt sie den Schwestern zu. Warum sind die immer so langsam?, denkt Loth, findet es im gleichen Moment nicht mehr schlimm. Die Hütte hat ein kleines Vordach. Das wird nicht schützen, wenn es hier in ein paar Minuten richtig losgeht. Loth läuft um die Hütte. Die Fensterläden sind verschlossen. Sie klopft, obwohl es sinnlos ist. Klopft noch mal. Ihr muss doch jemand aufmachen. Jemand muss doch da sein, der sie reinlässt. Was, wenn der Regen jetzt kommt?

Noa spürt den ersten Tropfen. Elija sieht das Himmelschwarz. Versteckt sich in Noas Armbeuge. Zusammen laufen sie zur Hütte. Dann prasselt es. Und unter dem Vordach wird es eng.
Loth klopft und klopft. Dann tritt sie gegen die Tür. Das lächerliche Schloss springt auf. Die Schwestern treten ein. Im Gasthaus ist es dunkler als draußen. Loth tastet sich vor. Noa und Elija stehen im Eingang. Elija streichelt die Eule. Nicht dass sie Angst bekommt.
Loth findet den Lichtschalter. Drückt ihn. Argwöhnisch schauen die Tiere von ihren Podesten, glotzen von der Wand. Noa schaut sie entschuldigend an.
Sie schließt die Tür hinter sich. Der Regen bleibt draußen. Prasselt auf das Dach. Hoffentlich ist es dicht, denkt Noa. Elija lässt sich auf eine Eckbank fallen, rollt sich zusammen. Will weiter dösen, so wie auf dem Gipfel. Mit so vielen auf sie gerichteten Tieraugen geht das aber nicht. Sie denkt an Mio. An das Duschen am Morgen. An das Einschlafen am Abend. An seine Kleidung, die er sorgfältig in den Schrank hängt, den Kamillentee, den er sich kocht. Seine Wärmflasche, die er braucht. Sein Schnarchen beim Fernsehen. Seine schlechte Laune, wenn die Nachrichten kommen. Die Federn der Eule haben Elijas Körpertemperatur angenommen.
Noa schleicht sich an den toten Tieren vorbei. In die Küche. Ist da noch etwas zu essen? In der Spüle stehen die Teller vom Nachmittag, die Gläser mit Kirschsaftspuren. Noa dreht das Wasser auf. Spült. Das ist das mindeste, was sie machen kann. Die sauberen Teller lässt sie abtropfen. Über Nacht werden sie trocknen.
Dann öffnet sie den Kühlschrank. Einige Flaschen Wein. Pakete mit Scheibenkäse. Manche mit Schimmel. Die anderen

noch eingeschweißt. Noa zieht eine Packung heraus, begutachtet sie. Reißt die Folie ab und riecht. Sie bekommt Hunger. Sucht Brot. Da ist ein großer Laib. Sie schnappt ihn sich.

Noa sitzt vor Akims Wohnungstür. Wartet. Mein Taxi ist so langsam, schreibt er. Sie lehnt sich an die Wand. Neben sich die volle Einkaufstüte. Das Grün der Möhren ragt heraus. Akim kommt früher von der Arbeit. Weil Noa ihn darum gebeten hat. Braucht doch länger, wie immer. Noa findet das nicht schlimm. Sie ist geduscht, riecht frisch. Sieht schön aus, findet sie. Viel Make-up. Die roten Haare offen und locker. Die Lippen natürlich und die Augen dunkler geschminkt. Akim mag sie am liebsten ungeschminkt. Noa mag sich am liebsten geschminkt. Oder nass. Im See schwimmend oder unter der Dusche stehend.
Dann rennt Akim die Stufen hinauf. Als er sie sieht, lächelt er. Sein Jackett hat er ausgezogen, sein weißes Hemd ist durchgeschwitzt. Sie will ihn kurz küssen, er klammert sich an sie. Atmet sie ein, den Frühling, das Duschgel, Noa. Dann schließt er auf, trägt die Tüte hinein. Noa schleppt sich in die Wohnung, lässt sich auf den Küchenstuhl fallen, sieht sich unsicher in der Wohnung um. Akim hat neue Bilder aufgehängt. Einen Miródruck und ein Foto von Noa. Da lacht sie. Da balanciert sie auf einem Baumstamm im Wald. Das Foto ist schwarz-weiß. In Schwarz-Weiß sieht Noa immer glücklicher aus. Ob Akim das aufgefallen ist? Er sagt nichts. Zieht seinen Anzug aus, geht ins Schlafzimmer. Noa schaut auf den Wasserkocher. Tee wäre gut. Dafür müsste sie aber aufstehen. Akim kommt in Gemütlichkeitskleidung zurück. Er ist erschöpft von der Arbeit. Kniet sich vor sie. Küsst ihre Finger.

Was ist?, fragt er. Und Noa zuckt nur mit den Schultern. Sie will ihm nicht von Herrn Pfeiffer erzählen.
Arbeit, sagt sie nur.
Er verdreht die Augen.
Sonst nichts?
Sie schüttelt ihren Kopf.
Er bettet seinen in ihren Schoß. Sie spürt, wie sehr er bei ihr ist, wie genau er sie fühlt. Wie gerne er ihren ganzen Körper haben möchte. Sie ist starr. Ihr Körper kann Akim nicht spüren. Ist er wirklich da?, überlegt Noa. Sie streichelt seinen Kopf.
Akims Hände fahren an ihr entlang. An ihren Beinen, dazwischen an ihrem Oberkörper. Noa muss nichts machen. Noa muss nur dasitzen. Seine Hände fühlen sich nicht nur wie seine Hände an. Eine Weile hält sie es aus, dann schiebt sie Akim weg. Seine Hände und die Haut der anderen.
Was ist?, fragt er.
Arbeit, sagt Noa. Lehnt den Kopf an die Wand. Schaut auf die Uhr, die tickt. Zum Glück. Schweres Ausatmen von Akim. Er steht auf, lehnt sich an den Herd, betrachtet Noa lange.
Ich habe mich auf dich gefreut, murmelt er matt.
Ich mich ja auch auf dich. Mehr ein Ritualsatz, merkt Noa beim Sprechen.
Hast du Hunger?, fragt er. Schaut in die volle Einkaufstasche.
Wir könnten Essen bestellen, fügt er hinzu. Ich habe keine Lust zu kochen.
Noa nickt.
Akim stellt den Wasserkocher an. Jetzt braucht Noa Grüntee, das weiß er.

Einige Minuten schwimmen die Teeblätter in der Tasse, dann fischt Akim sie heraus. Überreicht Noa die Tasse. Geht ins Bad. Beim Trinken hört Noa das Wasserrauschen.

Neunzehn. Fünfundfünfzig

Loth dreht am Radio herum, bastelt an der Antenne. Nur Rauschen, keine Musik. In der Stille wirken die Augen der toten Tiere lebendig. Loth will das nicht sehen. Will, dass es laut ist.
Sie findet keinen Sender. Kein Empfang. Im Kassettenfach steckt etwas. Loth drückt Knöpfe. Dann singt der Recorder endlich. Achtziger Musik vom Tonband.
Elija springt von der Bank. Steht zwischen den Tischen. Die toten Tiere schauen weg. Ihnen ist es zu laut. Noa schneidet Brot im Takt. Elija hört genau auf die Schläge der Musik. Dann tanzt sie. Egal, wie müde der Körper ist. Loth stellt so laut es geht. Die Musik durchströmt den Raum. Macht ihn warm und weit und weniger düster.
Noa schiebt sich die erste Ecke Brot in den Mund. Es schmeckt frisch, leicht. Sie braucht gar keinen Käse darauf zu legen. Loth bleibt beim Recorder. Schaut von da aus auf Elija. Wie sie tanzt. Wie fließend sie sich bewegen kann. Die Arme schmettert sie den toten Tieren entgegen, die Hüfte schwingt sie im Kreis, die Knie sind gebeugt, federn sie ab. Elija klatscht im Takt. Das Lied kennt sie. Jeder kennt das. Beim Kauen singt Noa mit. Verschluckt sich, hustet, kaut weiter. Singt laut, als der Mund leer ist. Das Lied wird rockiger. Mit den Füßen stampft Elija auf den Boden, klatscht die

Hände über dem Kopf zusammen. Sie kann hart aussehen, fest sein. Ein Widerstand für den Rhythmus. Noa weiß, dass dieses Lied sie gleich von der Tanzfläche werfen würde. Elija hält es aus. Bebt mit. Und die Tiere an den Wänden auch. Nichts hält Elija. Sie tanzt, sie schwingt.
Noa wippt ein bisschen mit, isst schnell eine Scheibe Käse. Noch eine. Dann steht sie auf. Trippelt zu Elija, tanzt. Unbeholfen und steif. Elija lacht, als sie das sieht. Loth auch. Aber Loth kann es nicht besser.
Elija hüpft zu Loth, schnappt ihre Hände, zieht sie in die Raummitte. Vorsichtig wippt sie mit den Knien. Schlenkert mit den Armen.
Elija dreht sich, wirbelt um die Schwestern herum. Loth schaut zu Noa, und Noa schaut zu Loth. Ein helles Lachen, dann legen sie den Kopf in den Nacken, drehen sich. Um sich selbst. Dann um die anderen.
Elija streckt die Arme aus. Bis sie mit den Fingerspitzen die Schwestern berührt. Noa hält inne. Will, dass die Fingerspitze an ihrer Schulter bleibt. Aber Elija tanzt weiter. Noa starrt sie an.

VON ZWANZIG BIS NULL

Zwanzig. Zwölf

Der Boden vor der Hütte ist nass. Feuchte Luft im Halbdunkel. Der Gipfel ist verhangen. Eingehüllt von Nebel. Der Wald riecht intensiver, nach dem Regen. An den Felsen schimmern die Tropfen golden. Irrlichter mitten in der beginnenden Nacht.
Der Wind treibt die Schwestern voran, hebt Noas Haar. Weht es in ihr Gesicht. Noa streicht es zurück, schließt die Tür der Hütte. Die Schwestern stehen draußen. Nah aneinander. Der Wind will zwischen sie. Noa zieht den Reißverschluss von Elijas Jacke hoch. Ihr Gesicht kann sie nur matt erkennen. Der Wind hat die Farben vertrieben. Alles in Sepia in diesem Moment. Als wäre er schon vorbei. Seit einigen Jahren. Als wären sie aus einem Album gestolpert. Noas Augen tasten Elijas Gesicht ab. Die Wangen noch warm vom Tanzen, die eng beieinanderstehenden Augen. Leuchten aus den tiefen Höhlen. Der Wimpernbusch, der sie beschützt. Elijas Augen sind viel heller als alle anderen, bemerkt Noa. Vorsichtig legt sie ihre Wange an Elijas, saugt ihren Geruch ein. Der Tanzschweiß, den Herbst. Elija riecht nach Abend. Noa schließt die Augen. Weil keine Haut so viel erzählt wie die von Elija. Noa hört zu.

Loth umklammert die Taschenlampe. Noch eine Weile wird es ohne gehen. Dann wird das letzte Tageslicht verschwunden sein. Der unbefestigte Pfad, das Laufen durch die Abgestorbenen. Loth denkt kurz, sie würde lieber blei-

ben. Doch dann bewegt sie sich schon. Dreht den Kopf zu den Schwestern.
Wir müssen los, haucht sie. Die Worte gehen im Wind unter. Elija nickt, riecht Noas Frühling, bewegt sich dann.
Der Wind nagt nur an den Anoraks. Dass es so kalt werden kann, wundert sich Loth. Ihre Hand legt sie in Noas. Noa hat nicht so rissige Haut wie Loth. Loth tut es leid, dass sie selbst so kratzig ist. Noa sagt nichts, scheint nicht zu bemerken, was Loth denkt.
Die dunklen Wolken schüchtern Loth ein. Was, wenn es noch mal regnet? Und dieses Sepia. Eigentlich mag sie alles in Sepia. Und alles in Schwarz-Weiß. Weil das nicht so offensichtlich: Heute!, schreit. Sepia ist ruhig, denkt Loth. In Sepia ist alles nicht so schlimm, da ist es nicht dramatisch. Da gibt es keine Farben, die nicht zusammenpassen. Da gibt es nur harmonisches Gelb und Braun und Rosa zusammengemischt. Das ist doch Abwechslung genug. Und die Kontraste sind nicht hart. Keine Linien. Eher Flächen, die sich aneinanderfügen. Das eine, das das andere ergibt. Nichts, was stört.
Das Sepia auf dem Berg ist anders. Aggressiv, findet Loth. Wie es ihr die Farben nimmt. Wie es ihren Körper zu nichts anderem als einem blassen Umriss macht. Loth muss fest gegen den Wind treten. Sie läuft als Erste, die Schwestern in ihrem Schatten.

Über das Berliner Straßenpflaster. Das ist schwarz, matt. Ausgetreten. Loth läuft langsam. Die anderen weit vor ihr. Sie kann nicht mehr rennen. Das macht der Körper nicht mit. Der hat nicht so viel Ausdauer. Irgendwo Polizeisirenen. Vielleicht wegen der eingeschlagenen Scheiben. Loth ist das egal. Niemand wird denken, dass sie etwas damit zu tun hat. Sie spaziert doch nur nett durch den Abend. In der Ferne biegen die Kameraden um eine Ecke. Ben dreht sich einmal nach ihr um. Dann ist er weg. An einer Bushaltestelle lässt Loth sich auf eine Bank gleiten. Der Körper streikt. Die Knie sind am schwächsten. Loths Knochen sind morsch. Wegen Vitaminmangel, sagt der Arzt. Der hängt ihr erst mal eine Infusion an, will sie in eine Klinik stecken. Seitdem geht Loth nicht mehr zu Ärzten. Was geht es die an, was in Loths Blut los ist. Loths Blut ist gut so, wie es ist. Bei dem ist geklärt, wo es herkommt. Ihr Blut fühlt sich wohl in Loths Körper. Das ist da, wo es hingehört, muss nicht durch irgendwelche Kulturgebiete fließen, in die es gar nicht gehört. Loths Körper ist ein Baum, denkt sie manchmal. Radikal heißt nichts anderes als verwurzelt. Sie lacht. So verwurzelt, dass es kein Wunder ist, dass das Laufen für sie anstrengend ist.

Loths Haut ist trocken. Die Großstadtluft macht, dass sie platzt. An der Hand. Dünnes Blut rinnt. Loth leckt es ab. Es schmeckt bitter.

Ihren Rücken lehnt sie an die Scheibe, schaut nicht auf den Plan. Weiß nicht, wann ein Bus kommen wird. Es ist ihr egal, sie will auch nirgendwo hinfahren. Auf ihren Schultern liegen einzelne Haare. Mit der Hand streicht sie sich über den Kopf. Mehr Haare lösen sich, liegen zwischen den Fingern. Loth lässt sie vom Wind aufpicken, schaut zu, wie er sie in den Abend treibt. Manchmal wacht Loth nachts auf und bekommt Angst. Vor den faulenden Zähnen, den losen Haaren, den brüchigen Knochen. Vor den kribbelnden Händen, vor dem dünnen Blut.

Da schreit ihr Körper. Ganz leise der Magen. Der traut sich

schon gar nicht mehr. Lauter die Gefäße, die Haarwurzeln, die Haut, die Gelenke. Und Loth sagt dann beruhigend: Ja, morgen gibt es wieder was. Morgen esse ich, versprochen. Wenn ihr mich jetzt schlafen lasst, dann esse ich morgen. Der Körper gibt Ruhe und lässt sie schlafen. Am nächsten Morgen ist das Versprechen vergessen. Und die Haare verlassen in Scharen den Kopf.
Loth braucht Alkohol. Neben einem Mülleimer steht eine angefangene Flasche Wein. Wie viele haben schon aus der Flasche getrunken? Unsicher greift Loth nach ihr. Öffnet sie. Der Wein riecht alt, verkommen. In ihm treiben ertrunkene Fliegen. Loth findet sie schön, die feinen Flügel ausgebreitet. Durchtränkt vom Wein. Noch glänzend. Die großen Augen starr. Keine Bewegung mehr für die Fliegen. Loth würde gerne trinken. Aber dieser Wein ist zu versifft.
Du siehst aus, als könntest du was Richtiges gebrauchen, hört Loth neben sich sagen. Eine junge Frau. Schwarzhaarig und schön. Intellektuellenschick, kurze Haare. Karomantel und Ledertasche, Tattoo am Hals. Alles glatt, alles poliert. Kein Haarausfall. Loth ist neidisch.
Die Frau hält Loth einen Flachmann hin. Also auch noch Intellektuellenprobleme, denkt Loth. Nimmt den Flachmann. Trinkt. Ohne vorher daran zu riechen. Es brennt im Mund. Scharfer Whisky. Der greift ihr Zahnfleisch an. Das ist offen, das blutet oft. Das tut verdammt weh. Scheiße, denkt sie. Und: Du willst mich töten, schreit sie der Frau ins Gesicht. In die rosa gemalten Wangen und die dunkel umrandeten Augen, in den geraden Pony. In alles, was an der Frau so niedlich und schlau aussieht.
Ich wollte nur nett sein, stottert die Frau. Wenigstens hat sie kein Selbstbewusstsein, denkt Loth. Wäre Loth eine un-

selbstbewusste Studentin geblieben, würde sie auch so aussehen. Vielleicht eine andere Frisur. Aber sonst. Dann wäre sie jetzt auch in Berlin und würde zu ihrer Freundin fahren und mit ihr kochen und lernen und über die Dozentinnen schimpfen. In einem Karomantel und bestimmt mit einem schlauen Tattoo. Irgendwas auf Latein oder Altgriechisch. Oder ein Spruch aus einer lustigen Serie. Loth würde vieles lustig finden.
Loth funkelt die Frau an. Warum hat sie so hässliche Augenbrauen, wie kann man solche Augenbrauen haben?
Du willst mich töten, brüllt Loth, kippt den restlichen Whisky in sich hinein und wirft den Flachmann auf die Straße. Es scheppert. Wann fährt das erste Auto darüber? Loth starrt den Flachmann an. Sie bittet das Getränk, sie so betrunken zu machen, dass sie nichts mehr merkt. Zwei Schlucke Whisky sind zu wenig. Vielleicht hat die Frau noch mehr dabei.
Hast du noch mehr?, fragt Loth.
Du bist echt total gestört, sagt die Frau. Nimmt Abstand. Sie beißt sich auf die Lippen, will bestimmt was sagen, wegen des Flachmanns. Traut sich nicht. Ist Loth egal. Sie braucht mehr Alkohol.
Sie steht auf, ihre Knie schreien. Loth kann darauf keine Rücksicht nehmen. Torkelt zu der Frau, stellt sich vor sie. Sie ist so viel kleiner als Loth. Loth packt sie. Mit festem Griff. Drückt die Fingerspitzen in die Schultern der Frau. Die atmet gegen Loths Brust. Will wegkommen, sich lösen. Die Frau schreit. Berlin kann taub sein. Die Frau schreit, wehrt sich. Loth kann stark sein.

Zwanzig. Siebzehn

Noa stiert auf den Boden. Die Ästchen, die Möglichkeiten, zu fallen. Das Aufrechtbleiben. Achtgeben auf Elija. Auf die kurzen Beine. Auf den kleinen Körper, der glaubt, alles zu können. Elija schnauft, stützt sich in Noas Armbeuge ab. Wo ihr Blick hingeht, kann Noa nicht sehen. Vielleicht in das Schwarz, das unterhalb des Berges lauert. Noa ist vorher nie aufgefallen, dass die Abende vom Tal die Berge hinaufkriechen. Erst unscheinbar, sich dann als Vorhang über dem Tag zuziehen. Ab und zu blitzen einzelne Strahlen durch den Abendstoff. Noch immer ist alles sepia. Alles gelb. Kurz denkt Noa: giftig.

Aber was kann giftig sein, wenn die Schwestern zu dritt laufen? Loth vorne und Loths Schulter nah an der von Noa. Und die verwebten Hände von Noa und Elija.

Noa tritt in eine Pfütze. An wenigen Stellen ist das Wasser noch nicht versickert. Der hungrige Boden hat den Rest des Schauers schon gierig verschlungen. Ins Berginnere gesogen. Durch die stabilen Wanderschuhe kommt das Wasser nicht. Kurz spritzt es Noas Bein hoch, dann ist sie schon weiter. Elija klammert sich an sie.

Im Bad steht Akim unter der Dusche. Lange. Nach der Arbeit braucht er das. Wäscht die Gedanken vom Tag weg. Benutzt dafür hochwertige Produkte, stark parfümiert. Die sind da effektiver, glaubt er. Noa hockt auf dem Boden, will nicht schon wieder duschen. Sie schnüffelt an ihrer

Haut. Ein bisschen Pfeiffer hängt noch dran, aber nicht viel. Akim wird ihn nicht bemerken. An der Duschkabine perlen die Wassertropfen ab, zerschellen beim Aufprall, rollen frustriert die Scheibe herunter. Dahinter: Akims Umrisse. Die dunkle Haut, ganz nass, die schwarzen Locken hängen schlaff vom Kopf. Kämpfen kurz gegen die Kraft des Wassers, lassen sich dann entspannt glattspülen. Taumeln vom Kopf.

Noa mag, wie fleckig Akim durch die Wassertropfen aussieht. Wie jemand, der ganz verästelt ist, jemand, der seine Haut abgezogen hat, nur mit offenen Organen dasteht. Jemand, der keine Schutzfolie braucht, jemand, der nackt dastehen kann und der sich lesen lässt. Wenn jemand ihn lesen möchte. Noa liest viel. Und Noa liest jedes Mal noch etwas Neues an ihm.

Noa überlegt kurz, sich doch auszuziehen und zu ihm zu klettern. Aber sie muss warten auf den Pizzalieferanten. Wann klingelt er endlich? Akim hat Hunger. Noa nicht. Noa ist noch satt vom Tag, der macht, dass alles verdorben schmeckt. Noa hat Vier-Käse-Pizza bestellt.

Akim stellt das Wasser ab. Die letzten Tropfen fließen das Glas entlang. Der Spiegel ist beschlagen. Noa öffnet das Fenster. Das Bad hängt voller Parfümschwaden.

Sie reicht Akim ein Handtuch. Er wickelt sich ein. Ist leise, geht zum Waschbecken, untersucht die Haut in seinem Gesicht. Sie sieht jünger aus als vor dem Duschen. So, als wäre der Tag für ihn nicht so schnell gegangen. Als wäre er nicht durch die halbe Stadt gebraust und hätte hier und da intensive Gespräche geführt. Kurz überlegt Noa, wie sie nach einem Arbeitstag aussieht. Schaut dann lieber nicht in den Spiegel.

Erzähl mir was, fordert Akim sanft.
Was denn?, fragt Noa.
Na, etwas von heute.
Ich stand in einer Pfütze, sagt Noa leise.
Was?, lacht Akim. Ich wusste gar nicht, dass man als Prostituierte auch Pfützen bedient.
Es klingelt an der Tür. Noa stürmt aus dem Bad, öffnet, lässt sich die Pizzakartons auf die Arme stellen.

Die feuchten Steine sind rutschig. Noa geht seitlich. Das ist sicherer für Elija und sie. Loth ist ein Stück voraus. Noa hat sie fest im Blick. Das Sepia wird matt.

Zwanzig. Vierundzwanzig

Loth beschleunigt. Die anderen beiden müssen schneller werden. Auch wenn es glatt ist, auch wenn es dunkel wird. Wenn die Dunkelheit die Schatten der toten Bäume zusammenknüpft. Zu einem Teppich. Den man nicht durchdringen wird. Irgendwo rufen die Eulen, rascheln Tiere. Hier gehören die drei nicht hin, denkt Loth. Aber wenn nicht die drei, wer sonst? Es ist doch ihr Totenwald, oder nicht?

Loth denkt an Berlin. An die schwarzen Haare der Frau. An ihre eigene Hand. Die krallt sich darein, kratzt über die Kopfhaut. Die ist ganz zart. Jetzt aufgerissen. Loth zieht die Hand raus. Unter ihren Fingernägeln Blut.
Nett findest du das, ja? Du bist erbärmlich. Meinst du, ich brauche irgendwas von jemandem wie dir, schreit Loth

direkt in ihr Gesicht. Spuckt dabei, die Frau will ausweichen. Ihr hübsches Schlauköpfchen dreht sie nach links, will weglaufen. Aber so leicht geht das nicht. Loth weiß, wie man festhält. Jemanden und die Zeit und alles, was weglaufen will vor ihr. Loth kann festhalten.
Die Frau schreit, und Loth lacht und schüttelt die Frau ein bisschen. Sieht zu, wie ihrer intellektuellen Überlegenheit übel wird. Was denkt sie sich wohl? Dass sie einfach so selbstgefällig an der Bushaltestelle stehen kann und Loth hereinlegen? Denkt sie denn, Loth merkt nicht, wie diese Schwarzhaarige sie einlullen will? Mit ihrem linksradikalen Einheitsbrei? Als ob Loth auf so was hereinfallen könnte.
Warum ist die Frau eigentlich schwarzhaarig?
Ist das deine echte Haarfarbe?, brüllt Loth.
Die Frau antwortet nicht.
Sag schon?! Was bist du für eine, dass du so schwarze Haare hast?
Loth denkt kurz an das Holocaust-Mahnmal.
Ein Bus kommt, überfährt den Flachmann. Der zerspringt unter den breiten Reifen. Der Bus öffnet die Tür. Loth muss loslassen. Blitzschnell hat Loth ihre Hände bei sich. Die Schwarzhaarige springt in den Bus, brüllt den Fahrer an. Er schließt die Tür. Loth winkt. Die Frau starrt durch die Scheibe. Loth schreit: Ins Gas!

Loth schaltet die Taschenlampe ein. Beleuchtet den Weg. Nacktschnecken sind unterwegs. Schleimen über die Steine. Würmer, auf die Loth tritt. Es ist wackelig. Sie wartet, bis die Schwestern wieder nah sind. Hakt sich bei ihnen unter. Jetzt können sie nicht mehr allein laufen. Loth spürt, wie Noa ihre Hand auf Loths Schulter legt. Die Finger haben fast kein Gewicht. Loths Arm steckt zwischen Elijas Oberarm und ihrem Bauch. Da ist es fest, da lässt sich nichts rütteln. Loth hängt im Konstrukt. Loth ist seltsam allein.

Ohne dass sie den Füßen Befehle gibt, läuft sie durch die Straßen. Die elend langen und breiten. Auf denen die Autos surren und schnaufen und Passanten grölen. Und niemand so leise ist wie sie. Die Fenster erleuchtet, und dahinter staut sich das Leben. Hinter den Scheiben stehen die Leute zusammen und kochen und trinken Wein, und Rentner schauen Fernsehen zusammen. Legen die faltigen Hände ineinander und beten gemeinsam für gute Unterhaltung. Die Fenster der Wohnungen sind gekippt. Damit man vor Harmonie den Lärm der Straße nicht vergisst, denkt Loth. Sie läuft allein. Vor ihr nur ihr Schatten. Lang und dünn. Wird mal von den Laternen gefressen und dann gleich wieder hinter ihr ausgespuckt. Loth ist der Schatten egal. Jemandem wie ihr kann eh kein Schatten gerecht werden. So ein eindimensionales, schwarzes Abbild. Loth läuft langsam, streunt. In der Hand eine große Flasche Whisky aus dem Späti. Darauf, dass sie Ben geküsst hat. Darauf, dass er fast zurückgeküsst hätte. Darauf, dass sie alleine streunt, durch Berlin.
Hier wohnt irgendwo Elija, fällt Loth ein. Aber wo? Sogar in dieser Straße, oder nicht? Loth hat Elijas Adresse für Notfälle. Wenn sie mal in den Toaster fasst oder den Bus vollsabbert. Was Behinderten halt so passiert, denkt Loth.
Sie legt die Hände an die Ohren. Ihr ist das alles viel zu laut. Wie kann es denn so laut sein, in nur einer Stadt. Hier machen sogar die Wände Krach. Loth hört, wie die Steine ächzen. Unter dem Gewicht. Sie halten schon so viele Jahre.

Seitdem der Krieg vorbei ist. Müssen die Wände so viel aushalten, die Mauern so viel tragen. Sie sind wie Loth. Eine wiederaufgebaute Ruine. Loth hat nicht um ein Geburtsjahr mit einer Neunzig drin gebeten. Loth konnte nichts dafür. Sie ist einfach in eine Zeit geboren, die nichts mehr Gutes hat, die auf nichts mehr Wert legt. Außer Klimaschutz und Sprechverbote. Sie will schreien. Sie hat keine Stimme. Großstadt macht stumm, merkt sie. Da können nur solche wie Elija rumlärmen und sich dann frei fühlen. Sich auf Bühnen stellen und auch noch beklatscht werden. Loth beklatschen zu wenige, findet sie. Obwohl das, was sie macht, viel wichtiger ist als ein bisschen Theaterspielen. Und wenigstens richtig.
Loth hätte nichts gegen ein Geburtsjahr wie 1910 oder so. Das würde doch viel besser zu ihr passen. Die Mode und alles und die Musik. Und die Mauern haben da sicher nicht so geächzt. Dieses Gestöhne der Mauern, das ist doch Erpressung, oder nicht? Die Mauern sagen doch: Wenn ihr so weitermacht, dann stürzen wir ein! Dann begraben wir euch unter uns!
Ich kann euch beim Einstürzen helfen, murmelt Loth, lehnt sich an eine Fassade. Die ist noch heiß vom Tag. Die bleibt aber stehen.
Beim Krieg habt ihr euch einfach so wegbomben lassen!, ruft Loth. Aber jetzt, wenn hier wirklich alles falschläuft, da bleibt ihr stehen und schaut zu. Ihr Verräter!
Loths Stimme ist rau, und ihr Körper zittert. Der gehört gar nicht zu ihr. Loths Körper ist schön und gesund. Weil gesunde Geister in gesunden Körpern wohnen. Loths Körper kann doch nicht klapprig sein.
Sie läuft weiter. Die Knie funktionieren ja noch. Die sind keine Wracks.

Sie stellt sich vor, wie sie aussehen würde, 1930 in Berlin, wie sie in einem Rock durch die Straßen gehen würde. Ganz gerade und mit kleinen Absätzen und hübscher Haut. Ungeschminkt und ohne Zahnschmerzen und mit Ben. Ben in einem Anzug, und der Abend viel schöner, und die Mauern, die ihnen zujubeln. Mauern, die stolz sind, dass Loth und Ben an ihnen vorbeilaufen. Die Vergangenheit muss doch ein sicherer Ort gewesen sein.
Loth schaut in den Himmel. Der wird nie dunkel. Auch nicht am Abend. Auch nicht in der Nacht.
Sie stellt sich vor, wie Ben im Anzug neben ihr steht, ein großes Stück Stoff in der Hand, mit dem er den Himmel abdeckt. Damit er schlafen kann und Nacht ist. Und dann könnte auch Loth schlafen.
Loth muss weiter. Wann ist diese Straße zu Ende? Und warum sind noch so viele Leute unterwegs? Warum jubeln die den Sommerabend an und sind bunt gekleidet und legen die Arme umeinander? Es gibt keinen Grund zum Feiern, findet Loth.

Zwanzig. Einunddreißig

Elija bleibt stehen. Der Weg wird steil. Der Gürtel aus toten Bäumen endet. Noa und Loth müssen auch anhalten. Fragen sie irgendwas. Elija antwortet nicht. Die Eule hockt in ihrer Bauchfalte. Die Eule hat kein Grab bekommen. Vielleicht passt sie doch gar nicht so gut zu den Toten, überlegt Elija. Sie muss sich entscheiden. Entweder jetzt schnell zu einem Abgestorbenen rennen, die aufgeweichte Erde auf-

graben und die Eule beerdigen. Oder sie noch eine Weile weitertragen. Weiter bis ins Tal. Oder bis nach Hause, bis nach Berlin. Sie Mio zeigen und Mio sagen: Das ist meine.
Und Mio angucken und ihn fragen: Willst du, dass das auch deine ist?
Und sehen, wie Mio nickt und Ja sagt, und dann zu einer Behörde gehen, damit Mio die Eule adoptieren kann. Eigentlich ist es ja Gerds Eule. Muss Elija erst Gerd fragen, ob Mio die Eule adoptieren darf?
Vielleicht nicht. Gerd hat sich ja nie mehr gemeldet, nachdem er von Elijas Bauch erfahren hat. Gerd geht das nichts an.
Elija streichelt die Eule. Noch ein paar Stunden, flüstert sie der Eule zu. Dann sind wir im Warmen.

Einundzwanzig

Noas Fuß knickt um, rutscht über die Wurzeln. Der Rücken prallt auf. Die Haut schrappt über Steine, platzt. Blut tröpfelt, glaubt Noa. Kann es nicht sehen. Es ist so dunkel. Es ist so sehr Nacht und der Waldboden kühl. Und der Himmel zu verhangen für Sterne.
Und Noas Kopf schlägt auf den Boden, auf die Haut des Berges, und sie hört das Pochen. Der Berg und sein Herzschlag oder Noas Kopf und ihr Puls. Sie weiß es nicht genau, sie bleibt liegen. Schließt die Augen. Sieht nicht die Hände, die Elija und Loth ihr entgegenhalten. Sie lauscht der Berghaut. Dem Moosigen, das über dem Felsen liegt. Wie viele

Schichten hat dieser Berg, wie viel Erde, wie tief wandern die Wurzeln? Wenn Noa hier liegen bleibt, werden sich dann irgendwann die Wurzeln um sie herumschlingen? Dann wird sie eins mit dem Berg, dann gehört sie dazu. So wie sie eins wird mit den Körpern, die ihren berühren. Die Körper von Linus, Akim, von Herrn Pfeiffer. Der Berg atmet Noa ein. Saugt sie auf wie die anderen. Zu denen sie geht, weil es sie so glücklich macht. Weil es Noa so glücklich macht, wenn sie sich selbst spürt, durch die Körper der anderen. Wenn sie unverzichtbar wird, und auch, wenn sie weggeht, noch lange als Erinnerung bleibt. Und als Traum. Wenn sie hilft. Einem Linus, der sich nicht bewegen kann, und einem Herrn Pfeiffer, der sich bereit macht zum Sterben, und einem Akim, der müde ist von der Arbeit.

Akim liegt auf dem Bett, hat nichts an, und Noa wäscht sich die Hände. Das Fett von der Pizza bekommt sie nur mit Seife weg. Sie schaut in den Spiegel. Ihre Umrisse sind klar, glatt. Sind einfach da, und Noa lächelt sich an. Sie trocknet die Hände ab, geht ins Schlafzimmer. Setzt sich auf den Hocker neben dem Kleiderschrank. Darauf hat Akim seine Kleidung gelegt, sein Jackett, die Anzughose. Das verschwitzte Hemd ist in der Wäschetruhe. Noa lehnt sich zurück. Der Stuhl ist hart, aber besser als ein viel zu weiches Bett. Als viel zu viel Haut von Akim. Er tut so, als würde er lesen. Hängt seine Augen in das schwere Buch. Seine Hände können es kaum halten. Noa überlegt, wie lange er schon daran liest, schmunzelt.
Akim tut so, als würde er nicht erwarten, dass Noa endlich zu ihm kommt. Dass sie ihre Kompliziertheiten endlich ablegt, dass sie einfach ist und frisch und plappert. So wie

manchmal. An Tagen, an denen sie nur in der Kantine arbeitet. An denen sie Rechnungen schreibt und an die Eltern Schwerstmehrfachbehinderter schickt. An denen sie die Umschläge ableckt und zuklebt und dann hofft, dass das Geld schnell überwiesen wird. Tage, an denen sie Vorträge hält und sich beschimpfen lässt von Konservativen. Tage, an denen sie zu Behörden muss und zum Gesundheitsamt. An denen sie das Prostituiertenschutzgesetz studiert und sich über Ungerechtigkeiten beklagt. An denen sie fröhlich ist und eigentlich sagen will: Ich habe einen neuen Klienten. Es dann aber lässt, und Akim nur sagt: Ach, ich habe einfach gute Laune.
Noa schaut ihn an. Seine gerunzelte Stirn, sein markantes Kinn, die Haare, die trocknen. Sich wieder zu Locken drehen. Die Brille auf seiner Nase, zum Lesenvorgeben.
Plötzlich legt Akim das Buch weg, nimmt die Brille ab, setzt sich auf, schaut sie an.
Was ist denn?, fragt er scharf.
Nichts, sagt Noa. Nur meine Arbeit.
Du solltest das nicht machen, wenn dich das belastet.
Mich belastet das nicht.
Aha, sagt er skeptisch, dann: Wenn du nicht mit mir redest, kann ich dich nicht verstehen.
Wenn du mir nicht zuhörst, kann ich nichts sagen, denkt Noa nur. Zieht die Füße auf die Sitzfläche und schaut ihn an. Denkt daran, wie sie sich kennengelernt haben.
Wie er in die Kantine kommt und sie ihm Fischfilet verkauft. Wie er sie anlächelt, wie sie nicht zurücklächeln kann, in dieser Atmosphäre. Wie er ihr seine Nummer gibt. Obwohl er glaubt, dass sie dumm ist, weil sie in einer Kantine arbeitet. Wie sie ihm schreibt und sie über einen Antikflohmarkt ge-

hen und sie sich eine hübsche Messingdose kauft, für Haarnadeln, und er sich wundert, dass sie so viel Geschmack hat, bei so einem Job. Wie sie ganz viel lacht und frisch ist und positiv und wie er auch auf einmal lacht, obwohl er gejetlaggt ist. Obwohl er nicht weiß, wie er umgehen soll mit dieser Noa, die so besonders ist. Besonderer, als sie denkt. Die strahlend ist, obwohl sie sich blass findet. Warum kann sie sich nicht mal mit seinen Augen sehen, fragt er sich und will sie auf eine Waffel einladen.

Aber Noa bezahlt selbst. Noa kämpft für sich allein, das merkt er schnell.

Wie er für sie kocht an einem Abend und sie von ihrem Studium erzählt. Von Germanistik und Geschichte, von Sprechwissenschaften und frühkindlicher Bildung. Von Exmatrikulation und Reisen durch Ostasien. Da ist er auch oft, zum Arbeiten. Wie sie ein bisschen schmatzt beim Essen und unsicher an den Nägeln knibbelt, wenn er sie lange ansieht. Wie sie seine Augen abtastet mit ihren und wie er sie schöner und schöner findet. Die roten Haare. Die facettenreiche Iris. Solche hat sonst keine, weiß er.

Wie er sie küsst und sie ihm irgendwann erzählt, was ihre Arbeit ist. Und dass sie die Arbeit liebt und sich dafür entschieden hat und dass das das einzig Richtige für sie ist. Auch, wenn es manchmal schwer ist. Und er tolerant tut und sie ihm das glauben will. Wie er nachfragt, aber nicht hören will. Wie er Noa für sich will und wie er Noas Erklärungen nicht glauben kann.

Wie sie sich plötzlich immer öfter sehen und irgendwann zusammenziehen wollen. Aber so unterschiedliche Budgets haben, dass sie sich auf keine Wohnung einigen können. Wie sie Urlaub machen an der Ostsee. Wie sie Elija besuchen in

Berlin, wie sie zu Noas Eltern fahren, in die kleine Stadt. Wie die traurig gucken, wenn Noa Loth erwähnt.
Ich kann dir was vorlesen, schlägt Akim vor.
Wenn du willst, murmelt Noa und schaut wenig begeistert auf das schwere Buch.
Oder wir gucken eine Serie, fährt er fort.
Noa schüttelt den Kopf.

Einundzwanzig. Zehn

Alles in Ordnung?, fragt Loth Noa und leuchtet Noas Körper mit der Taschenlampe ab.
Noa nickt. Bin nur ausgerutscht auf einer Schnecke, haucht sie.
In der Nacht muss man leise sein, findet sie. Die Nacht gehört den Tieren auf dem Berg. Die will sie nicht vertreiben. Da schleichen doch sogar Wölfe durch den Wald.
Loth horcht. Nichts außer dem Knistern der Äste unter ihren Füßen. Der Wald schweigt. Der Wind hat sich gelegt. Loth hört ihren Atem. Wie er rasselt. Fast wie der von Elija. Die Nacht ist kalt, und die Feuchtigkeit kriecht in die Knochen. Sie könnten überall sein, findet Loth. In einer anderen Zeit, in einem anderen Land. In dem Land, von dem sie so oft träumt. Das Land, das nur aus schweigenden Wäldern besteht. In dem keine Menschen sind, die stören. Ein Land, das den Wölfen gehört.
Loth heult auf. Schrill wirft sie ihre Stimme den Wölfen entgegen. Jault.
Legt die Hände um den Mund, als Verstärker. Das ist der

Weckruf. Das ist der Weckruf für eine neue Zeit. Für eine Zeit, in der es um was anderes geht als Behindertentheater und Ökojeans.
Loth lauscht. Kein Wolf antwortet. Das Rudel wartet woanders. Sie muss es finden, geht schneller. Lässt die Schwestern los. Die sind nicht mehr ihr Problem in der anderen Zeit.
Sie weiß, dass Elija beinahe nicht zur Welt gekommen wäre. Dass die Mutter geweint hat, als sie von der Trisomie erfahren hat. Und der Vater auch. Und dass sie sich dann doch für sie entschieden haben. Loth versteht nicht, warum. Damit sie Freikarten fürs Theater kriegen vielleicht, oder mitleidige Blicke von Nachbarn. Und eine vergünstigte Busfahrkarte. Vielleicht haben die Eltern deshalb noch zwei Kinder bekommen. Immer mit drei Jahren Abstand. Damit sie nicht alleine sind mit dem behinderten Kind. Damit sie Hilfe bekommen von den Kindern. Zwei Kinder, die zusehen müssen, wie sie groß werden. Die Eltern sind mit der Ersten ausgelastet. Und wenn die anderen sich von der Ersten was abgucken, sind die Eltern nicht zufrieden. Sagen: Spinn nicht rum. Sobald die Erste aber was macht, was für die anderen normal ist, jubeln die Eltern und sind stolz auf sich. Notieren das als Erfolg. Und egal, was für schöne Bilder die anderen malen, wie gut sie singen, wie gut die Noten sind, nie ist das so wichtig, wie dass die Erste endlich alleine zur Toilette gehen kann, sich anzieht, Fleisch kleinschneidet.
Vielleicht ist Noa deshalb so kaputt, überlegt Loth. Noa ist eine Perverse geworden. Eine, die diese Gesellschaft duldet. Aber diese Gesellschaft hat ja sogar ein Herz für Schwule. In Loths Land wäre kein Platz für solche wie Noa und auch nicht für ihre Klienten.

Loth findet, dass sie die Einzige ist, die auf dem richtigen Weg ist. Nur die Eltern finden das nicht. Sind immer überfreundlich, wenn Loth sich meldet. Schicken ihr Bücher: Leben mit Jesus. Und: Feiert die Schöpfung! Und all so was. Naive Texte über Wunder und Liebe und darüber, dass alle gleich sind. Gutmenschen, über die Loth lachen muss.
Manchmal liest Loth die Bücher. Übergibt sich dann. Und kann vor Wut nicht schlafen.
Damals, als Loth noch die Bunthaarigenmeinung hat und mit Pappschildern vor dem NPD-Büro demonstriert, da schenken die Eltern ihr nicht solche Bücher. Da drücken sie ihr fünf Euro in die Hand, damit sie sich nach der Demo ein Eis kaufen kann. Damit sie mit den anderen Bunthaarigen in den Stadtpark geht und sich die Sonne auf den Bauch scheinen lässt.
In der Zeit sind die Eltern stolz und machen ständig Fotos von den drei Mädchen.
Als Loth dann studiert, die neuen Freunde hat und an Weihnachten erzählt, was sie jetzt denkt und was sie weiß und was die anderen nicht wissen. Da lacht Noa unsicher, und die Mutter schaut betreten, und der Vater weint. Wahrscheinlich wie damals, als Elijas Gendefekt diagnostiziert wurde.
Und die Mutter schimpft und will Loth rauswerfen. Und ist wütend und wirft sich vor, an allem schuld zu sein. Und der Vater beruhigt sie. Hält eine Geschichtsstunde ab und lügt und lügt und weiß nicht mal, dass das alles nicht stimmen kann, was er sagt. Loth lacht, und der Vater zeigt ihr Holocaust-Bilder. Da lacht Loth noch mehr.
Die Mutter überlegt, nie mehr Weihnachten zu feiern. Ostern ist ihr eh wichtiger.

Loth läuft, und Loth findet das alles so scheinheilig. Diese Eltern, die sie anrufen und belehren wollen, ihr kein Geld mehr geben. Denn das steckt Loth in die Kasse der patriotischen Hausgemeinschaft. Eltern, die sagen: Wir wollen das Beste für dich, und das Gegenteil machen. Eltern, die herumdrucksen, wenn sie nach Loth gefragt werden, aber strahlend erzählen, wenn es um Elija geht.
Es ist zu still. Dieser Wald. Die Wölfe müssen ihr antworten. Loth heult noch mal. Diesmal mit einer Kraft, die fast ihre Stimmbänder zerreißt.
Loth denkt an die Ausstellung im Museum. Über Euthanasie. Über Leute wie Elija, die getötet wurden. Damit das Blut rein bleibt.
In Loths Familie ist das Blut nicht rein. Nicht mal das von Loth. Da fließt doch das gleiche wie in Elijas Adern. Das weiß sie, und das hält sie nicht aus. Auf einmal kann sie den krummen Körper von Elija nicht mehr ertragen. Diesen Körper, der immer noch grinst, auch wenn sie durch den Nachtwald humpelt. Den Körper, der jeden streicheln will und alles lieb hat. Den Körper, der irgendwas geklaut hat und es unter dem Pullover versteckt. Loth bekommt keine Luft, wenn sie so nah an Elija ist. Sie muss von dem Berg. Weg von den Schwestern. Der Tag ist zu lang. Die Schwestern gehen zu langsam. Warum heben sie ihre Füße so müde? Als wären sie gerade aus dem Arbeitslager gekommen. Sie wollen wohl hier oben bleiben. Auf den Sonnenaufgang warten. Das kann Loth nicht. Loth löst sich, Loth beschleunigt. Loth leuchtet sich ihren Weg. Die Schwestern bleiben im Dunkeln.

Einundzwanzig. Vierzehn

Elija drückt sich enger an Noa. Die Dunkelheit kommt ihr nah. Schluckt die Wurzeln vom Boden, die Nacktschnecken. Blendet die Bäume aus. Elija ist allein. Nur die Punkte, an denen sie sich an Noas Haut drückt, an denen die Eule den Bauch wärmt, sind verortet. Sonst weiß Elija nicht, wo sie ist. Auf einem Berg oder in einer Nacht, die nicht mehr aufhört. Elija spürt ihr Herz schneller schlagen. Hört das Blut durch die Gefäße rauschen. Etwas in ihr macht sich bereit. Nur für was, weiß Elija nicht. Was, wenn sie jetzt verschwinden würde? Einfach nicht mehr da wäre, in dieser Nacht? Wenn es hell würde ohne sie? Elija klammert sich an Noa. Stiert auf das Licht und auf Loth. Die werden unsichtbar. Elija sieht nichts mehr. Vielleicht ist sie ja schon weg von der Erde. Vielleicht wird es alles dunkel, und dann ist es vorbei, und das Blut pumpt noch einen Moment weiter. Elija streichelt die Eule. Schluchzt kurz. Die Eule hat kein Grab bekommen. Eigentlich müsste jetzt ein Schein kommen, auf den Elija zulaufen kann. Aber es kommt keiner.
Also ist Elija am Leben.
Keine Angst, flüstert Noa. Sie ist wütend, hört Elija heraus. Ihre Stimme bebt. Aber sie schreit nicht. Sie ruft nicht: Loth, du Idiotin! Noa streichelt Elijas Hand.
Wir schaffen das auch so, murmelt Noa. Und Elija weiß, dass ihnen nichts anderes übrig bleibt.

Elija blickt in die Scheinwerfer. Die schlucken das Publikum. Elija sieht nur das Licht. Mehr braucht sie nicht. Ihr Körper bebt. Zittert, in ihm pulsiert es. Sie ist still, steht, starrt. Das Cello spielt, packt ihren Körper, sie widersteht. Muss die Musik aushalten. Dann klingt es aus. Der letzte Ton wabert über die Bühne, schwingt zu Elija, gleitet in den Zuschauerraum. Dann ist es ruhig. Und Elija sammelt Luft. Lockert die Lippen. Die sind immer zu angespannt. Einmal noch denken müssen. Bis die Worte da sind. Bereitstehen in der Schlange. In der Mundhöhle wird es eng, sie wollen raus.

Elija öffnet die Lippen, die Augen schließt sie. Steht wie eine Skulptur da. Ein bisschen sieht sie sich von außen. Sie spricht: Und da brachte Hagar Ismael auf die Welt. Denn Ismael bedeutet: Gott hört. Und aus Hagar kommt ein Volk. Das nennen manche das Volk der Wilden. Das Volk der Barbaren. Das Volk der ...

Elija bricht ab, öffnet die Augen. Saugt das Licht aus den Scheinwerfern, es reflektiert in ihren Augen.

Und ich bin Hagar, Mutter der Wilden, Mutter der, die ihr Barbaren nennt. Ich bin Hagar, Mutter derer, die leben. Derer, die tanzen. Ich bin.

Die Scheinwerfer blenden ab. Plötzlich. So dass es in Elijas Augen nachblitzt. Durch ihren Körper geht. An die Stelle, an die Kassandra die Zeichnung gemacht hat. Elija muss nicht ihre Hand dahin legen. Elija muss nicht traurig sein. Elija lächelt der Stelle einmal zu.

Das Publikum ist ruhig. Zwei Sekunden oder drei. Die Luft zum Schneiden gespannt. Die Dunkelheit warm wie ein Mantel. Kein Atmen, nur Aushalten. Nur Hagar.

Die verabschiedet sich von Elijas Körper, ganz leicht. So

dass Elijas Körper wieder locker wird, die Spannung verliert, nicht mehr zittert.
Dann der Applaus. Donnernd dringt er auf die Bühne. Die Lichter wieder an. Sie scheinen nicht harsch. Hüllen Elija ein. Sie muss golden aussehen, glaubt sie.
Elija schaut ins Publikum, zu den wirbelnden Händen. Zu den Gesichtern, noch angespannt. Die weicher werden, je länger sie klatschen. Lange atmet Elija aus. Ruhig und nicht raschelnd. Wartet auf den Musiker. Gemeinsam treten sie an die Rampe. Die Hände ineinander. Verbeugen sich. Elija strahlt.
Mit den Augen sucht sie das Publikum ab. Nach Mio. Der steht auf dem Stuhl, wedelt mit den Händen über dem Kopf. Die Sozialarbeiterin will ihn herunterziehen. Aber er bleibt, wo er ist. Elija küsst ihre Hand, wirft ihm den Kuss zu.
Mio will fangen, lehnt sich vor, fällt. Elija lacht. Die Sozialarbeiterin verdreht die Augen.
Elija verbeugt sich wieder. Diesmal mit Kassandra an der Hand. Mit ihrer dünnen Haut zwischen Elijas glühenden Fingern. Als sie wieder hochschauen, steht Mio auf dem Stuhl. Elija jubelt ihm entgegen. Dann ein Blick zu Kassandra. Direkt in ihre Augen.
Ich bin stolz auf dich, Elija, sagt sie und lächelt.
Kannst du auch sein, antwortet Elija. Kann auf einmal nicht anders und küsst Kassandra auf die Wange.

Der Wald ist nicht mehr ganz so dunkel, findet Elija.
Weil sich deine Augen daran gewöhnt haben, haucht Noa.
Kurz vor den Fußspitzen wird ein Stück Boden erkennbar. Sie sind also doch auf dem Berg und nicht im Jenseits. Elija ist erleichtert. Tritt ein Stück vor, will Noa führen. Noa traut

sich nicht. Noa sieht gut im Dunkeln, besser als Elija. Aber Noa hat mehr Angst. Vor den unebenen Stellen, vor dem Fallen, vor dem Aufschlagen auf dem Grund. Davor, zu merken, dass sie nicht in diesen Wald gehört. Noa weiß, dass Elija sich solche Gedanken nicht macht.
Vorsichtig macht Noa einen Schritt. Setzt den Fuß behutsam auf, steht sicher.
Na komm, sagt Elija, klingt dabei wie die Mutter.
Noa lächelt. Noa macht den nächsten Schritt.

Zweiundzwanzig. Zwei

Loth rennt, stolpert, strauchelt, fängt sich wieder. Läuft weiter. Die Taschenlampe hält sie nah vor den Füßen. Beleuchtet nur den nächsten Schritt. Der Rest bleibt im Dunkeln. Sie ist schnell. Die Knie schreien, wollen nicht weiter. Wollen liegen oder stehen. Der Magen will Essen. Er wird es nicht bekommen. Er hat heute schon genug gekriegt, denkt Loth. Rennt schneller, bei dem Gedanken an Kaiserschmarrn.
Loth weiß nicht mehr, wo sie ist. Nur dass der Weg steil nach unten geht. Sind sie genauso steil nach oben gegangen? Loth ist sich nicht sicher. Aber es gibt noch den anderen Weg auf der Karte. Doch der führte ganz anders um den Berg herum. Loth hat keine Zeit nachzudenken. Loth geht weiter.

So wie auch nie wieder Farbe in ihre Haare kommen wird. Jetzt wäscht sie sie aus. Wirklich zum letzten Mal. Sie wird nicht noch einmal versuchen, wieder in den alten Freundeskreis hineinzukommen, wird nie wieder große rote As irgendwo hinschreiben mit einem Kreis drum, wird nie wieder versuchen dazuzugehören. Sie wird nicht noch mal wochenlang auf ihrem Bett liegen und einsam sein und dann entscheiden, es mit den bunten Haaren noch mal zu versuchen. Loth ist neunzehn. Die Farbe läuft vom Kopf direkt in den Abfluss, schlängelt sich dort die Kanalisation herunter. Grün und Lila und ein bisschen Rot, ein Punkt Schwarz. Alles nur mit auswaschbarer Farbe. Als hätte Loth gewusst, dass diese bunte Phase nicht lange halten würde. Dass sie eigentlich schon eine andere ist. Die Haare hängen nass vom Kopf. Sind wieder braun. Stumpf und ohne jeden Glanz. Zu oft gefärbt, zu oft irgendwas aufgezwungen, was Loth nicht ist.

In Loths Zimmer stehen die gepackten Kisten, und morgen geht es endlich los, in das richtige Leben. Das Leben als Studentin. Das Leben in Leipzig. Weit weg von zu Hause. Ohne Eltern, die alles überblicken, ohne Schwestern, die nerven.

Seit Noa drei Jahre vor Loth Abitur gemacht hat und ausgezogen ist, telefonieren sie eigentlich einmal in der Woche. Aber in letzter Zeit geht Loth nicht mehr ran. In letzter Zeit betrachtet sie nur noch das Display, wenn das Handy klingelt. Und wenn da steht: Noa ruft an, wird Loth ein bisschen wütend.

Abends bekommt sie dann nervöse Nachrichten von Noa.

Loth, ist alles okay? Melde dich mal. Ich weiß gar nicht, wie es dir geht. Ich denke an dich.

Oder: Huhu Loth, hast du morgen Zeit zum Telefonieren? Ich will mal wieder dein schrilles Stimmchen hören. Kuss, Noa.

Und einmal: Du, Loth, ich habe gerade mit den Eltern telefoniert. Die waren total fertig, nach eurem Telefonat. Ich

glaube, da gab es ein Missverständnis zwischen euch. Magst du mir sagen, was los ist? Ich würde mich freuen, wenn du mit mir sprichst. Bei mir gibt's auch Neuigkeiten. Würde ich dir gerne in Ruhe erzählen. Deine Noa.
Loth wird eine andere sein in Leipzig. Eine erwachsene, verantwortungsvolle Person. Eine, die nicht immer Krawall machen muss, eine, die alles durchblickt, was passiert, und dann in Ruhe nachdenkt und Bücher liest. Eine, die den ganzen Tag in der Bibliothek hockt und schlau aussieht.
Loth dreht das Wasser ab. Ihr Haar ist sauber. Nicht samtig, sondern brüchig. Vielleicht geht sie in Leipzig erst mal zum Frisör.
Loth steigt aus der Dusche, betrachtet sich in der beschlagenen Scheibe. Ihr Gesicht kann sie kaum erkennen. Sie zeichnet mit dem Finger ihre Umrisse auf das Glas. Sie ist nur eine Fläche, denkt sie. Loth will die Fläche beschreiben, in Leipzig.

Beim Rennen lacht Loth schrill auf, als sie an sich als Neunzehnjährige denkt. Wie naiv sie noch war, vor zehn Jahren. Wie wenig sie wusste und wie wenig sie über sich verstanden hat. Loth weiß, wie gerne sie damals in die Zukunft geschaut hat, wie viel sie sich erwartete von allem.
Was erwartet Loth jetzt?, überlegt sie und rennt weiter. Manche Fragen beantwortet sie nicht mehr.
Loth bleibt stehen. Ist hier nicht irgendwo die Kapelle? Müsste die nicht langsam auftauchen am Wegesrand? Loth leuchtet umher, streift die Bäume, die Gräser, die Steine, über die sie stolpern könnte. Da ist ein Gebäude, oder nicht? Loth läuft ein Stück in die Richtung, hält die Lampe so, dass die Ferne erhellt wird. Die Nacht schluckt den Schein

nach wenigen Metern. Mit der Hand sichert sich Loth an den Bäumen ab. An der Rinde, der rauen.
Der Wind weht wieder auf. Kurz denkt Loth an die Schwestern. Dann fallen ihr Noas Katzenaugen ein. Loth geht weiter. Näher an die schwarzen Umrisse. Ist das das Gebäude oder eine Felswand? Der Himmel ist verhangen. Loth leuchtet empor. Das Licht verliert sich.

Loth denkt daran, wie sie nachts auf dem Campus steht in Leipzig, und merkt, dass das Fach nicht das richtige ist. Dass sie soziale Arbeit vielleicht doch nicht studieren sollte. Dass sie nicht verantwortlich ist für Leute mit Problemen. Auch nicht für Noa, auch nicht, wenn die Telefonterror macht.
Sie hockt sich auf die Steintreppe vor der Bibliothek und wird wütend auf die Bücher, die in den Regalen schlafen. Die kann sie nicht ertragen. Sie hasst die einfarbigen Cover, die langen Sätze und die Verweise nach jedem zweiten Wort. Loth mag ihren Laptop. Sie nimmt ihn von den Bibliotheksstufen und stellt ihn auf ihre Knie. Es ist Sommer in Leipzig. Und die Studierenden, die Freunde haben, trinken Bier. Sind etwas laut. Loth guckt böse zu ihnen herüber. Tut so, als würde sie sich konzentrieren auf etwas. Genervt zieht sie die Kopfhörer aus dem Stoffbeutel, verbindet sie mit dem Laptop, verstopft damit die Ohren. Dann spielt sie das Video ab. Von dem Österreicher. Der Lügen aufdeckt, wie er sagt. Loth ist manchmal nächtelang wach und hört ihm zu. Er hat einen Akzent, den sie mag, und eine Freundin aus Amerika und wird vom Verfassungsschutz beobachtet. Ab und an wird seine Wohnung durchsucht. Verdacht auf Gründung einer kriminellen Vereinigung. Er lacht darüber.

Und Loth lacht darüber auch. Loth findet ihn nett und findet ihn intelligent. Er glaubt nicht einfach das, was andere sagen, was die Medien behaupten. Die Mainstreammedien, die alles kaputt machen wollen, was schön ist. Die immer noch etwas finden, was sie negativ darstellen können. Die immer nur traurig sind wegen allem und erschüttert und die so tun, als müsste man sich schämen den ganzen Tag. Als wäre jeder Einzelne schuld an dem, was in der Welt passiert. Der Österreicher weiß viel besser, was in der Welt vor sich geht, als all die anderen. Die anderen, die Loth vorschreiben wollen, wie sie ihr Leben zu leben hat. Was wichtig ist und richtig. Kurz überlegt Loth, was das genau ist. Was dieses Richtig sein soll, was der Österreicher immer betont. Ihr fällt es nicht ein. Sie muss noch ein Video gucken von ihm. Vielleicht verrät er es da.
Loth hat Hunger. Ist hungrig auf seine Worte, auf seine Stimme. Auf das Leben, das er hat. Er geht zum Ball mit seiner Freundin. Die ist so schön. Und die ist Antifeministin und postet jeden Tag ein Bild. Schreibt: richtiges Mädchen daneben und deutsche Mutter.
Der Österreicher mag keine Bunthaarigen. Gut, dass alle Farbe aus Loths Haaren gewaschen ist.
Loth klappt den Laptop zu. Es wird kalt am Abend. Sie steht auf. Sie zieht durch die Stadt. Schon wieder allein. Schon wieder mit niemandem außer dem Laptop unter dem Arm und dem Hunger im Bauch.

Zweiundzwanzig. Achtzehn

Der Lichtkegel tastet die Kapelle ab. Der Wind heult um ihre Ecken. Fegt über das Holz. Wann wird es wieder regnen?, überlegt Loth. Sie geht um die Kapelle herum. Zu der Stelle, an der der See zu sehen ist. Glatt liegt er da. Als schwarzer Spiegel. Tief und weit entfernt. Loth überlegt, wie kalt das Wasser wohl ist. Schaudert kurz. Der Wind zeichnet ihr eine Gänsehaut auf die Arme.
Die Bäume wiegen sich, die Äste flüstern. Bedroht ihr mich?, fragt Loth. Die Äste antworten nicht, wehen weiter. Wie viele wird das Unwetter heute Nacht von den Stämmen reißen, wie viele wird der Regen in den See spülen? Loth überlegt. Sie hat kein Gefühl mehr für Zahlen. Weil alle Zahlen in der Welt gelogen sind. Weil es keine Statistik gibt, die wahr ist. Loth hört auf nichts mehr anderes als ihre Wahrnehmung.
Loth betritt die Kapelle. In ihr rauscht kein Wind, in ihr ist es still. Die Heiligen schweigen. Es ist nicht warm. Kein Ort, an dem sie bleiben will, für länger. Sie setzt sich auf die harte Bank. Die drückt gegen ihre Knochen. Die Knie sind erleichtert. Die Knie wollen eine Pause. Loth streckt sie durch. Legt das rechte Bein auf die Bank. Unter der Kniescheibe pocht es. Vielleicht wächst ihr im Knie ein zweites Herz.
Loth denkt daran, wie sie damals vor wenigen Jahren in dem ehemaligen Rittergut steht.

In der Burg auf dem Hügel. Zur Sommerakademie der Patrioten. Wie der Wind durch die Mauern saust und es kalt ist. Draußen ist es brütend heiß, drinnen kann Loth nur frösteln.
Loth umklammert ihre Gitarre. Sie ist das erste Mal da. Das erste Mal bei Menschen, die so sind, wie sie, glaubt Loth. Gleich muss sie auf die Bühne, gleich nach dem Vortrag. Vom Verlegerehepaar. Die siezen sich. Weil sie das respektvoll finden. Ihre sieben Kinder rennen mit dicken blonden Zöpfen in den Fluren herum. Loth ist nervös. Kann kaum zuhören. Obwohl sie die Bücher interessieren. Bücher darüber, wie sehr man weiße Männer lieben soll, weil weiße Männer die Kultur erschaffen haben, Bücher über Genderwahn und über die jüdische Weltverschwörung, darüber, dass man den Deutschen nicht die Schuld am Holocaust geben darf.
Loths Herz pocht laut. Hinter ihr steht Ben. Den kennt sie aus Leipzig. Der hat sie mitgenommen. In seinem Auto. Eine Stunde Fahrt bis zum Rittergut.
Die Verlegerin hält das letzte Buch in die Höhe, und dann applaudieren alle. Jetzt muss Loth auf die Bühne. Loth ist nicht für die Bühne gemacht, merkt sie. Sie will nicht angestarrt werden, nicht so direkt. Loth ist das erste Mal hier, noch kennt sie niemand. Ben gibt ihr einen kleinen Stoß.
Jetzt bist du dran, sagt er laut.
Loth läuft zur Bühne. Die Gitarre hängt sie um den Hals. Darunter schlägt das Herz Alarm. Die Luft ist stickig. Zwischen den breiten Schultern, den gerade gezogenen Scheiteln kommt sie nicht durch. Ben bahnt ihr den Weg. Loth versucht zu lächeln, ist zu aufgeregt.
Loth betritt die Bühne. Die Verlegerin schüttelt ihr die

Hand. Sagt ins Mikrofon: Jetzt lernen wir Loth kennen. Loth ist neues Mitglied unserer Bewegung, und bevor Loth uns mit Gitarre und Gesang begeistern wird, erzählt sie uns etwas über sich.

Die Frau drückt Loth das Mikro in die Hand. Klatscht und grinst Loth schal an.

Loth nimmt das Mikro, umklammert es mit beiden Händen. Vielleicht gibt das Halt. Um Loth herum wird der Raum enger, die Luft dünner.

Die Erwartung aus dem Publikum peitscht ihr entgegen.

Es wird still. Alle schauen auf Loth.

Ja, also, fängt sie an. Erst mal möchte ich sagen, wie froh ich bin, hier bei der Sommerakademie auf dem Gut dabei zu sein. Vielen Dank an euch, sie deutet auf das Verlegerehepaar, dass ihr das organisiert. Wirklich, so tollen Input und so viele neue Gedanken habe ich in meinem Leben noch nie bekommen. Ihr müsst wissen, ich komme aus einer Familie, die dem multikulturellen Meinungsterrorismus erlegen ist. Meine Eltern nennen sich Christen und Humanisten. Aber sie sind genau das Gegenteil. Sie glauben, dass alle Menschen gleich sind und die gleichen Rechte haben. Außer eben wir, die Rechten. Als ich meinen Eltern gesagt habe, dass ich rechts bin, weil ich mein Land liebe und den Boden, auf dem ich aufgewachsen bin, dass das Völkische meine Heimat ist, da haben sie beide geweint. Meine Eltern sind keine bösen Menschen. Meine Eltern sind Menschen, die nicht verstehen, wie sie der Manipulation der Meinungsfaschisten und des Kulturmarxismus auf den Leim gehen. Mir war schnell klar, dass ich die Werte meiner Eltern nicht teilen kann. Meine Eltern halten sich für tolerant und liebevoll, weil sie meine behinderte Schwester nicht abgetrieben

haben. Aber ist es wirklich lieb von ihnen, dieses Wesen in einer Welt, in die es nicht gehört, vor sich hin vegetieren zu lassen? Ich glaube: nein. Und deshalb gab es für mich nur diesen einen Weg. Ich musste meine Familie verlassen. Jahrelang irrte ich umher. Ich wusste, dass so viel falsch läuft im Land. Dass wir regiert werden von Menschen, die unser Volk ausrotten möchten. Ich weiß, in welcher Gefahr wir leben. Und deshalb war ich umso glücklicher, als ich endlich von euch, von eurer Bewegung erfahren habe. Ihr seid mein neues Zuhause. Ihr seid meine Familie.
Applaus. Und Loth zittert nicht mehr. Loth legt die Hände an die Gitarre.
Und jetzt möchte ich euch ein Lied vorsingen. Dieses Lied ist verboten. Wie so vieles, was ich denke. Dieses Lied ist aus einer Zeit, in der die Deutschen noch Deutsche waren. Ihr kennt es bestimmt. Gerne könnt ihr mitsingen.
Loth schlägt den ersten Akkord an. Macht den Mund auf, singt.

Zweiundzwanzig. Vierzig

Ist da die Kapelle?, fragt Noa hoffend. Zeigt auf ein Stück noch dunkleres Schwarz. Elija schaut genau hin, erkennt es nicht. Vor ihren Augen ist alles fast gleich schwarz.
Noa riecht den See.
Ja, da vorne ist die Kapelle!, sagt Noa begeistert. Ist erleichtert, gleich auf der Bank sitzen zu können, den Sturm auf der anderen Seite der Bretter zu wissen. Einmal durchzuatmen.

Wann sind wir ganz unten?, will Elija fragen. Die Stimme versagt. Bringt nur einen Lautbrei hervor.
Noa reagiert nicht.
Verschlungen stehen die beiden nebeneinander. Elijas Arme an Noas Körper. Noas Körper an Elijas Armen. Elija humpelt. Sie ist umgeknickt.
Noa nimmt Elija Gewicht ab und Elija Noa Angst.
Wollen wir uns hinsetzen? Noa deutet auf die Umrisse des Gebäudes.
Elija nickt in die Nacht.
Aus der Kapelle sickert ein Lichtschein.
Elija denkt an die Kirmes. Daran, wie sie mit Mio von einem Karussell in das nächste springt, wie sie sich durchschütteln lassen. Wie sie so viele Süßigkeiten kaufen, bis das Geld alle ist. Wie sie sich eine Ausrede ausdenken, warum sie so viel ausgegeben haben. Im Geschichtenerfinden sind beide nicht so gut. Sie durchwühlen die Hosentaschen, bis sie noch ein bisschen Kleingeld finden. Das reicht für eine letzte Fahrt. Elija springt begeistert hoch. Beim Achterbahnfahren kann sie kurz die Erde verlassen.
Noa lehnt sich an das Holz. In der Kapelle atmet jemand. Noa hört das durch die Wand. Hält Elija fest, damit sie nicht eintritt.
Eine Lampe zeichnet Muster an die Wand der Kapelle. Die strahlen durch die Spalten zwischen den Holzplanken.
Vorsichtig schiebt sie ihren Kopf durch die Eingangstür, späht in den Raum. Rot flackern die Kerzen unter der Madonna, dem Jesus. Die Figuren werfen dünne Schatten.
Noa sieht Loth auf der Bank. Das ausgestreckte Bein. Von wegen Pietät, denkt sie wütend. Schaut auf den schlaffen

Lothkörper, auf den krummen Rücken, der an der Wand lehnt. Mit dem Gesicht folgt Loth den Lichtkegeln.
Noa denkt daran, wie Loth sich von den beiden losgerissen hat. Mit der Taschenlampe. Wie sie die beiden alleine gelassen hat. Noa möchte schreien. Sich auf Loth stürzen, sie einmal durchschütteln, sie anschreien. Noa hält still. Tritt leise in die Tür. Ihre Silhouette füllt den gesamten Bogen aus. Loth bemerkt sie nicht. Hat Loth schon vergessen, dass sie und Elija auch noch da sind? Dass sie zusammen gegangen sind? Noch vor einer Stunde oder zwei? Noa weiß nicht mehr, wie schnell die Zeit vergangen ist. Noa wartet. Noa hält den Moment. Wann bemerkt Loth sie endlich?
Der Wind schluckt die Geräusche, übertönt sie, trägt sie weit weg. Ob man woanders, weit entfernt, den Rasselatem von Elija hören kann?, überlegt Noa. Sie drückt sich ans Holz. Vielleicht lösen sich Splitter, rutschen unter ihre Haut. Irritieren das Gewebe.
Noa ist, als sähe sie Loth zum ersten Mal. Und das denkt Noa so oft. Das denkt sie, wenn sie Weihnachten feiern und alle angespannt um den Baum hocken. Wenn Ostern ist, und alle nur über das Grün reden und die Sehnsucht nach Frühling. Wenn sie Loth googelt und Videos findet, in denen sie Reden hält.
Wollt ihr nicht reinkommen?, sagt Loth auf einmal. Ohne hinzuschauen. Sie spielt weiter mit der Lampe.
Noa tritt ein, zieht Elija hinter sich her. Sie ist ganz still, betrachtet das rote Flimmern. Noa weiß, dass Elija Kerzenschein liebt.
Loth nimmt ihr Bein herunter. Dann können sich die anderen beiden auch setzen.
Elija geht zu der Marienstatue. Im rot flackernden Licht

sieht sie noch lebendiger aus. Wie jemand, der gerade gerannt ist, findet Elija. Wie jemand, der alleine ist und nichts hat außer dem Baby im Arm.
Elija streicht über die Eule.
Die hat kein Grab bekommen, murmelt sie der Maria zu. Vielleicht kann die was machen. Die hat gute Kontakte, glaubt Elija. Vielleicht auch zur Friedhofsverwaltung. Elija ist sich unsicher. Mit dem Katholischen kennt sie sich nicht so aus. Sie ist doch evangelisch. Da geht es so wenig um die Maria.
Mit dem Finger streicht Elija über die Statue.
Weißt du, Maria, ich brauche ein Grab für meine Eule.
Was ist los?, brüllt Loth Elija entgegen.
Ich rede nicht mit dir, antwortet Elija schroff. Hört, wie Loth ihren Kopf gegen die Kapellenwand fallen lässt.
Die Maria schaut genau wie eben. Die ist nicht mal genervt von Loth, wundert sich Elija.
Meine Eule braucht wirklich ein Grab, flüstert Elija leiser. Sie weiß, dass sie nicht deutlich sprechen muss. Sie wird doch auch so verstanden, oder nicht?
Keine Reaktion von der Madonna. Wie denn auch, sie ist ja aus Keramik. Das Einzige, was sie lebendig macht, sind die Schatten, der Kerzenschein, das Rot.
Wenn Elija die Kerzen auspusten würde, dann wäre die Maria nur eine Figur. Eine Figur mit ein bisschen Farbe und Gold um den Kopf. Vielleicht muss diese Figur ja gar nicht hier stehen. Die Kapelle ist doch viel zu groß für so ein Püppchen. Diese Kapelle ist doch für was anderes gemacht. Für die echte Maria. Und die ist gerade nicht da. Kapellen sind zum Beten und Marien zum Anbeten. Und Kerzen sind zum Flackern. Und Wärme ist zum Lebendigmachen, denkt

Elija. Vielleicht können die Kerzen etwas lebendig machen, was schon mal gelebt hat. Etwas, das nicht weiterleben sollte. Etwas, das ausgekratzt wurde und das mit Glasaugen nicht mehr sehen kann.
So was braucht doch nicht nur ein Grab, sondern eine Grabkammer. Damit es spielen kann, wenn die Lichter flackern.
Elija zieht die Eule unter ihrem Pullover hervor. Sie ist warm geworden. Das Gefieder ist struppig. Wie klein die Eule noch ist, wie jung sie war, als sie erschossen wurde. Wie lange bist du tot?, fragt Elija. Die Eule antwortet nicht, hat das Sprechen verlernt. Elija hat Verständnis.
Einmal schaut Elija entschuldigend zu der Maria. Sagt nichts mehr, das wäre ihr unangenehm. Dann rückt sie sie zur Seite, ein bisschen nach hinten. Damit mehr Platz ist. Sie stellt die Eule davor. So dass das Licht aufflackern kann. Mimik auf sie zeichnet. In den Glasaugen reflektiert die Flamme. Ein Lebensfleck, findet Elija.
Hallo, murmelt sie der Eule entgegen. Schön, dass du auf der Welt bist.

Dreiundzwanzig. Neun

Elija kann nirgends hinschauen als in den Lebensfleck in den Eulenaugen. Aber die Madonna im Hintergrund stört. Die zwackt so viel Aufmerksamkeit ab. Die scheint etwas mehr als die Eule. Nur weil sie mit Gold verziert ist. Da spiegelt sich der Schein besser als auf der matten Eule mit den stumpfen Federn. Elija summt das Lied. Das Lied vom Gipfel. Das hört die Eule so gern.

Kurz schaut Elija zu Noa und Loth. Die schweigen sich an. Sind mal wieder damit beschäftigt, sich zu hassen. Elija will das nicht sehen, Elija will nur bei der Eule sein. Zuschauen, wie sie lebendiger und lebendiger wird.
Die Eule braucht mehr Raum. Die braucht ganz viel Platz. Damit sie tanzen kann, wenn sie richtig lebt.
Elija nimmt die Maria in die Hand.
Entschuldige, murmelt sie einmal. Aber du bist ja nur eine Figur und nicht die richtige Maria.
Elija steht auf, die Statue muss sie mit beiden Händen halten, sie an der Hüfte abstützen. Sie dreht sich zu den Schwestern.
Was machst du da?, fragt Noa irritiert.
Ich bringe die Maria raus.
Nein, lass das mal. Die gehört hier hin, sagt Noa entspannt.
Elija geht weiter, zum Eingang. Da, wo der Wind die Ästchen über den Boden fegt, wo sie fast Angst bekommt. Wo sie sich nicht vorstellen kann, heute noch nach unten zu gehen, ins Tal.
Neben dem Eingang stellt Elija die Marienfigur auf den Boden. Beim Abstellen sieht sie, dass der goldene Heiligenschein nur mit Klebestreifen befestigt ist. Sie geht in die Hocke, friemelt, löst den Heiligenschein ab. Der ist für ihre Eule.
Sie betritt die Kapelle wieder. Loth steht vor der Eule, schaut auf sie herab. Kurz denkt Elija: Vielleicht freut sich Loth ja.
Aber Elija weiß, dass Loth sich nicht freut. Dass Loth das schon lange nicht mehr kann. Dass Loth aufgehört hat, Dinge schön zu finden. Dass Loth schon lange keine Lichtspiele in Augen mehr interessant findet.

Elija drängt sich an Loth vorbei. Bückt sich, befestigt den Heiligenschein am Eulenkopf. Er hält nicht so gut, sitzt schief. Am besten, die Eule nicht mehr berühren.
Da packt Loth Elija am Kragen, reißt sie hoch, schaut sie an. Schreit sie an. Elija weiß nicht, was passiert. Loth weiß auch nicht, was passiert.
Nur, dass sie es nicht erträgt. Dass es nicht sein kann, dass Elija die Maria rausstellt. Die Kapelle durcheinanderbringt. Wer hat Elija gebeten, in die Welt zu kommen und Unordnung zu machen?
Loth hört sich schreien. Vielleicht die Worte, die sie denkt, oder auch andere.
Loth spürt Elijas schweren Körper an sich hängen. Das wabbelige Fleisch, die dicken Haare, die festen Zähne. Loth ist nur so leicht, weil auch ihre Zähne hohl sind. Da kann sie stolz darauf sein – oder nicht?
Loth schreit und spuckt dabei. Versehentlich. Jetzt, wo es keine Kapelle mehr ist, ist auch das Benehmen egal. Die Maria ist draußen, Jesus ist ein Baby. Was kann Loth passieren? Loth weiß, dass sie Kraft hat und dass Elija Kraft haben könnte.
Was fällt dir ein, hier alles kaputt zu machen!, brüllt sie.
Meine Eule braucht Licht, krächzt Elija. Einige Haare reißen aus ihrer Kopfhaut. Sie hängt an Loths Körper. Ihre spitzen Knochen sind Waffen, wie Schwerter, die Elija zerschneiden könnten.
Noa sitzt auf der Bank. Noa will aufstehen. Noas Körper bewegt sich nicht. Noas Mund sagt leise: Lass das.
Loth lässt sich nichts mehr gefallen. Nichts von denen, die ihre Welt kaputt machen. Die sie daran hindern, die Welt aufzubauen, die sie braucht. In der Loth endlich richtig ist.

In der die Figuren da stehen, wo sie hingehören. Wo keiner sich traut, sie anzufassen.
Was hast du gemacht?, schreit sie wieder. Und denkt daran, wie Elija als Kind Wasserfarben auf Loths Teppich schüttet, weil sie es hübsch findet. Wie sie Hefte in den Toaster steckt, damit die Hausaufgaben schneller fertig werden, und dabei fast einen Brand verursacht. Wie sie beim Zelten die Schnüre mit der Bastelschere durchschneidet, ohne es zu merken. Wie sie laut singt, im Auto, obwohl Loth Kopfschmerzen hat, wie sie laut lacht. Die ganze Zeit lacht. Über was kann man denn so lachen?, fragt Loth sich, reißt fester an Elijas Haaren. Bis sie ein Büschel in der Hand hält. Elija heult.
Noa sitzt auf der Bank und sagt: Lass das.
Elija stürzt sich vor ihre Eule, schaut sie an, das Flackern in den Augen. Das darf Loth nicht bekommen.
Loth beugt sich über Elija, drückt sie auf den Boden. Sie kann nicht atmen, schaut aus den Augenwinkeln auf das flackernde Glas der Eule.
Loth nimmt die Eule hoch. Der goldene Kranz scheppert zu Boden. Elija hat keine Stimme mehr, keine Tränen. Elija liegt nur da, unter den stechenden Lothknochen.
Dann ist sie frei und Loth weg, draußen mit der Eule. Mit der Eule im Wind, in diesem Sturm in der Nacht.
Elija reißt sich hoch, rennt aus der Kapelle.
Noa sitzt auf der Bank. Noa sagt: Bleib hier, Elija.

Dreiundzwanzig. Vierzehn

Der Wind ist zu laut, und die Nacht ist zu dunkel. Und nirgendwo ist das Tal zu sehen. Wer kann den See noch riechen? Loth steht an der Kante. Da, wo Noa vor Stunden Yoga gemacht hat. Da, wo sie sich verbogen hat in alle Richtungen. Mit den Fingern tastet Loth die Eule ab. Das Gefieder findet sie eklig. Die rauen Federn zerwühlt. Muss Elija immer alles kaputt machen?

Musst du immer alles kaputt machen?, schreit Loth Elija an. Sieht sie auf sich zurennen, sieht dann nichts mehr. Spürt nur, dass Elija auf sie springt, nach der Eule greift. Loths Arme sind länger.

Die bekommt Elija nie wieder.

Elija kämpft. Und bevor Loth fällt, muss sie die Eule loswerden.

Loth holt aus. So weit sie kann, wirft sie sie. Die Eule, die kleine. Die mit der Naht an der Unterseite. Die mit den Augen, die nicht mehr flackern.

Die Eule fliegt. In das Schwarz, in die Nacht. Über die Kante. Dahin, wo der See ist. Dahin, wo die Eule ertrinken kann, das ist Loth egal. Die Eule fliegt davon.

Elija merkt nicht, dass die Eule nicht mehr in Loths Hand ist. Dass die Eule stürzt und stürzt und noch nicht angekommen ist, im Wasser. Der See liegt tief.

Deine Eule ist schwimmen gegangen, faucht Loth. Elija kämpft weiter.

Deine Eule ist weg.

Elija schaut. Tastet. Keine Eule in Loths Händen, nirgendwo versteckt.
Wo ist meine Eule?, fragt sie.
Loth zeigt an die Kante. Elija läuft dahin, schaut. Nichts, nur Dunkel, keine Federn, kein Braun, das flattert. Sie hätte doch fliegen lernen können. Elija verlagert ihr Gewicht. Fast kippt sie vornüber, sie breitet die Arme aus für mehr Gleichgewicht. Mit den Augen sucht sie das Schwarz nach der Eule ab.
Loth stellt sich hinter Elija.
Tja, macht sie. Dann hast du halt keine Eule, sagt sie, zuckt die Schultern.
Loth legt ihre Hand zwischen Elijas Schulterblätter. Streichelt leicht, streichelt dann fest, drückt gegen Elija.
Elijas Gewicht liegt nur auf einem Zeh, und dann nur noch im Wind. Die Arme rudern. Elija fliegt. Elija fällt. Ins Dunkel.

Dreiundzwanzig. Achtzehn

Elijas Körper prallt auf das Wasser, das harte.

Dreiundzwanzig. Vierzig

In Noas Kopf hallt der Schrei. Und Noas Beine halten aus, an der Kante zu stehen. Der Wind ist taub. Das Schwarz farblos. Ist ein Fleck. Noa steht da und versteht nicht. Und

Loth steht da. Die einzige Spur von Elija: die Kratzer an ihrem Arm. Und die Hand, die noch spürt, wo sie zwischen den Schulterblättern lag.
Noa schaut herunter. Findet kein Unten.

VON NULL UND WEITER

Null

Elijas Körper treibt auf dem Wasser. Weckt den schlafenden See. Der legt sich um sie. Das Haar hebt er auf, legt es auf seine Oberfläche. Durchtränkt es, macht es zu einem Teppich. Es treibt oben, der See schwappt. Malt Kreise um Elija. Ungesehen, in der Nacht. Der Morgen ist in weiter Ferne. Genau wie die Kapelle, der Gipfel, der Weg mit den Wurzeln, das Straucheln, die toten Bäume.

Irgendwo treibt die Eule. Der See weiß, wo.

Die Arme vom Körper gestreckt. Der Mund noch offen, vom Schrei. Das Bewusstsein ganz woanders. Elijas Körper wird kühl im Wasser. Sanft trägt der See den Schweiß von ihrer Haut, wäscht den Staub von ihr ab, den Schlamm von den Knöcheln. Lässt all das im See verschwinden. Verdünnt es, bis es nicht mehr da ist.

In die Lunge schwappt Wasser. In den Flügeln bilden sich zwei weitere Seen. Dunkler noch als der, in dem der Elijakörper liegt.

Aus den offenen Elijaaugen wäscht der See Welle für Welle, Bild für Bild. Als Erstes die frischen. Die von heute. Der Blick auf den See, bevor alles schwarz wird. Die Eule mit Heiligenschein. Noa in der Nacht. Der Gipfel im Licht. Kaiserschmarrn. Loth und die Pilze. Das Moor und die Schnürsenkel. Der See lässt die Bilder in die Tiefe sickern. Der See wäscht die Augen aus. Macht die Iris farblos. Weiße Äpfel. Nichts, was aus ihnen scheint.

Mio schaut auf die Flutlichter. Die Startbahn. Am Tag genauso hell wie in der Nacht. Nur das Drumherum eben ein einziger Vorhang aus Dunkel. Mio heftet den Blick auf das Flugzeug mit den blauen Streifen. Darin sitzt Elija, weiß er. Neben Kassandra. Elija aufgekratzt, aufgeregt. Es geht zum Gastspiel in die Schweiz. Danach zum Theaterfestival in Lyon. Wie lange wird Elija weg sein, fragt sich Mio. Die Finger reichen nicht zum Abzählen.
Mit dem Handy hat er ein Foto von ihr gemacht. Kurz vor dem Abflug. Sie mit roten Wangen, die Haare zerzaust. Die große Nase bebend vor Begeisterung, die Augen strahlend. So hell wie das Flutlicht, findet Mio. Elija ist egal, ob Tag oder Nacht. Elija ist immer lebendiger als alle anderen.
Seine Finger streicht Mio über das Handydisplay, fragt sich, warum es so kalt ist und so glatt. Ganz anders als die Elijahaut. Mit den großen Poren und den Sommersprossen und der Nase, die so oft läuft und feucht ist.
Elija lacht auf dem Bild, ganz breit. Mio weiß, wie Elija schmeckt. Ihre Lippen, die Zunge, die Innenseite ihres Mundes. Ihr ganzer Körper und der Bereich zwischen den Beinen. Elija schmeckt nicht süß, findet er. Zumindest nicht lange, nur den ersten Augenblick, danach schmeckt sie herb. Jede Stelle der Haut etwas anders. Wie eine Wiese mit Kräutern, die unter Tannen wachsen.
Mio fährt mit seiner Zunge über seine Lippen. Die schmecken nach gar nichts, findet er. Nach nichts außer Mio.
Mio drückt sein Gesicht gegen die Scheibe, stiert zum Flugzeug. Vielleicht sitzt Elija am Fenster, vielleicht kann sie ihn sehen und noch mal winken.
Vielleicht ist Elija aber auch müde geworden, auf einmal. Vielleicht lehnt sie ihren Kopf an Kassandra.

Vielleicht vergisst Elija Mios beleidigtes Gesicht von gestern. Seine Wut, weil er keine Tournee machen darf. Weil niemand ihn einlädt zu einem Gastspiel. Vielleicht vergisst Elija, wie er den Teller mit den Spaghetti vom Tisch haut, das Gesicht in den Händen vergräbt und sie nicht anschauen will. Wie er nicht mit ihr redet und auch nicht nachgiebiger wird, als sie ihm über den Kopf streichelt. Wie er laut weint, obwohl er leise sein will. Wie er aus der Küche rennt, in sein Zimmer, ohne die Spaghetti aufzuheben.

Wie er lange heult und heult, obwohl er nicht will.

Mio denkt daran, wie Elija ihn weinen lässt, solange er das braucht. Wie Elija die Spaghetti vom Boden kratzt und die roten Flecken wegwischt. Wie sie sich vor seine Zimmertür setzt und horcht und ihn merken lässt, dass sie da ist. Wie sie ins Zimmer kommt, als er leiser geworden ist, wie sie sich neben ihn legt. Wie sie ihn anschaut, mit ihren hellen Augen. Die scheinen sogar bis in seine verquollenen. Wie sie ihn nicht anfasst, weil sie weiß, das wäre zu viel. Wie sie gar nichts sagen muss und auch nichts sagen will. Weil sprechen so anstrengend ist. Wie sie sich die Finger ableckt. Da ist noch Tomatensoße dran. Wie sie mit den feuchten Fingern einen Sternenhimmel auf das Bettlaken tupft. Bis er lächeln kann.

Bis er auf einmal nicht mehr traurig ist. Und auch nicht wütend. Bis er auf einmal nicht mehr schlimm findet, dass er hierbleibt. Dass nur Elija die Reise macht. Ein bisschen Angst hat Mio. Dass Elija nach der Reise anders ist. Dass sie aus dem Flugzeug steigt und aussieht wie eine amerikanische Schauspielerin. Dass sie nur noch Fischeier isst und Lachs und keinen Kirschsaft mehr mag. Dass sie schönere Freunde hat, Nichtbehinderte, Reiche. Dass Elija Selfies mit

Fans macht und einen Bodyguard bekommt. Dann fällt ihm ein, dass Elija ja immer noch Theater macht und keine Filme.
Mit dem Finger sammelt Elija die Tränen aus Mios Gesicht. Fährt dafür die breite Spur über seinen Wagen entlang. Träufelt die Tränen dann in die Mitte der Sterne. Erst jetzt leuchten sie, findet Mio. Erst jetzt helfen die Sterne bei Dunkelheit.
Komm schnell wieder, murmelt er so undeutlich, dass nur Elija es verstehen kann.
Mach ich, antworten ihre Augen. Und die Spuckesterne auf dem Bett.

Weiter

Noa rennt. Mit der Taschenlampe in der Hand. Sie leuchtet wirr über das Unterholz. Noa hastet keinen Weg entlang. Noa kämpft sich durch das Gebüsch. Da, wo es steil nach unten geht. Da, wo sie gerade noch laufen kann. Die Füße stellt sie quer, mit den Händen hält sie sich an Bäumen fest, wenn es rutschig wird. Reißt sich die Haut an den Dornen auf, an den Ästchen. Trampelt sich einen Weg, rutscht mit den Füßen in Löcher, zieht sie wieder heraus. Spürt den Schmerz nicht, nicht das Blut, das rinnt, und auch nicht den Wind. Der Regen, der vielleicht angefangen hat zu peitschen oder der gleich erst beginnt oder doch schon da ist und den Boden aufweichen will. Der wieder aufhört, weil er lächerlich ist. Der Noa reinwaschen will, aber von was denn, denkt sie, als sie einen Moment denken kann. Noa hat nichts gemacht. Und Noa macht immer noch nichts, außer den Berg herunterzurennen, zu schlittern. Immer dem Geruch nach See hinterher. Einfach nach unten. Dahin, wo sie noch nie war. Noa rennt und ihr Gehirn und ihre Augen zeigen ihr keine anderen Bilder, außer dem Aufflimmern des Holzes, den Stolperästen. Noa kennt keine andere Zeit. Noa kennt kein Denken. Noa kennt nur: Rennen zum Wasser.

Weiter

Loth steht an der Kante. Schaut nach unten, kann kaum etwas sehen. Versucht, sich vorzustellen, wo Elija gelandet ist. Am Ufer oder im See. Loth ist nicht sicher. Ihre Augen brennen vom Starren. Sie hat keine Taschenlampe mehr. Loth hat nichts mehr in den Händen. Loth berührt sich nicht. Der Wind fegt durch die Finger. Will die letzte Elijaspur wegtragen. Loth steht da. Hält Wache. Wartet, dass Elija wieder hochgekrochen kommt, den Berg. Elija hält sich an keine Regeln. Elija tut immer das Gegenteil von dem, was andere tun. Loth ist sich sicher. Loth wartet.

Weiter

Der See wird schwach. Will den Elijakörper nicht länger auf der Oberfläche halten. Will ihn zu sich nehmen. Aber noch sind die Augen nicht ausgewaschen. Die Wellen protestieren. Der See hält aus.

Weiter

Das Flugzeug hebt ab. Ganz leicht sieht es aus, findet Mio. Als wäre keine Anstrengung und keine Kraft dahinter. Wie leicht es ist, in die Luft zu kommen, weg von der Erde, denkt Mio. Er springt einmal kurz hoch. Landet gleich wieder. Er gehört auf den Boden, merkt er. Elija fliegt. Mio stellt sich nah an die Scheibe, winkt. Ganz groß, über den Kopf. So dass die anderen Reisenden ihn anschauen. Sich wundern. Oder eben nicht. Sie gehen ja davon aus, dass jemand wie er etwas Seltsames macht. Manchmal ist Mio froh darüber. Dann muss er sich nicht schämen. Für ihn schämen sich ja die anderen.
Tschüss, Elija!, schreit er gegen die Scheibe, schreit er dem Flugzeug hinterher. Das wird kleiner.

Weiter

Loth läuft weg. Weiß, dass sie das nicht zum ersten Mal versucht. Dass es wieder nicht funktionieren wird mit dem Weglaufen. Loth erinnert sich, wie sie mitten in der Landschaft steht. Einige Kilometer entfernt, das alte Rittergut mit dem Verlag. Die Winterakademie. Wie oft war sie schon auf dem Gut? Jedes Jahr fährt sie zweimal hin. Im Sommer und im Winter. Sie denkt an das erste Mal, als sie hier war. An die Sommerakademie, bei der sie gesungen hat. Das ist

schon so weit weg, nur noch eine blasse Erinnerung. Überdeckt vom Schnee.
Neben dem Ziegenstall spielen sie Zweiter Weltkrieg mit Schneebällen.
Loth macht sich klein in ihrer Jacke. Damit der Winter sie nicht sieht. Sie nicht zum Frieren bringt. Nicht noch die eh so dünne Haut angreift. Den schwächlichen Atem einfriert.
Loth stapft durch den Schnee. Ihre Fußspuren hinter sich. Die werden sie verraten. Die werden den anderen sagen: Loth ist nicht nur spazieren. Loth kommt nicht wieder.
Loth kommt wirklich nicht wieder, denkt sie in dem Moment. Und läuft weiter.
Es ist Nacht, und Loth weiß, dass Schneeballkriege dann besonders hart sind. Weil dann Alkohol im Spiel ist und die Scheiteljungs aggressiv werden. Loth weiß, dass die, die nicht mitspielen, sich gerade verlieben. Dass heute Nacht fast schon Ehen geschlossen werden. Dass morgen oder übermorgen romantische Instagramposts erscheinen werden. Hochgeschlossene Blusen neben dunklen Jacketts. Dutt am Scheitel und ein: Auch-wenn-alle-untreu-werden-bleiben-wir-treu-Satz neben dem Bild. Und über hundert Likes dafür. Und Komplimente an die deutsche Frau.
Loth geht durch die Nacht. Der Schnee ist grell, der Himmel offen, die Sterne funkeln gelangweilt. Mitten im Nichts sind sie genau wie Loth schon lange Zeit mit dem Verglühen beschäftigt. Loth stapft, muss bei jedem Schritt die Füße aus dem Schnee ziehen. Ihr Atem kondensiert.
Loth weiß nicht, wohin sie geht. Wo die Landschaft hinführt. Weiß, dass an der rechten Seite der Wald kommt und an der linken die Straße. Die Straße geht sie garantiert nicht entlang. Da fahren doch die Autos, und wenn Loth

im Scheinwerferkegel auftauchen würde, würden dann die Fahrer Gas geben und sie plattmachen?
Lieber verstecken im Wald. Da muss sie auch die depressiven Sterne nicht sehen. Diese Luschen, die sich einfach nicht verabschieden können vom Himmel.
Loth läuft. Loth läuft weg. Loth weiß nicht, warum.

Weiter

Noa fällt, rollt den Berg hinunter. Seitlich, schlägt sich den Kopf an einem Stein auf. Eine Platzwunde vielleicht. Noa tastet den Kopf ab. Der ist an der linken Seite feucht. Vom Blut wahrscheinlich. Oder ihre Gehirnmasse tritt aus. Ein paar Gedanken, ein paar Bilder weniger, das wäre jetzt auch nicht verkehrt. Noa sieht sich in Akims Schlafzimmer hocken.
Er nackt auf dem Bett. Er, der sie erwartet. Er, der tut, als würde er lesen. Und sie eine eingerollte Kugel auf dem Hocker neben dem Bett. Eine, die ihn gerade nicht versteht, die Akim berühren will, aber nicht seinen Körper. Noa überlegt, wie das gehen kann.
Noa zieht die Beine heran, setzt sich auf, schmiert das Blut an der Hose ab. Hält inne zwischen den Bäumen. Ihr ist schwindelig. Sie kann den See nicht riechen. Das Gehirn ist zu durcheinander.
Von den Ästen pflückt Noa junge Blätter. Drückt sie hastig auf die Wunde.
Noa denkt an Elija. Noa sieht nur noch Elija. Wie sie am Ufer sitzt. Nackt. Die Kleidung ausgezogen, zum Trocknen

über einen Baum gehängt. Auf den Sonnenaufgang wartend. Die Arme und Beine erschöpft vom Schwimmen durch den See. Die tropfenden Haare. Elija ist nicht kalt. Elija sucht Stöckchen zusammen und macht ein Lagerfeuer. Elija lächelt Noa an, als sie am Ufer ankommt.
Noa drückt die Hand an ihren Kopf. Der sticht, und das Blut sickert weiter.

Weiter

Der Wanderweg aus Schotter. Loth kann sich nicht erinnern, dass sie ihn schon mal gegangen ist. Dass es einen Nachmittag darauf gab und einen frühen Abend. Loth versteht nicht, dass man denselben Weg in zwei Richtungen gehen kann. Loth versteht auch nicht, dass jemand fällt, nur weil man ihn am Rücken berührt.
Kann Elija eigentlich fliegen?, überlegt sie. Elija kann so viel, was Noa und Loth nicht können. Elija ist einfach so verschwunden. Sie ist dieser Eule hinterhergesprungen, denkt Loth.
Ganz freiwillig. Vielleicht weil Elija gemerkt hat, dass sie nicht in dieses Leben passt. Loth bleibt stehen, Loth dreht sich zur Seite. Loth muss sich übergeben. Loths Körper will alles loswerden. Alles, was in ihm ist. Alle Gedanken und alle Organe und sich selbst.

Weiter

Noa muss weiter. Noa muss zum See. Muss sich zu Elija setzen. Ihr durch die Haare streichen. Sie flechten vielleicht. Sie abtrocknen. Nicht dass Elija sich erkältet. Noas Kopf pocht.
Noa rappelt sich hoch, die Füße kribbeln. Dieser Berg ist nicht wirklich der Untergrund, auf dem man stehen kann. Noa geht auf alle viere. Sie muss den Berg hinunterkrabbeln. Das ist sicherer. Noa muss sich beeilen. Sonst ist das Lagerfeuer aus. Sonst ist schon Morgen.

Weiter

Elijas Körper auf dem See. Der Himmel, der über ihm ein Stück kahle Nacht frei gibt. Ein paar Sterne. Der Mond, der leuchtet, der will in die weißen Äpfel scheinen. Die Lider sind geöffnet. Er scheint an ihnen vorbei. Der Mond spiegelt sich im See. Neben Elija.

Weiter

Loth steht im Schnee. An der Straße. Loth geht doch nicht in den Wald. Loth geht in dieses Dorf. Weil sie weiß, dass

sie im Wald bei Schnee und ohne Taschenlampe nirgendwo ankommen würde.
Loth hält Abstand zur Fahrbahn. Falls ein Auto kommt.
Loth denkt an das Rittergut. Daran, wie alle sich in die lieben Mädchen mit den Zöpfen verlieben, aber trotzdem von Loth träumen. Von ihren Knochen. Von ihrer schrillen Stimme. Wie sie sich alle wünschen, Loth zu beschützen, mit ihren breiten Schultern und ihren Scheiteln. So muss es sein, denkt Loth. Und schreit dann spitz in die Nacht. Sie ist allein.
Das Dorf taucht auf und schläft. Nicht mal Katzen, die umherstreunen. Kein Wind, der weht. Die Fenster sind verdunkelt. Ein Zebrastreifen und ein Kreisverkehr. Das Ortseingangsschild. Festgetretener Schnee. Der offenbart Loths Fußspuren nicht mehr. Das macht das Laufen leichter.
Loth schaut sich um. In einem Fenster blaues Fernseherleuchten. Loth lehnt sich an die Hauswand. Atmet in die Nacht. Denkt an das Rittergut. Daran, dass sie da nicht mehr sein will. Daran, dass sie wegziehen will aus Halle. Daran, dass sie ein ganz anderes Leben haben könnte. Dass sie einfach in einer Kleinstadt hocken und irgendeinen Job machen könnte. Dass sie alleine klarkommen könnte, ohne die Gemeinschaft. Dass sie dann ans Telefon gehen würde, wenn die Eltern anrufen. Dass sie sich bei Elija melden könnte und bei Noa. Vielleicht noch einmal mit ihnen wandern gehen, auf den Berg. Mit den beiden im Wald sitzen und sich Geschichten ausdenken. So tun, als hätte es die letzten Jahre nicht gegeben. Loth schaut nach oben. An einem Fenster, das Zu-vermieten-Schild. Einfach da einziehen, denkt sie kurz. Einfach alle diese Bücher wegwerfen, die sie hat. Die Gitarre verschenken und den Internetvertrag

kündigen. Keine Nachrichten aus der patriotischen Bewegung mehr lesen. Keine Theorien, wie alles zusammenhängt. Eine Katze kaufen und die Viola nennen. Freunde finden. Loth muss kichern.

Weiter

Noa sieht den Mond. Endlich, das erste Mal leuchtend in dieser Nacht. Die Wolken lösen sich auf. Werden dünn, bis sie ganz verschwunden sind. Bis der ganze Himmel blank ist. Bis der Mond offen liegt.
Noa weiß, dass Elija den Mond mag. Sicher von ihrem Platz aufspringt und in die Hände klatscht, weil er endlich da ist.
Noa stellt sich auf die Füße. Beim Kopfheben wird ihr schwindelig, kurz schwarz vor Augen. Dann geht sie weiter. Das Ufer ist nicht mehr weit. Der Geruch von Wasser, von Schlamm. Nach schlafenden Gewitterfliegen, nach Mücken, die auf die Dämmerung warten.
Noa schnüffelt. Riecht es irgendwo nach verbrennendem Holz? Hört sie irgendwo das Knistern der Äste im Feuer? Hört sie irgendwo Elija singen?
Noa wird kalt, als sie merkt, dass es still ist. Sie geht vorsichtig. Stapft durch hohes Gras. Das reicht ihr bis zur Hüfte. Das streichelt die zittrigen Schenkel.
Noa kommt an. Am See, der am Tag so schön glitzert. Der in der Nacht nichts ist als ein harter Spiegel. Glatt und aus festem Glas.
In ihrem Kopf hört Noa einen Knall. Das Aufprallen. Das

Zersplittern. Das Zerbrechen von Elija auf der Wasseroberfläche.
Wasser ist nur weich, wenn man es darum bittet. Wenn man es behutsam Stück für Stück zur Seite schiebt, wenn man es nicht überrascht, wenn man sich von ihm treiben lässt. Wenn das Wasser einen nicht will, wird es hart.
Den Schein der Taschenlampe lässt Noa über den See huschen. Finde Elija, denkt Noa.
Dann zieht sie sich aus. Die aufgerissene Hose, das Oberteil, die Unterwäsche. Noa geht zum See.
Schaut auf das Wasser, bittet es, sie reinzulassen. Doch der See ist eine unnachgiebige Fläche. Noa spiegelt sich in ihm. Und Noa sieht sich genau, wie sie ist. Mit hellen Augen und Umrissen und Farbe. Mit allem, was sie braucht, um eine Gestalt zu sein.
Noa setzt die Zehen ins Wasser. Die ziehen sich zusammen vor Kälte. Dieser See weiß noch nichts von Sommer. Der See zeichnet Noa deutlicher und deutlicher ab. Der Mond hilft dabei. Noa sieht alles von sich. Jede Falte, jeden Knochen, ihren Bauch. Sie tritt in den See. Schaut sich an. Sieht sich nicht mehr blass und sieht sich nicht versickern.
Das Wasser geht Noa bis zur Hüfte. Die Füße stehen auf schlammigem Grund. Sinken etwas ein, haben Angst vor beißenden Krebsen.
Noa legt den Bauch ins Wasser. Den Kopf hält sie hoch. Nicht dass das Wasser noch mehr Blut aus der Wunde zieht. Noa schwimmt.

Weiter

Elijas Körper wird dem See zu schwer. Die Kleidung, die Lungen, das alles kann er nicht mehr über Wasser halten. Der See zieht den Körper unter die Wasseroberfläche. Dort treibt er.

Weiter

Loth steht vor der Kneipe. Die Klinke in der Hand. Weiß nicht, ob sie eintreten soll. Durch die Scheibe kann sie Männer am Tresen sitzen sehen. Männer ohne Scheitel. Vor denen muss sie eigentlich Angst haben. Solche Männer sind doch die, die sie angreifen. Manche von ihnen haben dunkle Haare. Zumindest sieht es so aus, in dem trüben Licht.

Loth steht und denkt und bekommt wirklich Angst. Und ihr Herz klopft, und in den Ohren piept es. Ihr Körper zittert vor Kälte. Ihr Kopf ist leer, ihr wird übel. Wenn Loth nicht eintritt, dann muss sie zurück zum Gut. Das kommt ihr vor wie eine Festung.

Loth drückt die Klinke, torkelt in den Raum. Qualmige Luft, von der sie husten muss. Die Männer am Tresen schauen zu ihr. Machen nichts außer schauen. Einer nickt, der Wirt lächelt. Zwischen den Männern sitzen auch Frauen. In breiten Jacken und Jeans. In der Ecke des Raumes hocken Jugendliche und schauen auf Displays. Lachen, zeigen sich

Videos. Sollten längst zu Hause sein, findet Loth. Unsicher lässt Loth den Blick wandern. Gibt es einen Tisch, an dem sie sicher ist? Einen Tisch, an den niemand anderes herantreten wird? Zum Glück machen sie in Halle auch Kampftraining, denkt Loth.

Der Wirt kommt auf sie zu, grinst, weist auf einen Tisch, fragt, was sie trinken will. Loth sagt: Kräutertee, weil das das Erste ist, was ihr einfällt. Er geht weg, lässt sie in Ruhe. Ob er merkt, dass sie von der Burg kommt, dass sie zur Winterakademie gehört? Ob er sie hasst? Es kann sein, dass er ihren Tee vergiftet, glaubt Loth.

Ihr Tisch ist direkt am Fenster. Ein voller Aschenbecher und Tabakreste auf dem Holz. Viele Kerben in ihm. Wie viele Jahre wird er schon benutzt?, überlegt Loth.

Sie schaut aus dem Fenster. Der Dorfplatz schläft unter Schnee. Nichts auf ihm, außer ein Brunnen ohne Wasser. Mit einer Statue darauf. Eine Heilige vielleicht. Sie trägt ein Kreuz und einen Krug. Im Sommer plätschert daraus das Wasser. Loth bekommt Durst, wartet auf den Tee. Ihre Hände beginnen mit dem Auftauen. Der Frost hat sie starr gemacht, der Wind versteinert. Loth setzt sich auf die Finger. So werden sie schneller lebendig. Das Warmwerden tut weh.

Der Wirt stellt ein Glas mit einem Teebeutel auf den Tisch. Will wissen, ob alles in Ordnung ist, ob er helfen kann. Loth schüttelt den Kopf. Der will sie doch nur demütigen mit seinen Fragen. Der will sich doch nur profilieren vor den ganzen Scheinheiligen. Sagen: Ich habe eine junge Frau aus den Fängen dieser radikalen Patrioten gerettet.

Was soll das denn heißen, radikal? Radikal heißt nur verliebt. Und Loth ist verliebt in diesen Boden und in diese

Grenze. Dafür muss sie sich nicht schämen. Ihre Finger tauen auf. Durch die Scheibe sieht der Winter gar nicht so kalt aus. Da sieht er aus wie eine Fotografie in einem Buch aus einer anderen Zeit. Da sieht er aus wie ein Platz, auf dem man nicht frieren kann.

Loth legt ihre Finger um das Teeglas. Langsam nimmt das Wasser Farbe an, beginnt zu duften. Loth hält die Nase darüber. Das wärmt ihre Stirn. Der Tee riecht nach einer unschuldigen Wiese. Einer Wiese von Verdun.

Loth trinkt nicht. Dieser Wirt will sie töten. Dieser Wirt will ihren toten Körper der Dorfgemeinschaft zeigen und sagen: Die habe ich getötet, weil sie Patriotin war.

Und die Dorfbewohner würden jubeln und auf Loths Leiche spucken.

Und die von der Festung? Was würden die machen?, überlegt Loth in den Dämpfen des Tees. Sie stellt sich Ben vor mit einer Fackel. Wie er vorne an einem Trauerzug geht. Ein großes schwarz-weißes Bild von Loth. Alle Patrioten in Schwarz, und Tausende und Abertausende, die in das kleine Dorf pilgern. Weil sie trauern um eine Patriotin. Und vielleicht auch um Loth.

Loth stellt die Tasse auf den Tisch, schaut aus dem Fenster. Sieht sich aufgeknüpft an dem Brunnen hängen.

Spürt ihr Herz rasen, ihre Beine, die sich anspannen. Die frierenden Hände. Die wachen Augen. Loth will erst schleichen. Doch jeder sieht sie. Jeder hat sie im Blick. Deshalb stürmt Loth aus der Kneipe. Tritt wieder auf den Schnee, den festgetretenen. Deshalb rennt Loth zurück. Zu ihren Fußspuren.

Weiter

Das Wasser beißt in Noas Wade, so kalt ist es. Aber darauf kann Noa nicht achten. Bittet den See, ein bisschen mehr an Süden zu denken. Ein bisschen mehr an Sommer. Bittet den See, ein bisschen mehr Akim zu sein.

Noa denkt an seine Arme. An sein gemütliches Bett, an seine Augen, die fragen und fragen, und seine Ohren, die die Antworten nicht hören wollen.

Noa sieht sich im Schlafzimmer hocken mit dem nackten Körper von Akim, der wieder tut, als würde er lesen.

Akim, sagt Noa. Mitten in der Nacht. Zu einem Akim, der denkt, dass sie langsam wirklich miteinander schlafen sollten, weil er sonst müde wird.

Ja, murmelt er und schaut nicht vom Buch auf.

Willst du, dass ich hier sitzen bleibe?

Natürlich nicht, Noa.

Er legt das Buch weg. Schaut sie an, und sie weiß, dass er sie nicht fassen kann. Er schaut sie an, als wären sie sich gerade zum ersten Mal begegnet.

Kann ich zu dir kommen, Akim?

Kannst du bei mir sein, Noa?

Noa rutscht vom Hocker, schleicht sich ins Bett. Hält Abstand zu Akim. Nicht dass er sie berührt. Noas Mund ist trocken, die Zunge lahm. Damit Noa nicht spricht. Aber vielleicht will sie ja sprechen, denkt Noa. Stellt sich vor, wie sie einfach plappern würde. Akims Blick ist scharf. Schneidet die oberste Schicht der Angst von Noas Gesicht. Löst damit die Zunge.

Also, fängt Noa an und bricht wieder ab.
Akim ist still. Schaut sie an. Sein Blick ist verhärtet, seine Augen wollen wirklich wissen, wer da ist, wer sie ist, merkt Noa.
Heute saßen Senioren um einen Rosenbusch, beginnt Noa.
Und Akim hört zu.

Weiter

Loth kommt am Rittergut an. Der Zweite Weltkrieg tobt noch. Loths eingefrorene Hände schaufeln Schnee. Formen eine Kugel. Werfen den ersten Schneeball. Den Feinden entgegen. Loth jubelt, als der trifft.

Weiter

Elijas Körper wird starr im kalten Wasser. Hinter dem Berg lauert das erste Licht des Morgens.

Weiter

Loth rennt den Berg hinunter. Fast ist sie am Moor angekommen. Sie könnte wieder den gleichen Weg nehmen. Aber Moore bei Nacht sind gefährlich. Lieber den anderen Weg suchen. Den, den auch die Eltern vorgeschlagen hätten. Den kürzeren.

Loth rennt schneller. Runter vom Schotterweg.
Der Weg neben dem Moor ist asphaltiert. Loth kratzt Erinnerungen zusammen. Dieser Weg führt direkt zu dem Dorf. Da gibt es Gasthäuser und einen Laden für ausgestopfte Tiere. Loth denkt an die Gaslaternen. Die leuchten dort doch die ganze Nacht. Wenn Loth im Dorf ankommt, wird es hell sein. Dann wird es Tag, und Laternen braucht niemand mehr. Loht jagt über den Asphalt. Sie muss im Dorf sein, bevor die Laternen aus sind. Bevor ein neuer Tag anbricht.
Ihre Füße schlagen laut auf. Klingen wie ein Körper, der auf eine Wasseroberfläche fällt.
Loth hält sich die Ohren zu. Schaut auf nichts als ihre Füße. Den Weg flankieren Bäume. Hinter den Ästen wird das Schwarz zu Dunkelblau.

Weiter

Noas Körper schreit: Umdrehen. Schreit: Nicht weiterschwimmen. Das schaffst du nicht mehr.
Aber Noa hört nicht auf ihn. Hört nicht mehr viel. Nicht mehr die Hände, die sagen: Was du mit uns machst, ist unser Geheimnis. Noa hört nicht mehr auf ihre Zunge, die so melodramatisch tut und sich an den Gaumen klebt. Noa hört nicht mehr auf die Lippen, die unbeteiligt im Gesicht hängen und keine Worte formen wollen. Noa hört nicht mehr auf die Ohren, die meinen, mal wieder nichts mitbekommen zu haben. Noa hört nicht mehr auf ihre Muskulatur, die sich für alles zu schwach findet. Noa hört nicht

mehr auf ihren Umriss, der sich einbildet, ein bisschen transparent zu sein. Noa hört nicht mehr auf Spiegelbilder. Noa hört nicht mehr auf Platzwunden und nicht auf das Pochen in ihrem Gehirn.

Noa hört nicht mehr auf die Bisse des Wassers: Jetzt ist genug gesucht.

Das glaubt Noa nicht, kämpft sich weiter durch das Wasser. Über den Berg kriechen die ersten Strahlen. Aus dem schwarzen Spiegel wird eine dunkle, bewegte Masse. Mittendrin Noa.

Und Elija. Noa schreit: Elija! Das Wasser antwortet nicht. Verwahrt Elijas Körper gut.

Am Himmel ist keine einzige Wolke und auch kein einziger Stern.

Noa hat nicht bemerkt, wie die Zeit vergangen ist. Hat nicht bemerkt, dass sich etwas verändert.

Sie hält inne. Fast in der Mitte des Sees. Stellt den Körper senkrecht ins Wasser. Strampelt mit den Beinen, gegen das Untergehen, bewegt die Arme nur mäßig. So bleibt sie auf der Stelle. Sie schaut sich um. Ein Überblick über den See. Das Ufer mit den Bäumen. Mit den Gräsern. Noa atmet durch. Nimmt eine Hand aus dem Wasser und tastet nach ihrer Wunde. Die ist noch nass. Von Blut oder Wasser, weiß Noa nicht. Noa weiß nur, dass sie den Kopf nicht ins Wasser legen sollte.

Aber Noa hört nicht auf sich. Legt sich auf den Rücken. Spannt die Muskeln an, damit sie auf der Wasseroberfläche treibt. Wie eine Tote. Noas Ohren laufen voll, ihr Kopf protestiert. Noa schaut in den Himmel. In das heller werdende Blau, in den blassen Mond.

Dann öffnet Noa den Mund. Gegen den Willen der Lippen,

die sich gewöhnt haben ans Schweigen. Gegen den Willen der Zunge, die sich zu fein ist zum Bewegen. Gegen den Willen der Zähne, die sich schämen, weil sie krumm sind. Noa legt eine Hand an ihren Hals. Da geht das Beben los. Da bildet sich der erste Ton. Ganz tief und ganz melancholisch. Der Ton, der heller wird, der Ton der Worte bekommt. Die Worte, die ein Lied, die Töne, die zu einer Melodie werden. Aus denen ein Lied wird, von drei Schwestern auf einem Berg.
Noa hört sich singen, durch das Wasser. Und Noas Stimme wird stärker, je klarer sie sich hört. Umso lauter singt Noa Elijas Lied.

Weiter

Noas Stimme kann nichts schwächen. Nicht das kalte Wasser und auch nicht der verletzte Kopf. Noas Stimme hat lange gewartet.
Über dem See ist der Himmel mondlos. Und am Ufer feiern die Vögel einen neuen Tag. Kurz hört Noa zu. Dann schnellt sie aus der liegenden Position. Saugt Luft in ihre Lungen. Taucht in den See. Unter die Wasseroberfläche.

Weiter

Noas Arme legen sich um Elijas Körper. Noas Beine strampeln die beiden über Wasser. Elijas Körper ist schwer und

kalt. Und Noas Lungen sind leer. Sie schnappt nach Luft, als sie oben sind. Sie umklammert Elija so, wie sie es im Schwimmkurs gelernt hat. Wie beim Goldabzeichen. Das Gejaule in ihrem Kopf hört sie nicht. Spürt nicht mehr die gefrorenen Zehen.
Vom Ufer aus rufen die Vögel die Schwestern zu sich. Und Noa denkt: Wir kommen ja schon.
Und strampelt stärker.
Der Gipfel mit dem Kreuz ist vom See aus nicht zu sehen, und Richtung Kapelle schaut Noa nicht. Noa schaut nur auf die weichen Elijahaare und die eng beieinanderstehenden Augen. Noa schaut nur in den Himmel. Der gelb ist, an diesem Morgen. An dem die Sonne auftaucht.

Weiter

Loth wacht auf einer Bank auf. Mitten in dem Dorf, in das sie gerannt ist. Ihre Haare zerzaust und das Gesicht verklebt. Die Haut verschrammt. Loth betrachtet ihre Haut, die Kratzer, die Schuhe, den verkrusteten Schlamm. Zum Berg blickt sie nicht.
Gegenüber von der Bank ist eine Gaststätte. Wanderer strömen aus der Tür. Schnattern Dialekte. Alte Ehepaare und frische Internetbekanntschaften. Alle in festen Schuhen und mit Sonnenhüten. Loth guckt sie an. Steht auf. Torkelt auf sie zu. Sagt mitten in die Runde: Ich muss Hilfe rufen, kann ich das Telefon von jemandem benutzen?

Weiter

Noa zieht Elija ans Ufer. Noa lässt sich fallen. Braucht sich erst mal nicht bewegen. Braucht nur in das Gelb zu schauen und die Sonnenstrahlen auf der Stirn zu fühlen. Noa legt Elija so, dass ihr Kopf auf Noas Brust liegt. So haben sie beide den gleichen Blickwinkel. Aufs Wasser, auf dem die Sonne sich in jeder einzelnen Welle bricht und den See glänzend macht. Zu einem goldgewebten Tuch.

FSC
www.fsc.org
MIX
Papier aus verantwortungsvollen Quellen
FSC® C014496

Lektorat © Frankfurter Verlagsanstalt
Umschlaggestaltung: Laura J Gerlach
Covermotiv: Jan Kops, Flora Batava of Afbeelding
en Beschrijving van Nederlandsche Gevassen, XVI. Deel. (1881)
Herstellung: Laura J Gerlach
Satz: psb, Berlin
Druck und Bindung: GGP Media GmbH, Pößneck
Printed in Germany
ISBN 978-3-627-00274-9